하버드의 춘하추동

이수정 철학 에세이

하버드의 춘하추동

시간의 향기, 그 기록들

철학과 현실사

일러두기

1. 이 책은 2013년 3월부터 2014년 2월까지 1년간 하버드에 방문학자로 머문 체류기에 해당한다.
2. 머무는 동안의 철학적–문학적 감상들을 자유로운 형식의 에세이로 쓴 것이다.
3. 이 글들은 모두 하버드 도서관, 케임브리지 아파트 등 보스턴 현지에서 쓴 것이다.
4. 이 책은 《인생론 카페》, 《진리 갤러리》, 《생각의 산책》 등 기존 졸저에 수록된 것 중 하버드와 유관한 것들만 모은 일종의 '선집'이나 차제에 대폭 수정 가필했다.

서문

'하버드의 춘하추동', 이 책은 나의 하버드 체류기이다. 단, 이것은 꽤나 유명한 이 대학에 대한 소개나 안내, 정보의 제공, 그런 것은 아니다. 과시나 자랑, 그런 것은 더더욱 아니다. 이것은 하버드가 나에게 준 '시간의 향기', 그 기록들이다. 철학이자 문학인 셈이다. 그러니까 에세이로 쓴 일종의 사유 일지(思惟日誌)? 말하자면 그런 기록이다.

다행히 나는 거기서 꽃피는 봄, 녹음 짙은 여름, 단풍 들고 낙엽 지는 가을, 눈 내리는 겨울을 한 바퀴 다 겪어보았다. 그렇게 이 글들도 춘하추동 사계를 관통한다. 나는 2013년 3월부터 2014년 2월까지 일 년간 미국 보스턴/케임브리지에 있는 하버드 대학 철학과에 '방문학자'로 초청되어 머물렀다. 퍼스, 제임스, 롤스, 로티, 콰인, 퍼트남 등 거물들이 배우고 가르쳤던 유서 깊은 미국 철학의 명문이다. 학생으로 입학하고 졸업한 것은 물론 아니지만, 거기서 정식 초청장도 받았고, 하버드 ID와 신분증도 받았고 강의도 들었고 각종 행사에도 참석했고 '하버드 한인연구자협회'의 회장으로서 특강도 했으니 '하버드'를 입에 올릴 자격이 없는 건 아닐 것이다.

처음부터 끝까지, 모든 것이 좋았다. 만족스러웠다. 의미가 있었다. 특히 그곳은 아름다웠다. 청춘 시절 추억의 한 페이지에 있었던 저 소설/영화 〈러브 스토리〉의 배경이었던 곳이다. 올리버와 제니퍼의 흔적들, 그게 그때 그대로 고스란히 거기 있었다. 내가 주로 드나들었던 철학과 건물 에머슨 홀의 고풍스런 분위기도 아주 좋았다. 그 외벽에 커다랗게 새겨진 문구, "그대가 마음 쓰고 있는 그 인간이란 무엇인가?(WHAT IS MAN THAT THOU ART MINDFUL OF HIM)"도 좋았다. 다람쥐들이 뛰어노는 하버드 야드의 느릅나무 숲은 특히 좋았다. 우수한 교수들과 학생들도, 그리고 그들의 수준 있는 담론들도 당연히 좋았다.

그 특별한 곳에서 나는 여러 가지 것들을 보고 듣고 느끼며 '생각'을 했고 '글'을 썼다. 나는 그것을 철학이라고 자부한다. 그것을 나는 내 인생이 한창 반짝이던 '그때 거기'의 기념으로 묶었다. '기념'이란 내가 존재론적 개념 내지 가치의 하나로 중시하는 것이다. 우리는 영문도 모르고 이 요상한 세상에 인간으로 태어나 한동안 머물며 희로애락의 인생이란 것을 살지만 결국은 일체가 다 한 줌 먼지로 사라진다. 누구든 그 허망함에서 예외가 없다. 그러나 그 한동안

'어디를 갔느냐', '무엇을 했느냐' 하는 것은 사라지지 않는다. 그 내용은 '존재의 기념'으로 이 불가사의한 불멸의 세상에, 그 시간 속에 남겨진다. 그중 향기로운 어떤 것을 철학은 '의미'라 부르기도 한다. 그것이 각자의 삶이라는 것을 밀고 나가는 연료가 되어준다.

다녀온 후 적지 않은 시간이 흘렀다. 하지만 그 시간의 경과나 간격으로 이 기록들의 빛이 바래지는 않는다. 오히려 그 시간 간격이 이 기록들의 '여전히 유효하고 필요함'을 더욱 선명히 드러내 보여준다. 왜냐하면 중요한 것은 '그때'나 '거기'가 아니라, 그때 거기서 생각했던 그 '철학'이기 때문이다. 철학은 보편적인 것이라 시간과 공간을 초월하는 특성이 있다. 언제나 어디서나 유효한 것이다. 당연히 지금 여기서도. 그리고 앞으로 어디서든.

여기 모은 이 글들이 부디 이런 것을 좋아하는 눈과 귀를 만나 재미있게 읽히며 이런저런 '생각거리'를 제공해줄 수 있게 된다면 좋겠다.

2022년 여름 서울에서

이수정

차례

시작 12

제1부 _ 봄, 핑크

제2부 _ 여름, 그린

제3부 _ 가을, 브라운

제4부 _ 겨울, 화이트

시작

2012년 10월, 하버드로부터 답신이 왔다. 두근거리며 메일을 클릭했다.

HARVARD UNIVERSITY

DEPARTMENT OF PHILOSOPHY

CAMBRIDGE, MASSACHUSETTS 02138

EMERSON HALL (617) 495-2191

October 2, 2012

Su-jeong Lee

R*** B-11**, Y***-ro 21*, Y***-gu

Seoul, South Korea 07345

Dear Professor Lee:

We are delighted that you will be coming to Harvard as a Visiting Scholar in Philosophy from March 1, 2013 through February 28, 2014, and that Sean Kelly will be sponsoring your appointment. My understanding is that your research at Harvard will relate in part to your research in writing a book which is titled as 'History of Philosophy written in Letters', especially its third part 'Letters to British-American philosophers'.

As a Visiting Scholar, you will have unlimited access to all of Harvard's libraries and museums, and you can arrange for an email account through the Faculty of Arts and Sciences. You are also welcome to attend departmental colloquia, meet with scholars in and out of the Philosophy Department, and use the department library which is equipped with a wireless network. We also have a full time librarian should you need help in finding reference materials. The department is unable to help you with secretarial assistance, or provide you with computer, telephone or fax facilities.

Best wishes for your visit and your research.

Sincerely,

Sean Kelly

Chair, Department of Philosophy

친애하는 이 교수님

2013년 3월 1일부터 2014년 2월 28일까지 방문학자로 하버드에 오시게 됨을 기쁘게 생각합니다. 숀 켈리가 선생님의 직을 뒷받침할 것입니다. 선생님이 하버드에서 하실 연구는 '편지로 쓴 철학사'라는 제목의 책, 특히 그 제3부 '영미 철학자들에게 보내는 편지'를 집필하는 것과 부분적으로 관련될 것이라 알고 있습니다.

방문학자로서 선생님은 하버드의 모든 도서관과 박물관을 제한 없이 출입하실 수 있을 것이며, 문리과대학을 통해 이메일 계정을 마련하실 수 있습니다. 선생님은 또한 학과 세미나들 참석 및 철학과 내외부의 학자들과 만남을 환영받으실 겁니다. 그리고 무선 네트워크가 갖춰진 학과 도서관도 이용하실 수 있습니다. 저희들은 또한 풀타임 사서도 있어 선생님이 관련 자료들을 찾는 데 도움이 될 것입니다. 다만 학과는 선생님께 비서 지원이나, 혹은 컴퓨터, 전화 또는 팩스 제공은 불가능합니다.

선생님의 방문과 연구에 최고의 축원을 드립니다.

삼가, 철학과 학과장 숀 켈리

군더더기 없는 사무적인 내용이지만 따뜻했다. 기뻤다. 그리고 고마웠다.

이렇게, 나의 하버드 생활이 시작되었다.

제1부 **봄, 핑크**

거리의 상대성

제 눈은 제 얼굴을 보지 못한다.
그것을 볼 수 있는 유일한 길은 바깥의 거울에다 비춰 보는 것이다.

보스턴에 도착했다. 요즘 시대에 '외국에 나와 보니까 어떻더라' 하는 이야기는 전혀 새로울 것도 없을뿐더러 자칫 경원시될 우려조차도 없지 않지만, 그리고 하버드라고 특별히 다를 것도 없지만, 그래도 선입견 없이 들어보면 귀 기울일 바가 없지는 않을 것이다.

서울을 떠나 대양을 건너고 대륙이 바뀌는 장거리 비행 끝에 도착한 보스턴은 정말 먼 곳이었다. 밤과 낮이 고스란히 뒤바뀐 무려 14시간의 시차는, 알게 모르게 우리 곁에 있었던 태평양 대신 찰랑찰랑 손에 닿는 대서양과 더불어, 그 거리가 얼마만큼 먼 것인지를 상징적으로 알려준다. 또한 집 앞 거리와 교정을 오가는 희고 검은 낯선 얼굴들이며 낯선 언어들, 그리고 하루아침에 달라진 아직 익숙지 않은 생활방식 등은 가뜩이나 먼 거리에 약간의 거리를 더 벌려놓는다. 한국의 모든 것들이 한순간에 아득한 저편으로 물러난다.

하지만 그것도 그야말로 잠시. 하루 이틀 생활이 조금씩 그 차이에 익숙해지자 밀려났던 저 모든 것들이 야금야금 미국의 시간들을 잠식하면서 다시 되살아나는 것을 느끼게 된다. 그 과정에서 무엇보다도 결정적인 역할을 하는 것이 인터넷이다. 인터넷이 접속되자 한국의 모든 것이, 그야말로 모든 것이 또한 한순간에 현재진행형임을 여지없이 알려온다. 문자나 통화는 말할 것도 없고 스카이프를 열면 영상을 통해 마치 옆방인 양 곧바로 서울 집의 거실로 들어간다. 한국의 모든 뉴스들 또한 실시간이다. 그것들을 기웃거리는 동안에 감각과 의식은 한국에서의 그것과 완벽하게 일치해버린다. 창원의 사무적인 일들도 실시간으로 보스턴에서 처리된다. 한국과 미국 사이에 가로놓인 시간적-공간적 거리는 그렇게 해서 사라진다.

하지만 며칠이 지나지 않아 사정은 또 달라진다. 이제 조금씩 '미국에서의 한국'이 눈에 들어오기 시작하면서 그 현실적인 '거리'가 또 다른 의미에서 느껴지는 것이다. 물론 그것은 생각했던 것보다는 훨씬 가깝다. 뉴욕타임스나 워싱턴포스트나 보스턴글로브 같은 신문에 게재되는, 그리고 CNN, NBC, ABC, CBS 같은 TV 채널에 보도되는 한국 관련 뉴스들, 또 가끔씩 접하게 되는 삼성, 엘지, 현대의 광고

나 한국 영화들, 거기에 더해 보스턴 시내에서 너무나도 자주 눈에 띄는 한국 차와 한국인들 …, 특히나 올스톤 한인 타운은 말할 것도 없고 시내 곳곳에 점재해 있는 H마트 등 한국 가게들과 한국 식당들과 한국 교회들은 그 거리의 가까움을 실감하게 한다. 그 옛날 서재필과 이승만과 안창호가 이곳 미국에서 살던 시절과 비교한다면, 정말이지 격세지감이 없을 수 없다.

그러나 결코 좋아만 할 일은 아니다. 우리가 오늘날의 세계를 주도하는 것이 아직도 여전히 그리고 앞으로도 당분간 미국임을 인정한다면, 그리고 우리가 한국이라는 국가를 운명적인 삶의 조건이라고 인식한다면, 우리 한국은 좀 더 미국과 가까워지지 않으면 안 된다. 왜냐하면 우리와 미국 사이에, 우리보다 훨씬 더 가까운 곳에, 중국과 일본이 이미 자리하고 있기 때문이다. 엄연한 현실이다. 외면하고 싶지만 외면할 수 없는 그 사실을 우리는 직시하지 않으면 안 된다. 그들과 비교해볼 때 우리 한국과 미국의 거리는 아직도 멀다. 보스턴 시내 한복판 중심가에 위치한 차이나타운, 그 입구 중국식 대문에 커다랗게 내걸린 한자 문구 '예의염치(禮義廉恥)', 상당수 생활용품에 기본인 듯 찍혀 있는 'Made in China', 그리고 곳곳에서 발견되는 일본어와 확고히 자리 잡은 일본 음식들, 고급으로 인식되는 일본 제품들, 게다가 시내를 달리는 차들의 태반이 일본 차인 것을 보면 좀 섬뜩한 느낌이 들기조차 한다.

인터넷을 통해 한-중-일의 소식을, 그것도 미국에서 접하는 기분은 참으로 묘하다. 이 기묘한 경쟁심과 경계심은 어쩌면 한국인으로서의 숙명인지도 모르겠다. 우리의 역사가 그러했다. 중국과 일본은 한국에게 주어진 영원한 숙제다. 그것은 마치 산처럼 강처럼 우리 앞에 놓여 있다. 넘거나 건너거나 외에 다른 길은 없다. 일본의 기초는 우리가 만만하게 보기에는 생각보다 훨씬 더 탄탄하고, 중국의 덩치는 우리가 대충 생각하는 것보다는 훨씬 더 크다. 미국에서는 그것이 한눈에 들어온다. 하버드 교정에서도 중국연구소와 일본연구소의 규모는 한국연구소를 압도한다.

그 거리를 조금이라도 좁힐 수 있는 유일한 길은 '사람'밖에 없다. 그것이 한국의 최대 자산임을 우리는 명심하고 또 명심해야 한다. 그런데 지금 우리는 그 '사람'을 제대로 키우고 제대로 대접하고 있는 것일까. 그나마 있는 인재조차도 살리지 못한 채 아깝게 버려두고 있는 것은 아닐까. 인터넷을 들여다보면 또 공연히 걱정만 늘어간다. 아마 이 걱정이 거름이 될 것이다. 나는 여기서 '질적인 고급화'를 통해 중국과 일본을 제치고 유럽과 미국도 넘어서는 '세계 제일의 한국'을 꿈꾸기 시작한다.

무엇을 좋아하세요?

좋아한다는 현상 속에는 오래된 창조의 한 원리가,
그리고 일종의 구원이 내재한다.

찰스 강 쪽으로 동네를 산책하다가 보니 어느 집 마당에 수선화가 예쁘게 피어 있었다. 노랑도 있고 하양도 있다. 초록색 잎도 꽃처럼 청초하다. 그냥 가기가 아쉬워 '찰칵' 카메라에 담았다. (요즘은 누구나 주머니 속에 카메라가 있다.) 마침 옆을 지나던 한 백인 할머니가 말을 걸었다. "꽃 좋아하세요?" "네, 꽃도 좋아하고 사진도 좋아해요." "나도 꽃 좋아하는데…" 하며 할머니는 꽃처럼 환하게 웃어주었다.

남자가, 그것도 나이 들어가는 남자가 꽃을 좋아한다고 해서 이상할 건 없다. 뉴욕에 사는 내 친구 H도 꽃만 보면 그저 카메라를 들이댄다.

산보를 계속하면서 "Do you like…?" "I like…" 하던 말들이 왠지 머릿속을 맴돌았다. 영화 〈사운드 오브 뮤직〉에서 마리아가 불렀던 노래 '내가 좋아하는 것들(My Favorite

Things)'도 떠올랐다. 생각해보니 나도 '좋아하는 것'들이 없지 않았다. 대학 선생이니 '공부'가 좋고, 명색이 시인이니 '시'가 좋고, 남자다 보니 마누라가 좋고, 아비다 보니 자식들이 좋고 … 그런 당연한 것 말고도 좋아하는 것들이 얼마든지 있었다. 나는 음악을 좋아한다. 그림을 좋아한다. 또 산을 좋아하고 강을 좋아한다. 나무와 꽃, 특히 그 향기를 좋아한다. 자전거도 좋고 산책도 좋다. 그런 것들은 아무런 조건이 없다. 그냥 무조건 좋은 것이다. 좋으니까 그냥 '끌리는' 것이다. 그런 것들은 아주 자연스럽게 우리의 관심을 부르고 그리로 발걸음을 향하게 한다. 이런 시를 쓴 적이 있다.

어느 친절한 적막의 화두

왜 나는 산으로 갔을까?
하늘은 눈부시게 푸르고 바람조차 고운 날
스무 살 뜨거운 몸뚱아리로
그때 나는 왜 산으로 갔을까?

왜 나는 강으로 갔을까?
낮달이 아는 듯 모르는 듯
비밀스런 마음 한 자락 꽃인 양 가슴에 품고

왜 하필 나는 강으로 갔을까?

왜 나는 그때 숲으로, 그리고 바다로,
나비가 꽃으로 가듯, 갔을까?

반백년 숱한 발걸음들을 되돌아보며 나는 묻는다
이 물음들 속에 오래 찾던 진리가 숨어 있음을
여기저기 숨어서 웃고 있음을
어느 친절한 적막이 넌지시 알려준다

무심한 나비 한 마리 삐뚤삐뚤 날다가
민들레 노란 꽃에 사뿐 내려앉는다. 진리다
해는 구름 속에 숨었다가
다시 얼굴을 내밀고 따스하게 웃는다. 진리다

만유는 저리도 착실하고, 그리고 푸르다
무릇, 이와 같다

이 시에서 나는 '나비가 꽃으로 가듯' 가는 그런 발걸음들
을, 그런 자연스러운 모든 전개들을 '진리'라고까지 표현했
다. 사람들은 그렇게 모두 각자 아주 자연스럽게 '좋아하는'
것들로 향하고 있다. 그렇게 나의 발걸음은 문학으로 철학

으로 향했고, 일본으로 독일로 그리고 미국으로 향하기도 했다. 다음은 어쩌면 중국으로 향할지도 모르겠다.

그런데 그 좋아하는 것들의 내용은 사람에 따라 정말 가지가지다. 그리고 같은 사람에게서도 그 내용은 얼마든지 다르게 변할 수 있다. 나만 하더라도 어릴 적에는 개를 무척 좋아했는데, 키우던 녀석들이 번번이 뭔가를 잘못 먹고 죽은 후에는 마음을 다쳐 더 이상 개를 좋아하지 않게 되었다. (이름도 기억한다. 하나는 '헬스'라는 셰퍼드였고 하나는 '해피'라는 스피츠였다.) 특히 나이가 들면 이 '좋아한다'는 행위 자체가 쇠퇴하는 경향이 있는 것도 같다. 예전에 아주 오랜만에 도쿄를 방문해 유학 시절의 지도교수님을 찾아뵈었는데, 식사를 하면서 이런 대화를 나누다가 "[70이 넘은] 이 나이가 되니까 뭘 먹어도, 어디를 가도, 뭘 봐도 별로 좋은 게 없어…"라는 말씀을 하신 적이 있었다. 특별히 존경하던 분이라 그런지 뭔가 가슴이 쓸쓸했다. 하지만 나는 아직도 좋아하는 게 많으니 다행스럽다. 앞으로의 추이가 어떨지는 지켜봐야겠다.

그런데 '좋아한다'는 이 현상은 실은 중요한 철학적-존재론적-인생론적인 의미를 간직하고 있다. 좋아한다는 이 현상은 인생을 살아가는 우리 인간들에게 주어진 하나의 축복이라고도 말할 수 있다. 이런 현상은 우리 안에서 아주 자연스럽게 일어난다. 그것은 결코 만만치 않은 우리의 이 인생살이, 세상살이에서 그때그때 작은 구원이 된다. 아주 큰 '문제'만 없다면, 그런 작은 구원들이 모이고 모여 '행복'이라는 것으로도 연결이 된다.

나는 언어 분석 철학자는 아니지만 우리의 언어 표현을 봐도 그것은 확인이 된다. "나는 파란색이 좋아", "나는 아스파라거스가 좋아", "나는 라일락이 좋아", "나는 운전하는 게 좋아", "나는 비 오는 날이 좋아", "나는 빵과 커피가 좋아" … 우리는 그렇게 얼마나 많은 '나는 ○○ 좋아'를 갖고 있는가. 그런 게 다 행복의 편린들인 것이다.

우리는 종종 그것을 잊고 지낼 뿐이다. 잘 생각해보면 '내가 좋아하는 것'들은 나의 일상 속에서 마치 배터리처럼 에너지로 작용한다. 그러니 가끔씩은 그것을 철학적인 눈으로 확인해보고 관리할 필요가 있다. 특히 그 '어떤'과 '무엇'에 대해서도 점검해보아야 한다. 왜냐하면 좋아하는 그것의 내용과 성격이 결국은 인생을 살아가는 이 '나'라는 존재의 '정체'이고 내 인생 그 자체의 '방향'이기 때문이다. 기억해두자. '무엇을 좋아하는가, 어떤 것을 좋아하는가, 그것이 곧 내가 어떤 사람인가를 알려준다.' 일찍이 공자는 "그 수단 삼는 바를 보고, 그 연유하는 바를 보고, 그 만족하는 바를 보라. 사람이 어찌 숨길 수 있겠느냐. 사람이 어찌 숨길 수 있겠느냐(視其所以 觀其所由 察其所安 人焉廋哉 人焉廋哉)."라고 말한 바 있다. 탁견이다. 우리는 이 말의 연장선상에 '문기소호(問其所好: 좋아하는 바를 물어보라)'를 하나 추가해야겠다.

지금 누가 내게 이것을 묻는다면? 그럼 나는 이렇게 대답할 수밖에 없다. "무엇을 좋아하냐고요? 미국이요. 보스턴이요. 하버드요. 하버드 야드의 느릅나무 숲이요. 그 숲속의 다람쥐요. 그 숲 한켠의 에머슨 홀이요. 거기를 드나드는 교수들과 학생들이요. 우수한 그들의 철학적 담론이요." 이런 대답들로 나의 정체가 드러나더라도 어쩔 수가 없다. 어디 나쁜가. 모든 사람들이 다 그렇다. 사람들은 다 '좋은 것'을 좋아한다.

하버드 야드와 느릅나무 숲

하버드의 꽃그늘

청년은 모두 하나씩의 씨앗들이다. 그중 어떤 것들은 자라 하늘에 닿고
어떤 것들은 땅과 물과 햇빛을 만나지 못해 시들어간다.

도무지 끝날 것 같지 않던 긴 겨울이 지나고 하버드 교
정에도 산수유를 시작으로 봄꽃들이 피었다. 노랑과 하양
그리고 연분홍으로 아름답다. 철학과 건물 에머슨 홀 2층
의 로빈스 도서관에 자리 잡고 앉았다. 1970년대 전 세계
를 울렸던 명작 영화 〈러브 스토리〉에 '배리트 홀'로 나왔
던 바로 그 건물이다. 육중한 고전적 분위기가 철학과에 딱
이다. (이 건물의 주 출입구 현관 위에는 돌판에 커다랗게
'PHILOSOPHY'라고 새겨져 있다. 그리고 정원 쪽 외벽에
는 "그대가 마음 쓰고 있는 그 인간이란 무엇인가?(WHAT
IS MAN THAT THOU ART MINDFUL OF HIM)"라는 문
구가 역시 커다랗게 새겨져 있다. 대학답고 철학과답다. 멋
있다.)

책을 읽다가 문득 창밖으로 눈길이 갔다. 왼편엔 세버

홀, 맞은편엔 비슷한 분위기의 로빈슨 홀이 눈에 들어온다. 그 사이는 널찍한 정원. 아마도 화사한 봄 탓이리라. 유리창에 비치는 풍경이 그대로 마치 한 폭의 그림 같다. 그 그림 속으로 나는 잠시 나의 의식을 맡겨놓는다. 자유로운 상상이 저 나른한 아지랑이 속에서 나래를 편다.

창밖에는 거대한 고목이 있고 그 고목에는 눈부실 만큼 새하얀 꽃들이 가득 피었다. 그 꽃그늘 아래 한 흑발의 여학생이 앉아 있고, 그 무릎을 베고 한 금발의 남학생이 누워 있다. 그녀의 머리 근처로 나비 한 마리가 날아간다.

"제대로 된 나비군." 하고 남학생이 말한다.

"무슨 말이야?"

"지금 하버드에서 제일 예쁘고 달콤한 꽃을 찾아온 녀석이니까⋯."

여학생은 웃는다. 그녀의 이름은 어쩌면 제니퍼고 남학생의 이름은 어쩌면 올리버일까?

근처의 나무 아래에는 벤치가 있고 거기에 문학청년 같은 한 남학생이 앉아 물끄러미 다정한 그들을 바라본다. 그의 이름은 어쩌면 에릭 시걸이다. 그는 그 장면에서 한 편의 소설을 구상한다. 그 제목은 어쩌면 《러브 스토리》다.

그때 갑자기 탐스런 은빛 꼬리의 다람쥐 한 마리가 나타난다. (하버드 교정에는 다람쥐가 자주 눈에 띈다.) 그 녀석은 고목을 타고 올라가면서 보였다가는 숨고 숨었다가는 보이기를 반복한다. 그것을 지나던 한 학생이 걸음을 멈추고 지켜본다. 그는 뜬금없이 "만일 저 다람쥐를 따라 돈다면 그건 저 녀석 주위를 도는 걸까 아닌 걸까?" 하는 생각을 한다. 거기서 힌트를 얻은 그는 언어 규정과 실제 효과를 중시하는 한 철학을 구상한다. 그의 이름은 어쩌면 윌리엄 제임스고 그의 철학은 이윽고 '프래그머티즘'이라는 이름으로 불리게 된다.

잠시 후 맞은편 건물의 문이 열리고 흑인 학생 하나가 책을 끼고 나온다. 그 책의 제목은 어쩌면 《담대한 희망》 같은 것인지도 모른다. 그는 지금 함께 점심을 먹기 위해 미셸을 만나러 가는 길일지도 모른다. 그렇다면 그의 책 속표지에는 아마도 버락 오바마라는 이름이 적혀 있을 것이다.

그 버락 군이 돌아 지나간 건물의 창문으로는 그 방 안의 모습이 희미하게 비치는데, 그 방에는 개인용 컴퓨터 한 대가 놓여 있고 그 컴퓨터 앞에 몇 시간째 꼼짝을 않고 그것을 주무르는 한 학생이 있다. 그는 마치 그것 속으로 들어가버릴 것 같은 자세로 그 일에 몰입해 있다. 그 방으로 들어온 한 다른 학생이 그에게 말을 건넨다.

"헤이, 빌 게이츠, 너 아직도 그러고 있냐? 화장실은 다 녀왔어?"

그래도 그는 움직이지 않는다.

그래, 그냥 해보는 상상들이다. 봄날의 아지랑이 같은 상상들일 뿐이다. 그러나 그것이 그냥 황당한 상상만은 아니라는 것을 우리 모두는 잘 알고 있다. 저 잔디밭의 벤치에는 어쩌면 이승만이 앉아 있었을지도 모른다. 그리고 저 길에는 낯익은 얼굴들의 그림자도 지나갔을 것이다. 피천득, 김형석, 김용옥, 그리고 이재용, 홍정욱, 현각, 혜민, 이준석 …. 지난주 이곳 로스쿨 학생식당에서 점심을 먹었을 때, 펠로인 L양이, 그중 어느 한 자리는 조지 부시가 가끔씩 올 때마다 즐겨 앉았던 자리라고 해서 특별히 인기가 있다고 웃으며 알려줬다. 또 어떤 자리는 버락 오바마의 팬들이 점심때마다 그곳을 노린다고도 했다. 그 학생들은 특별히 공화당도 아니고 민주당도 아니다. 그냥 아직 평범한, 다만 아주 우수한 학생들일 뿐이다. 하지만 그들 모두는 무한한 가능성의 존재다. 그들은 마치 하나씩의 씨앗과 같다. 그 씨앗은 하버드라는 풍토의 영양을 섭취하면서 누구는 대통령으로, 누구는 작가로, 학자로, CEO로 자라나간다. 그중의 누군가는 마치 동화 속 잭의 콩나무처럼 하늘 끝까지도 뻗어나갈 기세로 자라나간다. 여기서 펼쳐지는 그들의 공부가 결국은 세계를 움직인다는 것이 참으로 부럽다. 교정을 걸어서 다니다 보면 지나쳐가는 학생들 하나하나가 예사로 보이지가 않는다. 저 친구는 혹시 나중에 대통령이 될까? 저 친구는 월스트리트의 거물이 될까? 저 친구는 노벨상 수상자가 될까? 또 저 친구는? 저 친구는…?

　그런데 잘 살펴보면, 그중에 한국 학생들도 적지가 않다. 무려 300명 내외로 유학생으로는 세 번째로 많다고 한다. 얼마 전에는 격려차 한인학생회(HKSS) 회장 이시현 군을 만난 적도 있다. 잘생긴 데다 여간 똑똑한 게 아니었다. 나는 그들이 마음껏 그 젊은 꿈을 펼치며, 그 꿈이 그저 자신의 조그만 출세만이 아닌, 세계를 품는 큰 꿈으로 자라는 것을 지켜보고 싶다. 나는 그의 어깨를 다독이며 말해줬다. 가슴에 세계를 품으며 큰 꿈을 꾸라고. 왜냐하면 이제는 미국을 포함하는 세계라는 것이 우리 모두의 도전을 기다리는 삶의 무대가 되었으므로. 꿈의 '현장'이 되었으므로.

세버 홀과 그 앞뜰

마음이라는 이름의 흉기

모든 악행을 들여다보면 그 밑바닥엔 반드시 상처받은 마음이 있다.
그 상처가 때로 칼을 휘두르고 방아쇠를 당긴다.

4월 15일 월요일, 보스턴에서 폭발물 테러가 발생했다.
온 미국이 발칵 뒤집혔다. 내가 사는 곳에서 그다지 멀지
않은 거리다. 보스턴 마라톤이라는 이름 높은 행사가 이제
는 피로 얼룩진 테러의 상징으로 변해버렸고 그 이미지는
앞으로도 당분간은 쉽게 지워지지가 않을 것 같다.

테러가 발생했던 바로 그날 나는 현장에서 아주 가까운
근처를 지나갔다. 마라톤 대회가 있는 줄은 몰랐고 뉴욕에
갔다가 돌아오던 차 안에서 전화로 그 사건의 발생을 전해
들었다. 3명이 목숨을 잃고 백 수십 명이 부상을 당한 그 참
사의 현장 보일스턴 스트리트(Boylston Street)는 내가 가
끔씩 한가롭게 산책을 즐기던 곳이었다.

아랍계 형제의 범행이었다. 도대체 그들은 왜 그 끔찍한
짓을 저질렀을까? 생각해보면 '그런 그들'은 그들만으로 다

가 아니며 '그런 끔찍한 짓'도 보스턴의 그것으로 다가 아니다. 오사마 빈 라덴과 2001년 뉴욕의 9·11을 우리는 아직도 생생한 느낌으로 기억한다. 우리는 또한 한국계 미국인 조승희와 2007년 버지니아 공대의 총기 난사 사건도 기억한다. 그런 일들은 무릇 '언제'와 '어디'를 불문하고 '인간 세상'에 그다지 드물지도 않은 일이 되고 말았다. 지난 1990년대 말, 곧 다가올 21세기의 시대적 문제 중 하나로 테러를 손꼽던 어느 철학자의 예언 같은 글이 얼핏 상기된다. 슬프게도 그 예언이 적중한 것이다.

테러가 일어날 때, 그때마다 얼마나 많은 사람들이 얼마나 큰 아픔을 겪게 되는지를 우리는 피해 당사자들의 피와 눈물 속에서 헤아려보지 않으면 안 된다. 보스턴의 저 희생자 가족들도 아마 평생을 그 아픔에서 벗어나지 못할 것이다. 악의 크기와 길이가 있는 것이다.

도주했던 범인 중 한 명이 사살되고 나머지 한 명이 워터타운에 숨었다가 체포되어 일단 평온을 되찾은 후 사건의 현장을 돌아본 나는 무겁고 아픈 심정으로 다시금 물어본다. '그들'은 왜 그런 끔찍한 짓을 저질렀는가? 어쩌면 그런 짓의 원형이라고도 할 수 있을 상징적 사건이 저 오래된 성서에 기록된 카인과 아벨의 이야기일지도 모르겠다. 카인이 동생 아벨을 쳐 죽인 이유는 질투와 그로 인한 미움이었다. 그것은 결국 눈에 보이지도 않는 한 조각 '마음'이 아니던가. 모든 악행은 가슴속의 바로 그 한 조각 마음에서부터 비롯된다. 바로 그 마음이라는 것이 인간으로 하여금 칼을 휘두르게 하고, 방아쇠를 당기게 하고, 그리고 폭탄을 터트리게 한다. 진실의 구조는 참 단순하다. 우리는 그것을 직시하지 않으면 안 된다.

개인적으로든 사회적으로든, 그래서 우리는 이 '마음'(특히 '증오', '불만')이라는 것을 주목하면서 그것을 다스려나가는 작업을 결코 등한시하지 말아야 한다. "마음이 모든 진리의 근본(心爲法本)"이라는 법구경의 저 첫 구절은 그런 점에서 비단 불교의 범위에 한정되지 않는다. 범죄학의 근본명제이기도 한 것이다. "마음이 행위를 야기한다."

그런데 마음이란, 사실 부처가 저 팔만대장경에서 가르치듯이 불변의 실체로서 존재하는 그런 것이 아니다. 그것은 주변의 온갖 요인들에 의해 연기적으로 발생하는 가변적인 실체다. 그것은, 그 가장 큰 부분인 저 '욕망'이 애당초 그러하듯, 마치 구름과도 같다. 없다가 생기기도 하고, 생기면 변하기도 하고, 그러다가 또 없어지기도 하고, 다시 생겨나기도 한다. 그래서 우리는 마치 화초를 돌보듯 물도 주고 잡초도 뽑고 하면서 꾸준히 그리고 세심히 그것을 가꾸어나가지 않으면 안 되는 것이다. 이른바 교양도 마음공부도 다 그런 선상에 있다.

흉흉한 마음은 그 자체가 바로 흉기가 되지만, 어여쁜 마음은 또한 한량없는 선행의 근본이 되며 궁극적으로는 이 세상을 푸르른 오아시스로도 만들어간다. 테러가 일어난 보스턴의 그 현장에서 마라톤 주자들 중 몇몇은 그 길로 곧장 병원까지 달려가 헌혈을 했다. 저녁에는 촛불을 든 시민들이 무수히 모여 애도를 했고 다음 날 아침 희생자의 집 앞에는 누군가가 가져온 꽃다발이 조용히 놓여 있었다. 누가 시킨 것도 아니건만 시내 일원의 성조기들은 어느새 모두 다 조기로 걸렸다. 그 또한 모두가 '마음'이었다. 미국에는 그런 것이 아직 이렇게 남아 있다.

테러가 지나고 보스턴에도 꽃은 피었다. 그 꽃그늘 아래를 사람들은 다시 걷는다. 하버드 교정에도 꽃이 피었고 모든 것이 정상을 회복했다. 그러나 꽃으로 가는 그 시선이 마냥 편치만은 않다. 이제 우리는 그 꽃을 바라보듯이 사람의 마음도 들여다봐야 한다는 교훈을 얻었다. 핏빛 테러라는 값비싼 수업료를 치르고. 그것이 '나'든 '그'든, 그 속에 어떤 마음이 움직이는지 또는 어떤 마음을 깃들게 할지 마음 쓰는 것, 그것이 곧 삶의 일부가 되지 않으면 안 될 것이다. 또한 철학의 일부가 되지 않으면 안 될 것이다. 왜냐하면 그 마음의 '어떤'이 곧 세상의 '어떤'을 결정하는 열쇠이므로. 사람들 각자에게 나는 철학의 이름으로 물어보고 싶다. 당신은 '어떤' 세상을 만들고 싶은가?

이런저런 고요들

고요는 때로 그 어떤 소리보다도 더 아름다운 울림으로 들려온다.

지난 4월 15일, 보스턴 마라톤 대회 중 폭발물 테러가 발생했다. 그날 나는 보스턴에 있었다. 친구들을 만나러 뉴욕에 갔다가 돌아오던 길이었다. 그 며칠 뒤인 4월 19일, 형제 범인 중 한 명이 사살되고 남은 동생이 도주한 터라 일대에는 외출 자제령이 내려졌고 시내는 하루 온종일 거의 인적이 끊어져 마치 계엄령을 방불케 했다. MIT 경관 한 명이 범인에게 살해당한 곳이, 그리고 추격전 중 범인 한 명이 사살된 곳이, 그리고 나머지 한 명이 대치 끝에 검거된 곳이 모두 다 집에서 이삼십 분 거리라 나는 영화에서나 나올 법한 그런 거짓말 같은 이야기의 현장에 있었던 셈이다. 총성이 집에서 희미하게 들렸던 것도 같다. 내가 들은 그 소리가 만일 그게 맞다면.

하버드, MIT를 비롯한 지역의 모든 대학도 문을 닫았다.

그 덕에 나는 예정되었던 세미나가 취소되면서 본의 아닌 휴식을 취하게 됐다. 주변이 갑자기 쥐 죽은 듯이 고요해졌다. 내가 사는 센트럴 스퀘어는 케임브리지 시내 한가운데라 평소에는 온갖 소음들로 시끌벅적한 곳이었다. 특히나 바로 근처에 소방서가 있어 소방차나 구급차라도 달릴 때는 사이렌 소리가 귀와 머리를 먹먹하게 만들 정도였다. 그 소음들이 한꺼번에 자취를 감추자 오랜만의 고요는 더욱 인상적으로 피부에 와닿았다. 저 일본의 유명한 하이쿠 "고요함이여 바위에 스며드는 매미소리 맴~(閑さや岩にしみ入蝉の声)", "오래된 연못 개구리 뛰어드는 물소리 풍당(古池や蛙飛びこむ水の音)" 같은 것이 떠오르기도 했다. 그 기묘한 고요는 다른 모든 것들을 지우고 오로지 그 사건만이 남은 듯 그것을 부각시켰다. 그날 나는 다른 시민들과 꼭 마찬가지로 그 사건에 온 관심을 집중했지만, 사건이 지난 후에도 그 특이한 고요의 감각은 한동안 지워지지 않았다.

그것은 그 옛날 1970년대, 위수령으로 탱크가 대학을 장악한 뒤의 고요를 연상시켰다. 텅 빈 거리와 텅 빈 캠퍼스. 그때도 그 고요는 어떤 거대한 사건의 한복판에 나를 마치 하나의 점처럼 박아놓았다. 그때 나는 정권의 애국과 청년의 애국 사이에서 얼마나 갈등하며 고뇌했던가. 그때 감옥 대신 도서관으로 향했던 나의 선택은 지금도 이따금씩 욱신거리는 상처로 남아 있다. 고요는 이른바 주변들을 모두 지우고 나라는 것을 어떤 현장의 한가운데에 서 있게 한다.

유학을 마치고 아직 자리를 못 잡고 있을 때, 나는 한동안 지방의 한 대학에서 강사를 했다. 그 학교는 지방 분교라 외딴곳에 있었고 주변에는 이렇다 할 민가도 거의 없었다. 강의와 강의 사이가 비어 시간이 날 때면 나는 학교를 벗어나 산보를 즐기기도 했다. 바람도 멈춘 그때 어느 오후 나는 아주 오랜만에 전혀 아무 소리도 들리지 않는 절대 고요를 경험했다. 그 신기할 만큼의 고요는 거대한 우주 전체를 '하나'로 묶으며 그 우주 안에다 달랑 나 하나만을 외로이 남긴 듯했다. 그때 나는 소위 '실존'이라는 것을 온몸으로 느꼈다. 그 느낌은 너무나도 생생해 데카르트의 회의보다도 더욱 선명히 '자아'라는 것의 존재를 부각시켰다.

그런 고요를 나는 그 후 독일 토트나우베르크에 있는 철학자 하이데거의 산장에서 다시 만났다. 그곳의 그 고요는 주변의 모든 풍경들을 하늘과 땅 그리고 신적인 것들과 인간적인 것들로 단순화시키며, 그가 왜 그의 후기 철학에서 존재라는 것을 '단순한 것'으로, 그리고 '사방세계'로 묘사했는지, 왜 그것을 '자연(physis)'과 연관지어 가는지를 이해시켜주었다. 나는 그때 그 고요 속에서 마치 하이데거의 육성이 들릴 것 같은 느낌이 들기도 했다.

불현듯 내 어린 시절의 낙동강이 떠오른다. 1950년대, 아직은 이른바 '신작로'에 자동차도 거의 없던 시절이었다. 낙동강은 늘 고요 속에서 흘러갔다. 하늘은 눈이 시리도록 푸르렀고 구름이 소리 없이 피어올랐고 이따금씩 바람이 그저 숨결처럼 지나갔다. 나는 고요한 강둑에 고요히 앉아 그 풍경을 즐기곤 했다. 아주 가끔씩 푸르르 메뚜기가 날고 저 멀리 철교 위로 기차가 지나갔지만 그 소리들은 소음이라기보다 오히려 낙동강의 고요를 부각시켜주는 배경 효과와도 같은 것이었다. 고즈넉한 산사의 풍경 소리가 마치 열반적정 같은 그윽한 고요를 더욱 선명하게 드러내듯이.

우리는 소위 문명이라는 미명하에 알게 모르게 조금씩 그 고요의 영토를 잠식해왔다. 한 2천 년 전과, 아니 한 2백 년 전과 지금을 비교해보라. 어디에선가 무언가가 시끄럽다. 사람들의 말들도 대체로 시끄럽다. 들려오는 소식들도 시끄럽다. 왠지 요사이는 음악들조차도 시끄럽다. 이제는 그야말로 사건이나 명령이라도 있어야 고요를 느낄 수 있는 그런 소란스런 시대가 되고 말았다. '고요를 위하여' 지상의 모든 소음들에게 벌금을 부과하는 그런 법은 어디 없을까? 엄청난 세수가 되지 않을까? 아니면 일 년에 며칠이라도 '소리 없는 날' 같은 것을 제정해보면 또 어떨까? 기계 소리는 물론, 총소리도 대포 소리도 전혀 없는 그런 '소리 없는 날'…. 그러면 묵언수행과 함께 우리의 심성이 조금은 더 '인간'이라는 것에 가까워질지도 모르겠다.

관심에 대한 관심

관심이라는 것에 한 인간의 정체가 숨어 있다. 그 관심이 인식을 결정한다.
그리고 그것이 결국 인생을 결정하고 세상을 결정한다.

로빈스 도서관에서 우연히 하버마스의 《인식과 관심
(*Knowledge and Human Interests*)》 영어판이 눈에 띄어
호기심에서 잠시 읽어보았다. "관심이 인식을 결정한다"는
그 핵심 명제가 나의 관심을 돌아보게 했다.

등하교, 장보기, 쇼핑, 인터넷 탐색 등등 미국에서의 일
상생활이 본격화되면서 모든 감각이 한국에서와는 달리 날
카롭게 촉각을 세우고 있음이 스스로에게도 느껴진다. 뭐
외국이니까 하버드니까 당연할지도. 하긴 1980년 일본 도
쿄에서 처음 살기 시작했을 때도 그랬고, 1993년 독일 하이
델베르크에서 살기 시작했을 때도 그랬다. 그런데 한 가지
묘한 현상이 있다. 학교는 말할 것도 없고, 건축이나 공원
등 어떤 것에 대해서는 아주 예민하게 더듬이를 세우는데,

스포츠나 게임 등 어떤 것에 대해서는 전혀 관심이 가질 않는다. 역시 외국이라 그런지 철학과라 그런지 뜬금없이 이 '관심'이라는 것이 흥미롭게 내 관심을 사로잡는다.

'관심에 대한 관심?' 요즘 같은 시대에 사람들은 이런 주제에 별 관심이 없을지도 모르겠다. 하지만 어쩌면 이것은 인간과 삶의 진실을 조명하는 대단히 중요한 철학적 단서가 될 수도 있다.

생각해보면 사람들의 행동이라는 것은 철두철미하게 그 사람의 관심에 따라 움직인다. 그림에 전혀 관심이 없는 사람은 절대 미술관에 가는 일이 없을 것이고, 음악에 전혀 관심이 없는 사람은 평생 콘서트 같은 데는 가지 않을 것이다. 예컨대 골프나 낚시나 크루즈에 전혀 관심이 없는 사람은 결코 그런 것에 돈을 쓰지 않을뿐더러 그런 것이 화제가 되기만 해도 슬그머니 시계로 눈이 간다.

반면에 무언가에 관심이 깊이 꽂힌 사람은 그것에 매달리면서 많은 정보와 지식들을 갖게 되고 시간과 비용도 지불하고 그것이 곧 그 사람의 생활 내지는 인생 자체로 이어지는 경우도 있다. 예컨대 내가 아는 어떤 친구는 어릴 때부터 새에 대해 특별한 관심이 있었는데 결국 조류학자가 되었고 또 어떤 친구는 책에 특별한 관심이 있었는데 결국 출판사의 사장님이 되었다. 가수나 배우나 화가들도 아마 그 뒤를 캐보면 각각 그런 특별한 관심이 있었을 것이다. 내가 지금 이렇게 이곳 하버드에 와 있는 것도…, 그래, 부인하지 않겠다. '미국'과 '세계 최고'라는 것에 관심이 있었기 때문이다.

20세기 철학의 한 거장인 프랑크푸르트학파의 위르겐 하버마스는 《인식과 관심》이라는 책(내가 본 바로 그 책)에서 기술적–실천적–해방적 관심 등을 논의하면서 "인식은 삶에 대한 관심에 의해 이끌린다"는 대단히 흥미로운 지적을 하고 있다. 누군가가 무언가를 잘 알고 있다면 거기엔 반드시 그것에 대한 특별한 관심이 선행하고 있다는 말이다. 이는 무언가를 잘 알기 위해서도 그것에 대한 진지한 관심이 필요하다는 것을 알려준다.

그렇다면 요즘 우리의 삶은 어떤 관심들로 채워지고 있는 것일까? 21세기의 삶에서 이미 필수불가결한 것이 되어 있는 인터넷과 휴대폰을 보면 그 한 단면이 잘 드러난다. 모든 정보의 원천이자 바다와도 같은 그 사이버 세계에서 사람들은 각자 고유한 관심에 따라 클릭과 터치를 거듭한다. 그것이 곧 자신의 숨겨진 정체인지도 알지 못한 채.

그런데 그 세계를 조금 관심 있게 지켜보면 그 관심의 방향이라는 것이 참으로 우려스러움을 금할 수 없다. 다는 물론 아니지만 그 대부분은 사실 아무래도 좋을 피상적인 에 것에 쏠려 있기 때문이다. 심지어 악한 것에 대한 관심도 적지 않다. 문제는 그런 관심들이 이제는 삶 그 자체 그리고 세계 그 자체가 되어버렸다는 것이다. 그 과정에서 어떤 소중한 것이 관심 밖으로 밀려나고 말았는지를 사람들은 이제 인식조차 제대로 하지 못한다. 모든 훌륭한 것은 이제 사람들의 관심 대상이 되지 못한다. '고전'도 예외 없다. 엄연한 현실이다. 개인적 관심뿐만 아니라 사회적 관심에서도 마찬가지다.

미국에서 생활하면서 의도적으로 하루에 한 시간씩 TV를 시청하고 있는데, 우연히 〈초원의 집(Little House on the Prairie)〉이라는 드라마를 보게 되었다.* 시리즈다. 찰스 잉걸스와 아내 캐럴라인, 그리고 그 딸들 메리, 로라, 캐리의 훈훈한 이야기들. 아주 예전, 한국에서도 재미있게 본 추억이 있어 관심을 갖게 되었는데, 매일매일 거기서 전해지는 작은 감동들이 이국 생활의 쓸쓸함에 제법 쏠쏠한 재미와 위안을 주고 있다. 이 드라마에는 초창기 미국인들이 지향하고 추구했던 가치들이 다양한 에피소드 안에 잘 버무려져 있다. 특히 인상적인 것은, 자연의 혹독함에 맞서는 육체적-정신적 강인함, 시련을 헤쳐 나가기 위한 가족애 그리고 이웃과의 연대, 공동체를 건전하게 유지하기 위한 사회적 정의, 노동과 자본의 가치, 인간성에 대한 신뢰, 타인에 대한 배려, 보다 나은 미래에 대한 희망 … 그런 것들이

* 이런 옛날 명작들만 보여주는 전문 채널이 있다.

다. 이런 것들이 어디 그들만의 가치이며 또 그때만의 가치이겠는가.

그런데 문득 이런 가치들이 지금 현재의 미국인들에게는 얼마만큼 관심의 대상이 되고 있을까 하는 생각이 스쳐갔다. 그것은 요즈음 만들어지는 저 할리우드 영화들의 세계와는 상당한 거리가 느껴지기 때문이다. 단순한 시간의 거리만이 아니다. 예컨대 오늘 본 에피소드에서는 주인공 찰스와 한 고집쟁이 노인네의 통나무 자르기 시합이 그려졌는데, 착한 찰스는 그 노인네의 긍지와 자존심을 배려해 은근히 승리를 양보했다. 속상해하는 딸에게 그는 이렇게 말한다. "이기는 게 다가 아니란다. 이긴 저 노인이 느끼는 행복은 참으로 크겠지만, (저 노인이 행복해하는 모습을 지켜보는) 져준 나의 이 행복보다 더 크지는 않을 거야." 주인공 찰스의 그 멋진 대사는 가슴 따뜻한 휴머니즘이다. 그것은 지금도 이곳에서 여전히 유효한 것일까? 이제는 그런 것에도 좀 관심을 가지고 지켜봐야겠다. 어쨌거나 오늘도 보스턴 앞바다의 대서양 물은 청교도들이 이곳에 당도했던 그때보다 크게 오염된 것 같지는 않아 보인다. 그 속은 어떤지 아직 잘 모르겠지만.

방의 장소론(topology)

인간의 진정한 거주는 방에서 이루어진다. 그 방의 운명은
그 방의 주인이 거기서 무엇을 하느냐에 따라 결정적으로 달라진다.

보통 외국 여행을 하다 보면 지금까지 익숙했던 풍경과
는 사뭇 다른 도시 풍경을 접하게 되고 거기서 신선한 재미
를 느끼기도 한다. 그중에서도 큰 비중을 차지하는 것이 아
마도 건축물이 아닐까 싶다. 예컨대, 파리나 뉴욕이나 로마
등등은 건축물들이 곧 관광 상품이며 심지어 그 도시 자체
라고 해도 크게 틀린 말은 아닐 것이다. 산토리니도 두바이
도 그렇다. 에펠탑이나 자유의 여신상이나 콜로세움뿐만이
아니다. 다리를 포함해 모든 건축물들이 다 그렇다.

그런데 단순한 관광이 아니라 그곳에서 한동안 거주를 하
게 되는 경우가 생기면 조금씩 그 풍경에 익숙해지고 나아
가 그 건축물들을 들락거리며 그곳이 생활 공간이 되기도
한다.

전 세계의 수많은 관광객들이 북적거리는 보스턴, 그리고

하버드 대학이 지금 그렇다. 나는 주로 철학과 건물인 에머슨 홀(영화 〈러브 스토리〉에서 '배리트 홀'로 나왔던, 주인공 올리버의 할아버지가 기증한 것으로 설정되었던 바로 그 건물)을 드나들며 1층 강의실, 2층 도서관, 3층 세미나실을 자주 이용한다. 오늘 거기서 세미나를 마치고 나오다가 문득 이런 생각이 들었다. 건물이란 그냥 하나의 구경거리, 하나의 거대한 덩치로만 존재하는 것이 아니라 그 안에는 수많은 '방'들이 있지 않은가. 이 방들은 다 제가끔 자신에게 고유한 용도를 가지고 존재하는 것이 아니었던가. 그것이 그 건물의 의미들을 비로소 구성해주는 것이 아니었던가. 보라, 저 에머슨 홀도 101과 105는 강의실, 209는 학과 사무실, 211은 도서관, 207은 퍼트남 교수실, 302는 켈리 교수실, 305는 세미나실 ….

물론 애당초 방이라고 하는 것은 가혹한 자연으로부터 우리를 보호하기 위해 만들어졌을 것이다. 습격과 추위와 비바람을 피해 수면, 식사, 작업 등을 하는 것, 그것이 가장 기본적인 본질임에는 틀림없다. 요즘 즐겨 보는 〈초원의 집〉이라는 미국 드라마의 한 에피소드에, 주인공 가족이 마차로 여행을 떠났다가 눈 폭풍을 만나 헤매던 중 버려진 빈집을 하나 발견하고 피신을 하게 되는데, 거기서 아빠 찰스가 "벽 네 개와 지붕 하나가 있으니 이제 됐군." 하고 말하는 장면이 나온다. 그래, 아마도 그렇게 방이라는 것은 시작되었을 것이다.

그러나 역사의 진행 속에서 모든 것이 변화 내지 발전의 길을 걸으며 방 또한 그렇게 변화–발전해왔다. 어떤 방이나 대체로는 공히 네 개의 벽과 하나의 천장과 출입문, 창문을 가지고 있으나, 어떤 것은 대통령 집무실이 되고 어떤 것은 강의실이 되며, 어떤 것은 증권사 객장, 어떤 것은 공장, 침실, 사무실, 연구실, 회의실, 전시장, 공연장, 유치장 등등이 된다. PC방, 노래방, 금은방처럼 아예 방이 업소의 명칭이 되기도 한다. 벽과 천장과 문은 다 같은 것이건만 그 운명은 용도에 따라 천차만별로 갈라진다.

예컨대 베르사유 궁전의 '거울의 방'이나 마리 앙투아네트의 침실, 혹은 하이델베르크 대학의 학생 감옥, 오사카 성에 있었던 히데요시의 황금 다실 등은 방 그 자체가 관광 상품으로서의 가치를 지니고 있다. 독일 본에 있는 베토벤의 방이나 튀빙겐에 있는 횔덜린의 방, 네덜란드 암스테르담에 있는 안네 프랑크의 방 또한 마찬가지다. 아우슈비츠에 있는 가스실은 또 다른 의미에서 우리의 눈길을 오랫동안 머물게 한다. 그런 많은 '특별한 방'들이 있다. 이곳 케임브리지에는 조지 워싱턴이 머물렀던 특별한 방도 있다. 아직 가보지는 못했지만 청년 이승만과 청년 케네디가 살았던 방도 가까운 어딘가에 틀림없이 있을 것이다.

이런 것을 생각해볼 때, 우리는 우리의 삶에서 주어지는 방들을 어떤 용도로 사용해야 할지를 각자 하나의 과제로서 떠안게 된다. 결국은 그 방을 사용하는 사람이 어떤 사람이 며 거기서 어떤 생각을 가지고 어떤 일을 하느냐가 그 방의 운명을 결정하게 된다. 대통령의 집무실도 거기서 대통령 이 국가와 세계의 운명을 바꿔놓을 수 있는 중요한 결제를 한다면 위대한 역사적 공간이 되겠지만, 같은 그곳에서 어 떤 부적절한 행위를 한다면 한갓 가십의 배경으로 전락하게 된다. 우리는 워싱턴DC 백악관에 있는 그런 어떤 방을 이 미 잘 알고 있다. 한편, 비록 천막으로 만들어진 초라한 간 이 공간 같은 방에서도 만일 인간과 역사를 염려하는 진지 한 교육이 이루어지고, 그리고 거기서 어떤 위대한 인물이 나 작품이 길러진다면, 그 방은 그 어떤 황금의 방보다 더 욱 찬란하게 빛나는 공간이 될 수도 있을 것이다.

그러니 가끔씩은 창문을 열고 맑은 공기를 갈아 넣으며 한번 진지하게 생각해보기로 하자. 지금 나는 이 방에서 도 대체 무엇을 하고 있는지. 나의 이 방은 미국 매사추세츠 주 케임브리지 시 매거진 스트리트 10, 처치코너 810에 있 다. 나는 지금 이 방에서 방의 의미에 대한 철학적 글을 쓰 고 있다.

침묵에 숨은 말들

말의 양이 그 질을 결정하지는 않는다. 경우에 따라서는
한마디의 말이 백 권의 전집을 능가하는 경우도 얼마든지 있다.

　우리의 주변에는 말이 많고 입이 가벼운 사람이 있는가
하면 말수가 적고 입이 무거운 사람이 있다. 나는 비교적
후자에 가까운 사람인데 어쩌다가 말하는 것을 직업으로 갖
게 되었으니 그야말로 삶의 아이러니가 아닐 수 없다. 가뜩
이나 말수가 적은 사람이 어쩌다가 일본, 독일, 미국으로
세 번씩이나 외국 생활을 경험하게 되었는데, 그때마다 그
새로운 언어에 익숙해질 때까지 어쩔 수 없이 한동안 침묵을
지키며 그러지 않아도 무거운 입이 더욱 무거워지는 시기를
거치고는 했다. "그래 맞아." 하고 공감하는 분들이 아마 한
둘은 아닐 것이다.

　최근 소속 대학인 하버드와 집 근처인 MIT, 보스턴 대학
등의 세미나에 몇 차례 참석하면서 활발하게 (혹은 치열하
게?) 질의응답이 오가는 열띤 분위기에 부러움과 감동 비

숫한 것을 느끼고는 했다. 그런데 사실 한국에서도 비슷하지만, 주로 발언하는 사람들이 따로 있다는 것은 이곳 미국에서도 크게 다르지 않은 것 같았다. 낯선 외국이기에 그런 현상은 더 잘 눈에 들어온다. 그렇다면 그 자리에서 침묵을 지키는 사람들은 무언가 모자라는 사람들일까? 천만에. 그게 아니라는 사실은 세미나가 끝난 후에 이어지는 이른바 '2차' 같은 데서 곧바로 증명이 되기도 한다. 우리는 침묵하던 그 입에서 뜻밖의 중요한 발언들이 조심스럽게 새어 나오는 장면을 곧잘 보게 된다. 그들은 침묵 속에서도 끊임없이 무언가를 생각하고 있었던 것이다.

말의 양이나 속도는 사실 부차적이다. 예수와 공자는 아주 적은 말로도 역사에 길이 그 흔적을 남기지 않았는가. 심오한 노자의 《도덕경》도 불과 81장, 단 5천 글자다. 불교의 경전도 비록 팔만대장경이라고 하나 그 요체는 사실 한 바닥 짧은 《반야심경》 안에 다 압축돼 있다. 아니, 그조차도 "조견오온개공 도일체고액(照見五蘊皆空 度一切苦厄: 오온이 다 헛것임을 비추어보고 일체의 고액을 건너갔다)"이라는 단 한 문장 안에, 아니 '도(度: 건너기)'라는 단 한 글자 안에 다 수렴된다. "말로써 말 많으니 말 말을까 하노라"라는 말도 괜히 나온 것은 아니리라. 세상에는 아무래도 좋을 쓸데없는 말들이 너무 많다. 사람을 다치게 하는 문제적인 말들도 적지 않다.

공자는 "천하언재(天何言哉)"라고 말했다. "하늘은 어떻게 말하는가. 사시가 행해지고 백물이 생육한다. 하늘은 어떻게 말하는가." 하늘에는 입이 없다. 그러나 하늘은 엄정한 행위로, 결과로, 현상으로, 엄연히 그의 말을 말하고 있는 것이다. 테레사 수녀도 같은 취지의 말을 한 적이 있다. "우리는 신을 찾아야 하지만 소음이나 난리법석에서 발견되지는 않는다. 신은 침묵의 친구이다. 나무, 꽃, 풀 같은 자연이 침묵 속에서 어떻게 성장하는지를 보라. 별들과 달, 태양이 어떻게 침묵 속에서 움직이는지를 보라. 우리는 영혼을 어루만질 수 있는 침묵이 필요하다." 흥미롭기도 하고 놀랍기도 하다. 그녀는 공자를 알고 있었을까? 이곳 하버드 의대의 연구진이 밝혀내 알려준 이른바 '테레사 효과', 즉 "자신이 직접 봉사활동을 하는 것뿐 아니라 선행을 생각하거나 보기만 해도 신체 내에 바이러스와 싸우는 면역물질이 대폭 증가한다. 또한 테레사 수녀의 전기를 읽거나 일대기를 영상물로 보여준 후 면역물질을 측정한 결과, 평소의 50퍼센트 이상 증가하였다."라는 것도 그녀 자신의 이런 침묵의 철학과 무관하지 않을 것이다. 생각하기, 읽기, 보기도 다 침묵의 양태들이다.

침묵은 결코 무식이나 무지가 아니며, 더욱이 무관심도 아니다. 침묵의 가치도 분명히 있다. 그래서 불교에서는 '묵언수행'도 하고, 하이데거는 "침묵도 일종의 발언"이라고 했고, 비트겐슈타인은 "말할 수 없는 것에 대해서는 침묵해야 한다"고도 말했다. 나는 "말 없는 말을 듣기 위한 귀를 가져야 한다"고 말하고 싶다. 인터넷을 검색하면 침묵에 관한 명언들이 너무 많아 아연 사람의 입을 다물게 만든다.

정말 그렇다. 어떤 점에서는 끊임없이 열려 있는 입보다 내내 닫혀 있는 입이 훨씬 더 많은 그리고 중요한 말을 하고 있는지도 모른다. 그런 점에서 우리는 지금 세상에 가득 찬 저 속 시끄러운 말들보다도 묵묵히 자신의 오늘을 감내하면서 굳건히 삶을 밀고 나가는 저 닫혀 있는 수많은 입들에 더 귀를 기울여야 하는지도 모른다. 거기서 보석처럼 반짝이는 진짜 소리, 즉 언어 이전의 언어를 들어내는 것이 진정한 가치를 추구하는 사람들의 쉽지 않은 과제일지도 모르겠다.

MIT의 언어 조형물

정상과 비정상

모든 존재는 각각 그 본연의 정상을 지향한다.
그 정상의 '탈'인 비정상에서 의미 있는 인간적 노력의 싹이 자란다.

"이런…" 인터넷에 이상이 생겼다. Comcast 사의 Xfinity가 인터넷은 최고라기에 믿었건만…. 아마도 이 통신회사 시스템에 뭔가 문제가 생긴 듯하다. 특히나 외국 생활을 하면서 이런 일을 당하니 갑자기 생활의 주요 기능들이 마비되면서 답답하기가 이를 데 없다. 특히 한국으로 통하는 모든 문이 다 막혀버렸다. 하지만 이 주말이 지나면 어떻게든 다시 복구가 되겠지….

복구라는 것은 정상으로 되돌아간다는 것을 의미한다. 우리는 생활을 하면서 수많은 고장, 이상, 탈 등을 경험한다. 이 모든 것들은 이른바 비정상이다. 그런 비정상 상태는 우리에게 불편을 느끼게 한다. 칼이나 종이 같은 것에 새끼손가락 하나만 살짝 베어도 그 상태는 얼마나 우리를 불편하게 하던가. 하수구가 막히는 것도, 보일러가 멈추는 것도,

문이 열리지 않는 것도 다 마찬가지다. 지난주에는 싱크대의 디스포저(음식물 분쇄기)가 망가져 불편을 겪었다. 그런 것이 어디 한두 가지겠는가. 우리 몸의 여기저기는 말할 것도 없고 생활 주변의 여러 물건들, 심지어는 사회 조직의 이곳저곳에서도 이상 상태는 끊임없이 발생하면서 삶을 영위하는 우리에게 '문제'로서 다가온다.

생각해보면 우리 인간들의 역사라는 것도 이런 문제들, 이상들, 비정상들과의 대결 속에서 그 발전을 이룩해온 측면이 없지 않다. 의학의 발전이 특히 그렇고, 과학의 발전도 그런 측면이 없지 않으며, 혁명을 위시한 사회의 발전도 그렇게 해석될 여지는 충분히 있다. (정-반-합이라는 헤겔 변증법의 본질도 결국은 이것과 멀지 않다.)

철학도 큰 틀에서는 다를 바 없다. 나는 평소에 그 어렵다는 칸트의 철학을 학생들에게 설명하면서 반드시 그 출발 배경을 이해하라고 권유한다. 즉 철학의 '학문성'에 문제가 있으니 그것을 해결하자는 것이 근본 취지라는 것이다. 말하자면 그의 철학은 "얘, 철학아, 너는 나이가 이제 그만큼이나 됐는데 왜 아직도 그 모양 그 꼴이라니. 옆집의 수학이와 과학이를 좀 보렴, 쟤네들은 얼마나 똘똘하게 저 할 일들을 잘하고 있니. 너도 쟤네들처럼 확실하게 기초를 다져 믿을 만한 인식을 좀 가져야 하지 않겠니."라는 식의 문제의식이 그의 이른바 이성 비판을 촉발했다는 것이다. 당시의 철학이 그에게는 일종의 비정상으로 인식되었던 셈이다.

공자의 철학도 마찬가지다. 그에게는 당시의 세상이 온통 문제투성이, 잘못(過)투성이로, 즉 비정상으로 비쳐졌다. 특히 그가 이상으로 생각했던 이른바 3대(하-상-주), 요-순-우-탕-문-무-주공 같은 훌륭한 군주가 다스리던 그 시대에 비해 모든 질서와 인간관계가 엉망진창으로 흐트러져 온갖 문제를 드러내고 있으니 이를 바로잡을(正) 인물상(군자-선비)과 가치들(인-의-예-지-신-충-서 등)이 필요하다는 게 그의 핵심 사상이었던 셈이다.

부처와 소크라테스와 예수의 철학도 다를 바 없다. 부처에게는 고(苦: 괴로움)라는 비정상과 도(度: 건너감) 이후의 니르바나라는 정상이, 소크라테스에게는 무지(無知)라는 비정상과 지(知)라는 정상이, 예수에게는 죄라는 비정상과 회개 이후의 사랑이라는 정상이 각각 대비되고 있다. 그래서 저 유명한 "아제아제 바라아제 바라 승아제 모지 사바하(가세 가세 건너가세 모두 건너가서 깨달음을 이루세)", "너 자신을 알라", "회개하라, 천국이 가까웠나니" 같은 말도 다그런 맥락에서 비정상의 시정과 정상의 지향이었던 것이다.

어떤 경우든 문제 내지 이상에 대한 시정의 시도는 '정상'이라는 상태를 전제로 한다. 그런 것이 과연 존재하는지, 무엇이 그런 상태인지 하는 것은 만만치 않은 철학적 주제가 된다. 하지만 한 가지 분명한 것은, 그런 정상의 상태가 플라톤의 이른바 '이데아' 같은 상태로 아프리오리하게 존재하는지 어떤지는 차치하더라도, 우리가 그냥 이성적으로 판단해 '정상'이라고 부를 수 있는 상태는 분명히 존재하며 만유는 모두 그런 정상의 상태를 본질적으로 지향하고 있다는 것이다. 나는 이것을 '존재의 정상 지향성'이라고 부른다. '됐다', '좋다', '편하다'고 하는 우리의 자연스러운 감각이 그 판단 기준이 된다. 바로 그런 상태를 향해 우리는 밥도 먹고 잠도 자고 배설도 하고 사랑도 하고 운동도 하는 것이며, 바로 그런 상태를 향해 지구는 자전과 공전을 하고 비가 오고 바람이 불고 파도도 치는 것이다. 온 우주의 삼라만상이 다 그렇게 정상 상태를 향해 움직이고 있음을 우리는 직시하고 거기서 무언가 깊은 의미를 읽어내지 않으면 안 된다.

지금 2013년의 한국 사회를 바라보는 우리의 시선은 그다지 편치 못하다. 미국에서 태평양 건너 바라보니 더욱 그렇다. 2023년도 2033년도 아마 크게 다를 바 없을 것이다. 그 불편은 그것이 여전히 비정상임을 우리에게 시사해준다. 그러나 그 불편은 역사가 지금껏 그랬던 것처럼 극복을 통한 발전의 계기로 작용할 수 있다. 그래야만 한다. 그것을 기대해보자. 큰 바위 얼굴이라도 기다리면서. 물론 그 불편이 불편이 아니라고 우긴다면, 그때는 도리가 없다. 그냥 비정상으로 살아갈밖에.

기억의 창고

과거는 흘러가 사라지는 것이 아니라, 끊임없이 만들어져 쌓이는 것이다.
과거는 영원히 남는 최후의 승자다.

　철학의 눈으로 바라보면 이 세상 모든 현상들 하나하나가 신비 아닌 것이 없다. 대부분의 철학 교과서들이 그 첫 부분에서 '경이(thaumazein)'라고 하는 아리스토텔레스의 저 유명한 단어를 소개하는 것도 사실 우연만은 아니다. 모든 당연이 경이가 될 때 그때 비로소 철학은 날갯짓을 한다.

　그렇게 신기하기 짝이 없는 것 중의 하나가 '시간'이라는 것이다. 이것을 두고 철학적인 이야기를 하자면 한도 끝도 없다. 그러니 일단은 서랍 속에 넣어두기로 하자. 다만 한 가지 거기서 꺼내 오고 싶은 것이 있다. 그것은 그 많고 어려운 철학적 시간론들 중에 단연 돋보이는 것으로, 이른바 과거-현재-미래라는 시간이 실은 '기억'과 '대면'과 '기대'라는 것 속에 존재한다는 것이다. 따라서 인간의 이런 의식들이 사라지면 시간도 더 이상 존재하지 않는다고 해석

될 수 있다. 객관적인 이른바 무한의 시간(세계의 시간)이 아닌, 출생과 죽음 사이의 유한한 삶의 시간(인간의 시간)을 살아가는 우리의 입장에서는 부인할 수 없는 진실성이 있다. 이 기발한 이론의 위대한 주인은 중세의 성자 아우구스티누스였다. 지난 4월 3일 수요일 오후, 마운트 오번 스트리트(Mt. Auburn Street)에 있는 '에드먼드 J. 사프라 윤리학 센터(Edmond J. Safra Center for Ethics)'가 하버드 메디컬 스쿨과 공동으로 듀크 대학의 제니퍼 호킨스(Jennifer Hawkins) 교수를 불러 "웰빙, 시간, 치매(Well-Being, Time, and Dementia)"라는 주제로 세미나를 한다기에 호기심이 발동해 참가했다가 오랜만에 이 '시간', '과거', '기억'이란 주제를 환기했다.

나는 개인적으로 '과거'라는 시간 양태에 대해 특별히 관심이 많다. 그래서 과거의 의미를 새기는 시를 써본 적도 있다. 과거-현재-미래라는 시간 양태의 각축에서 과거야말로 최후의 승리자라는 취지다. 출생에서 죽음으로 향하는 인간의 시간 속에서 현재는 그 양이 매일 하루로 일정하고 미래는 매일 하루씩 줄어드는 데 비해 과거는 매일 하루씩 늘어난다. 마치 비탈을 구르는 눈덩이처럼 불어나는 것이다. 마지막 순간 현재와 미래는 누구에게나 0이 되고 과거는 사람에 따라 다르지만 80년, 90년, 혹은 100년이 된다. 이것은 이른바 삶의 흔적 내지 기록으로 혹은 업장으로

이 세상에 혹은 염라대왕의 장부에 영원히 남는다. 치매로
도 그것은 지워지지 않는다. '나의 기억'에서는 사라질지라
도 '세상의 기억'에서는 사라지지 않는다는 말이다. 그래서
우리에게는 '어떤' 과거를 남기느냐가 삶의 과제가 되는 것
이다. 그것은 물론 그때그때의 현재로 만들어가는 것이다.
그런 한, 과거 중시가 현재 중시를 훼손하지는 않는다. '각
각' 다 중요한 것이다.

아무튼 그 과거의 핵심인 '기억'이라는 것은 참 신기하고
도 흥미롭다. 그 기억을 더듬어보는 것도 삶의 일부로서 일
정한 의미가 없지 않다. 감상적 회고 취미라도 뭐 어떤가.
그 아련함 자체가 시간의 한순간에 별을 뿌려주기도 한다.

미국에서 연구 생활을 한 지도 한참이 되어 가끔씩은 고
요한 휴식의 시간을 갖기도 한다. 그럴 때는 학교 일들을
모두 내려놓고 그냥 침대에 뒹굴며 모든 것을 시간의 흐름
에 맡겨놓는다. 그러면 이 시간이라는 것이 제멋대로 노를
휘저어 나의 의식을 종횡무진 시간 속의 이곳저곳으로 데려
가기도 한다. 예컨대 나는 거기서 아직 20대의 앳된 청년이
고 연분홍 꽃처럼 청초하게 피어 있는 역시 20대의 한 어여
쁜 아가씨를 보고 가슴 설렌다. (그녀는 지금 머지않아 회
갑을 바라보는 나의 아내다.) 또는 거기서 나는 아직 취학
전의 어린 아이며 난생 처음 보는 바나나라는 것을 무척 신

기해한다. 혹은 거기서 나는 동네 꼬마들과 어울려 땅바닥에 △ ㅁ ㅇ를 그려놓고 저물녘까지 오징어 놀이를 하기도 한다. 그 모든 것들이 한때의 생생한 '현재'들이었다. 그런 현재들의 수가 무려 얼마였던가! 하루 이틀, 한 달 두 달, 1년 2년, 10년 20년, 그리하여 무려 60년! 얼마나 많은 일들이, 얼마나 많은 희로애락들이 그 현재를 거쳐 갔던가! 그 모든 현재들은 지금 다 어디로 간 것일까? 그게 다 고스란히 과거라는 시간 창고에 보관되어 있는 것이다.

물론 그 많은 일들 중 아주 적은 일부만이 우리의 현실에 남아 지금과 연결이 된다. 나머지 대부분은 그냥 기억 속으로 가라앉는다. 그러나 가끔씩은 그중의 일부가 의식 위로 떠올라 이따금 추억으로 혹은 상처로 반추되기도 하며, 또 일부는 무의식 속에서 희미한 그림자처럼 움직이기도 한다.

문득 한 30여 년 전, 도쿄 유학 시절이 생각났다. 그때 참 많은 일들이 있었다. 그래, 아직 20대, 청춘의 한복판이었으니까. 까마득히 잊혀 있던 그때가 문득 그리워 그중 몇몇 친구들의 근황을 찾아보았다. 인터넷이라는 기막힌 도구를 통해. 주말이라 마음도 편하게.

아, 있었다. 검색이 됐다. 일요일이면 함께 교외로 나가 태평양 바닷가에서 스케치도 하고 또 같은 기숙사의 한 한국 여학생을 연모하기도 했던 그리스의 PS는 아테네에서, 그리고 시부야의 뒷골목을 훤히 꿰뚫고 있던 독일의 PP는 뮌헨에서, 각각 일본 전문가로 명성을 얻고 있었다. 한편 어학 공부를 위해 매일 엽서를 주고받았던 타이완의 ZS는 문화 해설사로 타이베이의 스타가 되어 있었고, 마치 프로처럼 사진을 잘 찍었던 폴란드의 MH는 바르샤바에서 교수님이 되어 있었다. 그들의 늙어가는 사진도 몇 장 거기 있었다. 그 사진들은 뭐라 형언하기 힘든 묘한 느낌으로 다가왔다. 내 기억 속의 그 청년과 사진 속의 이 인사는 분명 동일 인물이건만 함께 놀던 '그 녀석'과 출세하신 '이분'은 분명 다른 인물이기도 했다. 그동안의 세월이 이들의 얼굴 속에 반영되어 있었다. 다행히도 그것은 흐뭇한 일이었다. 헤어진 그 후 몇 십 년 사이 얼마나 많은 노력이 있었을까. 그런데 그때 그 시간을 함께했던 또 다른 친구 KS는 모교의 교수로 명성을 떨쳤지만 몇 년 전 급병으로 고인이 되었고, UK는 좌절 뒤에 친구들과 연락을 끊고 십 년 넘게 소식을 알 수 없더니 아니나 다를까 인터넷상에도 그 흔적이 없다.

또 얼마나 많은 일들이, 얼마나 많은 웃음과 한숨이 각자의 그 시간 속을 스쳐갔을까. 그 모든 것들이 지금도 '과거'라는 창고 속에는 고스란히 남아 있을 것이다. 그 모든 것이 결국은 우리 인간들의 인생이 아니었던가. 그러니 가끔씩은 그 창고에 들어가 매캐한 먼지 냄새 같은 것을 맡아가며 '그때 그 일들'이 어디에 있지? 어땠더라? 기억을 헤집으며 여기저기를 뒤져보는 것도 나쁘지는 않을 것 같다. 치매가 그것을 다 삭제하기 전에. 그 또한 시간 속에서 살아가는 우리네 인생의 재미가 될 수도 있을 테니까.

한 십 년 지나면 아마 보스턴의 이 오늘 하루도 약간쯤 먼지를 쓰고 제법 아련한 추억으로 다시 기억의 표면에 떠오르지 않을까 싶다. 그날을 위해 긴장된 하버드의 강의뿐만 아니라 조금 전의 그 요란했던 앰뷸런스 소리와 방금 들린 명랑한 새소리도 여기에 함께 기록해둔다. 창밖 교회 첨탑에 걸린 붉게 물든 저 황혼의 아름다운 구름도 덤으로.

센트럴 스퀘어 교회와 시청 위의 황혼

배워야 할 유대인

배움의 완결은 잊지 않는 것이다.
잊는 자는 배운 것을 내 것으로 갖지 못하며 과오도 거듭 되풀이한다.

미국 생활이 좀 안정되면서 나는 소속돼 있는 하버드의 강의는 물론 인근 MIT와 보스턴 대학의 철학 관련 행사들도 일부러 챙겨서 들어본다. 그것들만 모아서 알려주는 사이트가 있어 아주 편리하다. (Boston-Area Philosophy Calender)

4월 26일 금요일, 보스턴 대학에서 프린스턴 대학의 피터 싱어 교수를 초청해 특강을 한다기에, 저녁 시간인데도 불구하고 찾아가봤다. 집에서 걸어 이삼십분 거리다. 찰스강을 건너 담쟁이로 가득 덮인 모스(Morse) 강당을 찾는 것은 어렵지 않았다. 실천윤리, 응용윤리라는 만만치 않은 분야에서 세계적인 명성을 얻고 있는 그라서인지, 강당을 가득 채운 청중들은 어림짐작으로도 오륙백 명은 족히 넘어 보였다. 나는 도쿄 유학 시절 이미 그의 《실천윤리학》을 통해 그를 알고 있었고 졸저(《편지로 쓴 철학사》〈현대편〉)에서 직접 그를 선정해 다룬 적이 있었기에 관심이 없을 수가 없었다. 세계적 거물인 그를 직접 보고 그의 육성으로 강연을 듣게 되다니! 그것도 그의 본거지인 이곳 미국에서! 묘한 인연을 느꼈다. 우레와 같은 박수를 받으며 그가 연단에 올라갈 때, 나도 그 박수에 확실한 일조를 했다. 각종 사진과 영상에서 익히 보던 그 얼굴이었다.

명성은 역시 거저 얻어진 것이 아니었다. '동물권(Animal Right)'과 '동물해방(Animal Liberation)'을 주제로 내걸고 거의 한 시간 반가량 진행된 강의에서 그는 인간과 동물의 관계를 저 창세기에서부터 되짚어보며 (철학사를 관통한 그의 박식함은 대단했다) 그리고 작금의 사육된 식품으로서의 동물의 실상을 여지없이 고발했다. 동물도 인간처럼 '의식'이 있음을 강조하면서. 그것은 이 문제에 거의 무관심했던 나 같은 사람도 강의 내내 많은 생각을 하게 했고, 강의가 끝났을 때는 많은 지지자들로부터 기립박수와 함께 환호도 터져 나왔다. 거의 연예인 급이었다.

그의 전략은 무엇보다도 사진과 숫자를 십분 활용했다는 점에서 빛이 났다. 꼼짝도 못할 정도로 좁은 우리에 갇혀 오로지 '고기'를 제공하기 위해 먹이를 제공받고 있는 무수한 돼지들, 그리고 날개라는 것은 펼 생각도 못한 채 가두어져서 오로지 '계란'과 '치킨'을 요구받고 있는 엄청난 수의 암탉들. 그것들의 소비가 미국 국내에서만 각각 연 1억 마리, 100억 마리 정도라 하니, 그들을 눈앞에 그려보면 실로 경악할 규모가 아닐 수 없었다. 생선은 너무 많아 추산이 불가능할 정도라는 말도 그는 덧붙여줬다. 인간의 입이라는 것이 이토록 엄청난 줄은 정말이지 알면서도 몰랐다.

이른바 '동물해방'을 표방하는 그의 결론은 사람들을 '채식주의'로 유도하는 것 같았다. 말미에서 육류 소비의 감소 추세와 채식주의자의 증가 추세를 그래프로 보여준 것도 아마 그런 차원이리라.

나의 건강을 염려해주는 아내 덕분에 근래 들어 거의 육류를 취하지 않는 나긴 하지만, 완전한 채식주의자도 아닌 입장에서는 어딘가 영 마음이 편치 않았다. 표현은 하지 않았지만, 그는 일종의 '동물윤리'를 설파하는 것이 분명했다. 한스 요나스는 '자연에 대한 윤리', '지구에 대한 윤리', '미래에 대한 윤리'를 말하더니, 이젠 '동물에 대한 윤리'까지! 모든 윤리라고 하는 것이 애당초 그러하지만, "그냥 좀 편하게 살게 내버려둬"라고 생각하는 사람들에게는 그것이 여간 부담스러운 게 아니다. 그러나 모든 '관계'에서 '문제'라고 하는 것이 인식되는 한, 윤리라는 것은 피해갈 수 없는 통로와 같다.

도대체 어째야 하나? 우리 인간은, 그 옛날 당연시됐던 노예를 해방했던 것처럼, 이제 그동안 당연시됐던 동물 포획을, 동물 사육을 버리고 그들을 해방해야 하는 시대를 맞은 것인가? 이제 우리는 생존을 위해 수렵에 나섰던 저 고대의 역사조차도 참회해야 하는가? 이건 그렇게 간단하지 않다. 싱어 교수도 강의 도중에, 미국과 유럽에서의 육류 소비가 줄어든 반면 생활수준이 높아진 중국에서의 그것이 기하급수적으로 늘어나고 있음을 알려주었다. 그렇다면 저 중국인들은 또 어째야 하나? 누가 저 13억의 입들을 말릴 수 있나?

의견을 말하기조차 쉽지는 않다. 그러나 내가 할 수 있는 전망은 대략 이렇다. 당분간 그냥 이 두 개의 흐름은 병행할 것이다. 세상이라는 것이 어차피 대립의 공존이듯이 이둘도 결국은 두 개의 '영역'을 형성한 채 공존할 수밖에 없다. 한편에서는 여전히 포획과 사육이 진행될 것이고, 한편에서는 조금씩 동물해방과 채식주의 소리도 높아갈 것이다. 그 과정에서 누구는 전자에 가담할 것이고, 누구는 후자에 가담할 것이다. 가끔씩은 양자의 대립도 없지 않을 것이다. 그러나 앞으로 그 사이에서 장바구니를 들고 고민하게 될 사람들의 수가 차츰 늘어갈 가능성은 결코 작지 않아 보인다. 저 싱어 교수와 그의 지지자들이 계속해서 우리를 불편하게 만들 테니까. "오늘 저녁엔 뭘 드시겠어요?" "이래도 고기를 드시겠어요?"라고 물으며. 그리고 그 두툼한 연구 자료들을 들이밀면서.

그로부터 몇 달이 지났다. 11월 8일 금요일 오후 4시, 그는 또다시 보스턴에 나타났다. 이번에는 내가 소속돼 있는 하버드에서 강연을 했다. 유명한 '효율적 이타주의 (Effective Altruism)'가 주제였다. 행사장인 사이언스 센터의 계단강의실(경사가 좀 가파른 Hall D)도 입추의 여지 없이 청중들로 가득 찼다. 학내 케임브리지 스트리트와 옥스퍼드 스트리트 사이에 위치한 큰 현대식 건물이었다. 두 번째라 그런지 첫 번째와 같은 강렬함은 좀 덜했으나 주제가 달랐던 만큼, 그리고 질의응답이 활발했던 만큼 '응용윤리'에 대해 많은 생각을 하게 만들었다. 특히 '이타주의'라는 말이 철저한 이기주의 내지 '나만주의'가 판치는, 그리고 소중한 기부금이 곧잘 엉뚱한 곳으로 새나가 엉뚱한 사람들의 배만 불리는 한국 사회를 배경으로 아프게 내 가슴을 두들겼다. 그리고 무엇보다 단순히 자기만족적인 '따뜻한 빛 (warm glow)'보다 '지속가능한 선'을 위해 실질적이고 효과적인 구호활동이 입증된 단체에 집중 기부하는 것을 강조하는 그의 이 철학은 상당한 설득력이 있었다. '제대로 된 현대적 사회윤리'라는 진한 여운이 있어 집에 돌아온 후 인터넷으로 그에 관한 것을 좀 검색해봤다.

그는 현대의 여느 영미 철학자들과 달리 미국이나 영국 출신이 아니다. 호주의 멜버른에서 태어났다. 그는 유대계였다. 나치 점령 당시의 오스트리아에서 박해를 피해 호주로 이주한 집안이었다. 그의 친할아버지와 외할아버지 모두 나치 수용소에서 희생되었다. (너무 많이 들어서 이젠 듣고도 덤덤한 상태가 되어버렸지만, 사실 이게 자기 일이라고 생각하면 보통 사건이 아니다. 아우슈비츠를 배경으로 한 영화 〈인생은 아름다워(La vita è bella)〉만 봐도 그 실감의 정도가 달라진다.) 친할아버지는 역시 유대인이었던 프로이트의 동료이기도 했다. 그런 내력을 의식한 것인지는 확인할 수 없으나 그는 선대의 기대에 부응해 열심히 노력했고 그 노력은 미국에 의해 보상받은 셈이다. 그는 호주 멜버른 대학과 영국 옥스퍼드 대학에서 공부했고 뉴욕 대학의 방문교수를 거쳐 미국의 초명문 프린스턴 대학의 교수가 되었다. 그리고 독특한 '반공리주의'와 '동물권'과 '세계시민주의' 등의 기치를 내걸고 현대 철학의 세계에서 확고한 자신의 지분을 획득했다. 그에 대해서는 한국, 일본 등에서도 관심과 평가가 높은 편이다. 그것은 이제 이 두 차례의 보스턴 강연에서도 여실히 입증되었다.

그의 육성을 지근거리에서 직접 들으며 나는 내가 지금 어떤 '역사적 현장'에 있음을 느꼈다. 그는 분명 철학의 역사에 그 이름이 남을 테니까.

*

그가 유대계 철학자라는 점에서 또 한 사람의 얼굴이 떠오른다. 힐러리 퍼트남이다. 그는 1926년생이다. 미국 대통령 부인이자 국무장관이었던 힐러리 클린턴과 같은 이름이지만 그는 남자다. 현대 미국 철학의 확실한 거장 중 한 명이다. 분석철학 분야에서 자신의 일정 지분을 갖고 있다. "철학은 결국 인문학 중의 하나이지 과학이 아니다. 하지만 그렇다고 해서 기호논리학이나 방정식, 논증이나 논문이 배제되는 것은 아니다."라는 유명한 말에서 그의 입장이 잘 드러난다. 그가 하버드 교수라는 것은 익히 알고 있었고 에머슨 홀에 있는 그의 연구실 앞을 지나간 적도 있었지만 여기서 그를 직접 보게 되리라고는 생각지 못했다. 그를 만났다. 물론 개인적인 만남은 아니다.

학과 조교인 비비안 양이 새로 이메일 하나를 보내왔다. "철학좌담회, 4/23 화요일 7pm, 하버드 힐렐, 베런 홀(Harvard Hillel, Beren Hall)…." 행사를 안내하는 메일이었다. 저녁 7시라는 게 영 내키지 않았지만 행사의 내용을 들여다보니 2000년에 은퇴한 힐러리 퍼트남의 철학이 주 메뉴였다. 무엇보다도 퍼트남 본인이 직접 나타나는 자리다. 하버드까지 왔는데 하버드의 거물인 그의 얼굴을 안 볼 수 없다는 아주 인간적인 너무나도 인간적인 이유로 나는 그 늦은 시간에 행사장을 향했다. 부슬부슬 비도 내렸고 4월이라기엔 좀 너무 추웠다.

우산을 접고 계단을 올라가는데 점잖아 보이는 한 할머니가 눈인사를 하며 말을 걸었다. "힐러리를 잘 아세요?" "아뇨." "그럼 어떻게 왔어요?" "학과에서 안내 이메일을 보내줘서요. 관심이 있어서요…." "아, 그렇군요. 이런 자리가 있다니, 정말 멋진 저녁이죠?" "네 정말…" 그렇게 멋쩍은 대화를 하고 올라갔는데, 그분의 표정은 뭔가 들떠 보였다. 행사장은 그 늦은 시각 그 궂은 날씨인데도 거의 100명이 넘는 사람들로 북적거렸다. 그것은 마치 인문학이 살아 있다는 증거처럼 내 눈에는 비쳤다. 떠나온 한국의 탈인문학적 시대 분위기와 대비되면서 좀 부럽기도 했다.

솔직히 나는 독일 철학이 전공 분야라 과학철학, 심리철학, 수리철학, 언어철학 방면의 전문가로 알려진 퍼트남에 대해서는 그다지 아는 바가 없었다. 그저 그가 프랑스에서 박해를 피해 미국에 정착한 유대계이며, 고등학교와 펜실베이니아 대학에서 1년 후배인 촘스키와 깊이 교류했고, UCLA 박사과정에서 논리실증주의의 한 축이었던 베를린학파의 대표자로 유명한 라이헨바흐의 지도를 받았고, 프린스턴, MIT, 하버드 등 초명문대에서 교수를 지낸 현대 영미 분석철학의 거물 중 한 명이라는 명성을 들어 알 정도…. 그러니 '쌍둥이 지구', '통 속의 뇌' 같은 그의 철학적 장치들이 단편적으로 떠오를 뿐, 그 내용에 대해 이해가 깊은 것도 아니었다. 그런데 좌담이 진행되면서 들려오는 말들은 좀 뜻밖이었다. 패널들은 한결같이 그의 철학이 '삶의 길(way of life)'이자 '삶의 안내(guide of life)'라고 치켜세웠다. 그리고 그의 철학과 마르틴 부버 및 에마뉘엘 레비나스와의 연관성을 강조했다. "어라, 이거 좀 심상치 않은데…." 하고 나는 귀를 쫑긋 세웠다. 그는 인간과 삶의 문제를 천착하는 이른바 유대 철학에도 깊이 발을 들여놓고 있었던 것이다. 문득 자크 데리다가 떠올랐다. 그도 그랬다. 그는 저 유명한 해체주의로 한때 전 세계의 철학계를 뒤흔든 인물이었다. 그런데….

1993년 내가 독일의 하이델베르크에 머물던 무렵, 일본에서 함께 수학한 도쿄 대학의 타카하시 교수가 파리에 왔다. (그는 일본의 전후 책임을 묻는 일본 내의 이른바 양심적 지식인으로 한국에도 그 이름이 알려져 있다.) 이러저러해서 거기서 재회한 우리는 깊어가는 파리의 밤을 이야기로 지새웠다. 그의 초청 교수를 묻자 그는 자랑스럽게 데리다가 바로 그라고 대답했다. 철학교수를 하는 우리에겐 그런 거물과 직접 얽힌다는 것은 하나의 '사건'이었다. 당연히 그의 근황을 물어보았다. 그랬더니 역시 뜻밖에 "근래에는 유대 철학에 빠져 있는 것 같다"는 답을 들었다. 데리다도 퍼트남도 부버도 레비나스도 모두 유대인이었다. '원점에 대한 그들의 지향' 같은 것이 느껴졌다. 수천 년을 나라 없이 떠돈 그들의 저 고난의 역사를 생각해보면 그런 것도 충분히 납득이 갔다.

그런데 한 가지 놀라운 사실이 있다. 철학 공부를 하다 보면 알게 된다. 근세의 저 스피노자를 필두로 해서 철학사에 이름을 남긴 거물들 중에 실로 엄청나게 많은 유대인들이 있다는 것이다. 부버와 레비나스, 데리다와 퍼트남은 물론, 마르크스, 프로이트, 후설, 호르크하이머, 마르쿠제, 프롬, 카시러, 요나스, 아렌트, 베르크손, 마르셀, 사르트르, 레비-스트로스, 비트겐슈타인, 에이어, 포퍼, 싱어, 촘스키등 너무 많아서 그 이름을 다 헤아리기도 쉽지가 않다. (철학 바깥에서는 레닌, 하이네, 카프카, 로젠츠바이크, 아인슈타인, 프루스트, 채플린, 더스틴 호프먼, 스티븐 스필버그, 데이비드 베컴 등도 이름이 높다.) 이들 하나하나가 다 일가를 이룬 거물들이다. 말이 그렇지 이러기가 쉬운 일인가!

아마도 교육과 무관하지 않을 것이다. 학교와 교육에 대한 유대인들의 집념은 소문나 있다. 《탈무드》에 나오는 유명한 이야기지만, 랍비 요하난 벤 자카이는 유대가 로마에 의해 멸망하기 직전 로마 장군 베스파시아누스를 일부러 찾아가 "훗날 당신이 황제가 될 텐데 그때 유대를 위해 학교만은 허용해주기를 바란다"고 간청을 했고 장군은 그것을 약속했다. 그의 예언은 적중했고 황제가 된 베스파시아누스는 약속을 지켰다.[*] 예루살렘 근교에 세운 그 율법학교 예시바를 통해 유대인들은 망국 이후에도 토라 등 유대의 전통과 정신을 유지할 수 있었다. "자식에게 생선을 주면 하루의 걱정을 덜고, 자식에게 생선 잡는 법을 가르쳐주면 평생의 걱정을 던다." "끝이 좋으면 다 좋다." "소문은 가장 좋은 소개장이다." 등도 그들의 말이다. 가르침과 배움, 그리고 학문, 그것은 그들에게 곧 생존이었다. 그 치열함에서, 그 심각함에서 그 무언가가 나온 거라고 나는 믿는다.

퍼트남의 그 강연에서는, 당연하겠지만, 아우슈비츠와 홀로코스트 같은 말들도 거론되었다. 그런 말들은 그들의 가슴속 깊이 박혀 절대로 빠질 수 없는 가시 같았다. 그와 관련해서 그들은 신성과 인간성이라는 것을 수도 없이 강조하고 또 강조했다. 그들은 상상을 초월한 저 지옥 속에서 확실한 그 어떤 교훈을 얻은 듯했다. 그래서이리라. 인구 고작 2퍼센트의 그들이 돈과 머리로 이곳 미국 사회의 중추를 장악하고 있다는 것은 조금도 이상할 게 없었다. 어떤 한 유대인이 낯선 고장에 새로 오게 되면 그곳 유대인 공동체가 발 벗고 나서 확실하게 그의 정착을 도와준다고 한다. (그래서 미국 거리의 그 많은 거지들 중 유대인 거지는 없다고 그들은 자랑한다.) 행사가 있었던 그 하버드 힐렐이라는 곳도 알고 보니 하버드의 유대인들을 위한 일종의 유

---

[*] 그는 콜로세움을 건설한 것으로도 유명하다.

대 공동체였다.

유대인은 정말이지 보통사람들이 아니다. 반짝이던 그의 눈빛과 무게 있던 그의 음성이 아직도 눈앞에 그리고 귓전에 생생하다. 그와의 만남은 확실한 하나의 행운이었다. 하버드에서의 소중한 추억이 될 게 틀림없다.[*]

그런데 밤늦은 거리를 걸어 집으로 돌아오는 동안 내 머릿속에서는 자꾸만 유대인과 독일인, 그리고 한국인과 일본인에 대한 비교가 맴돌았다. 기억하는 유대인과 반성하는 독일인, 망각하는 한국인과 망발하는 일본인. 이 4자는 왜 이렇게도 다른 것일까? 그나마 있던 일본에 대한 연구도 중국의 부상과 더불어 슬그머니 시들고 있다. 일본은 절대로 그렇게 잊혀서는 안 되는 나라다. 환기해보라. 강점 36년간 일본의 수탈이 어떠했으며, 또 바로 며칠 전 일본의 국회의원 백 수십 명이 전범들을 신으로 모시고 있는 야스쿠니 신사에 집단으로 참배를 강행했음을. 그들은 언제 또다시 새로운 모습의 요로이와 카부토, 그리고 카타나와 텟포로 무장을 하고 임진년과 경술년처럼 저 해협을 건너올지도 모르는 일인데….

---

[*] 그 3년 후인 2016년 그는 별세했다.

명성의 구조

대부분의 명성은 모래 위에 쓰인다.
아주 드문 이름들만이 바위 위에 새겨져 저 역사의 풍화를 견디어낸다.

이번 연구년 때는 미국을 한번 가봐야겠다 생각하고 나는 하버드를 비롯한 이른바 아이비리그 대학들에 신청 서한을 보냈다. 왜 하필? 굳이 물어볼 필요가 있을까? 일단은 그 명성 때문이었다. 다른 대학들에 대해 딱히 아는 바도 인연도 없었기에 이런 선택이 굳이 비난받을 일은 아닐 것이다. 어쨌든 인연이 닿아 이곳 하버드에 오게 된 지금, 그 명성이라는 것에 철학적 관심의 한 자락을 걸쳐본다.

어쩌다 대학에서 지난 몇 년간 '학장'이라는 일을 했다. 그 일을 해나가면서 나는 몇 가지를 잃었고 몇 가지를 얻었다. 녹록지 않았던 그 시간들이 지나간 지금 돌이켜보면 그 기회를 통해 얻은 소중한 경험 중의 하나가 이른바 '유명인사'들을 지근거리에서 접할 수 있었던 게 아닐까 싶다. 그것

은 길거리에서 그냥 지나가다가 우연히 촬영 중인 전지현이
나 김태희를 보았다는 것과는 차원이 다른 것이었다. 때로
는 그들과 일대일로, 때로는 일대다 중의 하나로 대면해 그
육성을 듣고 그들의 체온을 직접 느낄 수 있었던 것은 사실
평범한 사람의 입장에서는 입이 근질근질할 정도로 자랑하
고 싶은 일이기도 하다.

　생각해보니 그 수가 제법 만만치 않다. 이름만 들어도 누
구나 아는 음악가 KN씨, 만화가 LW씨, 연극인 PJ씨, 시인
KE씨, RS씨, 소설가 KH씨, 같은 동업자인 대학교수 중의
유명인사는 헤아릴 수도 없고, 회장, 장관, 지사, 시장, 장
군, 그리고 몇몇 의원들도 있었다. 이제는 제법 만만치 않
은 숫자를 갖게 된 내 삶의 연륜으로 판단하자면, 이분들의
이른바 '명성'에는 반드시 그만한 '까닭'들이 있었다. 예사
롭지 않은 능력과 노력, 그리고 주변의 도움이나 기막힌 행
운, 그런 것들. 그중의 더러는 TV를 통해서도 소개되었다.
이분들과의 만남이 있을 때마다 나는 거의 예외 없이 그 옛
날 대학교 1학년 때 배웠던 논리학 교과서의 한 명제를 떠
올리곤 했다. "모든 것에는 그 근거가 있다"는 이른바 '충
족이유율'. 그렇다. 인간 세상이 어떤 곳인데…, 그 살벌하
고 각박한 곳에서 나름 인정을 받고 이름이 알려진다는 일
이 근거도 없이 거저 그렇게 될 턱은 없는 것이다. 예전 일
본 유학 시절에 만난 적이 있는 장관 LO씨와 일본 중의원

의장(국회의장) SY씨도, 그리고 독일 유학 시절에 만난 적이 있는 철학자 가다머도 하버마스도 폰 헤르만도, 그리고 이곳 하버드에서 그 강의를 들어본 퍼트남도 싱어도 충분히 그 '그럴 만한' 근거 있음을 알려주었다. (유명한 마이클 샌델은 아직 하버드 교정에서 만난 적이 없다. 그러나 그의 명성은 그 근거를 굳이 내가 확인하지 않더라도 이젠 거의 모든 사람이 그의 공개 강의를 통해 인정하고 있다.)

그런데, 이것도 철학자의 고질병인지, 나는 이 명성이라고 하는 것의 구조를 분석적으로 검토해본다. 잘 생각해보면 그 명성이라는 것에도 서로 다른 여러 종류가 있다. 예컨대, 좀 극단적일지는 몰라도 대도 조세형이나 탈주범 신창원 같은 이도 나름 유명인사인 것은 사실이니까, 그런 명성과 이를테면 김수환, 성철 같은 분의 명성이 같을 수가 없다. 긍정적인 의미의 명성이라도 금세 세상에서 사라져버리는 일시적인 것과, 오래되어도, 아니 오래될수록 더욱 빛나는 그런 명성도 있는 것이다. 내가 만났던 그 많은 저명인사들 중의 상당수도 아마 시간이 좀 흐르면 세상의 기억에서 사라지는 경우가 태반일 것이다.

중요한 것은 그 명성의 본질이 '세상의 인정'이라는 것인데, 그 세상의 정체라는 것이 실은 애매하기가 짝이 없다. 오늘날에는 그것을 대변하는 것이 아마도 신문과 TV 그리고 컴퓨터와 스마트폰에 깔린 인터넷일 것이다. 엄청난 대중들을 거느리고 있는 이 매체들은 사실상 정치 권력과 자본 권력에 뒤지지 않는 막강한 위력의 문화 권력들이다. 물론 결정적인 것은 대중들의 기호다. 그러나 그것을 좌우하는 권력은 따로 있다. 그 권좌에 몇몇 사람들이 군림하고 있다. 결국은 그들이 명성의 가부를 결정하는 것이다. 말단 기자나 PD라도 그 권력은 웬만한 국회의원들 못지않다. 문제는 그들이 지니고 있는 그 '기준'이다. 우리는 펜을 쥔 자의 그 '기준'이라는 것을 엄정한 철학으로 한번 검토해볼 필요가 있다.

왜냐하면 세상의 기준이라는 것이 언제나 합당한 잣대가 되지는 않기 때문이다. 일례로 철학자 쇼펜하우어가 지금은 유명해진 저 《의지와 표상으로서의 세계》를 처음 냈을 때, 세상은 전혀 그것을 알아주지 않았다. 천재 시인 횔덜린도 릴케도 그의 사후에야 지금의 명성을 얻을 수가 있었고, 천재 화가 고흐도 천재 음악가 슈베르트도 마찬가지였다. 오죽하면 공자 같은 거성도 "남이 알아주지 않아도 화내지 않으면 또한 군자가 아닌가(人不知而不慍 不亦君子乎)."라고 말했겠는가. 세상의 잣대는 절대 온전하지 않다.

그렇다면 그 합당한 기준은 대체 어디에 있는 것일까? 그것은 눈에 보이지 않는 어딘가 '제3의 지대'에 있다. 거기엔 역시 우리 눈에 보이지 않는 '제3의 이성'이라는 것이 있다. 그것은 힘 있는 한두 개인에게 속하지 않는다. 그것은 제대로 된 판단력을 가지고 있어 언젠가는 진짜와 가짜를 판별해낸다. 그의 승인을 받고서야만 비로소 제대로 된 명성은 역사 속에서 그 빛을 발하게 된다. 하지만 그것은 적어도 그럴 만한 무언가가 있는 어디에서만 그 모습을 드러낸다. 그 핵심은 결국 사람이다. 인물이다. 그 인물의 삶이다. 그 하는 일의 '무엇'과 '어떤'이 진정한 명성을 얻게 한다.

지금 세상에서 가장 유명하다는 하버드 대학을 드나들면서 그 강의실에서 이런저런 수업과 강연을 들으면서 바로 그 제3의 이성이 어디선가 날카로운 눈빛으로 이곳의 교수와 학생들을 예의주시하고 있는 것 같은 느낌이 얼핏 들었다. 나를 초청해준 켈리 교수도 그 이성의 시야에 들어가 있으리라. 나는 그 이성의 시선을 어떻게든 우리 한국으로 향하게 하고 싶다. 그리고 그것이 이왕이면 서울만이 아닌 지방 어디로도 향한다면 더욱 좋겠다. 이를테면 창원 같은. 하버드가 뉴욕이 아닌 조그만 케임브리지에 있는 것처럼, 여기에 세계적 명성을 가진 인사들이 수두룩한 것처럼, 창원이라고 그런 인물이 없으란 법은 없지 않겠는가. 유명한 다산도 한양이 아닌 저 구석진 유배지 강진에서 저 숱한 명저들을 저술하지 않았던가. 꼭 지금이 아니더라도 상관없다. 릴케나 고흐나 슈베르트처럼 우리도 느긋이 한 100년 후를 기대해보기로 하자.

싸이와의 대화

색깔 모양 크기 불문, 꽃밭의 꽃들은 다 꽃이다. 눈길을 끄는 꽃은 더욱 꽃이다.
그러나 보는 눈이 없다고 꽃이 꽃 아닌 것이 되지는 않는다.

5월 9일 목요일, 가수 싸이(박재상)가 내가 머물고 있는 하버드에 와서 강연을 했다. '싸이와의 대화(Conversation with PSY)'라고 명명된 이 '학교 행사'에는 하버드 관계자들만 참석이 가능하다고 해서 하버드 ID와 신분증을 가진 나도 일단은 자격이 있는지라 큰 기대를 갖고 신청을 했는데, 워낙 신청자가 많아 아쉽게도 탈락이 되고 말았다. 무언가에 떨어지고도 이렇게 기분이 좋은 경우는 드문 일이다. (그는 확실한 한국의 자랑이었다.) 학교 당국이 급거 장소를 협소한 한국연구소에서 캠퍼스 한복판에 있는 800명 규모의 메모리얼 교회(Memorial Church)로 변경했음에도 불구하고 결국 신청자의 절반도 채 수용하지를 못했다. "이제 한국 팝 음악은 한국 현대사에서 산업화나 민주화만큼이나 큰 의미", "싸이는 현대사회의 글로벌 디지털 문화를 뒤흔든 현상"이라는 사회자 카터 에커트 교수의 멘트를 인정하지 않을 수 없었다. 일반 기사로 알려진 대로 그 행사는 탈락자들을 위해 인터넷으로 생중계가 되었다. 나도 아쉬운 대로 그 중계를 지켜보았다.

그의 인기는 정말 대단했다. 이른바 세계 최고 수준이라는 하버드 학생들은 "마음껏 사진을 찍어도 좋다"는 사회자의 코멘트에 열광하면서 그가 등장하자마자 연신 카메라의 셔터를 눌러댔다. (특히 그가 도중에 선글라스를 벗고 맨얼굴을 드러냈을 때 학생들은 그 찬스를 놓치지 않았다.) 역시 알려진 대로 그는 노래도 춤도 없이 오직 강연과 대화만으로 그 두 시간의 행사를 이끌어갔다. 당초 인터넷이 허풍을 떤 만큼 그의 영어가 '대단한' 것은 아니었지만, 그래도 그 시간을 내내 영어로 채울 수 있었다는 것은 사실 충분히 칭찬받을 만한 일이었다.

좀 짜게 말하자면, 그의 경험담—성공담 외에 뭐 특별히 대단한 내용이 있는 건 아니었다. 특히 그가 처음 보스턴 대학에 유학 왔을 때 배탈이 났는데 영어를 잘 몰라 '설사'를 'water s×××'로 설명해서 위기를 넘겼다는 대목에서는 듣기가 좀 '거시기'하기도 했다. "뭘 저런 이야기까지…." 하지만 그는 유학 당시 찰스 강 건너로 선망하며 바라보기만 했던 이곳 하버드에 총장의 초청을 받아 오게 될 줄이야, 와서 강연을 하게 될 줄이야 누가 알았겠느냐며 "인생이란 참 아름답지 않은가요?"라고 말해 박수를 받아냈고, "저는 가수로서 살아온 지난 13년간 스스로 '최고'였다고 말할 수는 없지만, '최선'을 다하지 않은 적은 없었습니다"라고 말하면서 또 한 차례 박수를 받아내기도 했다. 그리고 "저의 신곡이 빌보드차트 33위를 차지했다는 소식에 실망스러워하는 자신의 모습을 보고 스스로도 놀랐습니다, 빌보드에 올랐다는 사실 자체만 해도 얼마나 대단한 일입니까." 하는 대목에서도 박수가 나왔다. 미국 학생들은 그런 '박수'의 타이밍을 절대로 놓치지 않았다.

그 밖에도 그는, "강남 스타일의 성공은 정상적이지 않다. 그것은 사고 같은 일이었다." "이런 일은 자주 일어나지 않는다는 사실을 알기에 더 겸손해져야 한다." "많은 아시아의 가수들이 미국에서 성공하길 바랐지만 그 일이 나에게 일어나리라고는 생각하지 않았다. … 아마 내가 특별한 매력를 가지고 있기 때문일 것이다. … 사람들이 나를 선택한 특별한 이유가 있다. 그건 내가 잘생기고 몸매가 좋아서가 아니라 재미있는 노래와 춤, 뮤직비디오를 선보였기 때문이다." 등등 인상적인 여러 발언들을 남겼다.

그 '대단한' 행사가 끝난 며칠 후, 현지의 한인 신문 〈보스턴 코리아〉에는 그 후일담을 전하는 기사가 하나 게재되었다. 개인적으로 좀 아는 기자의 기사이기도 해서 관심 있게 읽었는데, 학생들이 삼삼오오 그때 이야기를 화제로 삼으며 기대 이상이었다는 반응을 보였다는 것이 특히 나에게는 인상적이었다. 그것이 어찌 그가 행사 후에 '쏜' 비빔밥 때문만이겠는가.

한 한국인으로서 기념하지 않을 수 없는 이 성공적인 하버드 행사에 대해 이야깃거리가 한둘이 아니겠지만, 나는 개인적으로 왜 그가 그토록 대단한 관심의 대상이 되었는지 그것에 관심이 갔다. 한 학생의 질문에 대해 그 자신이 답변한 대로 그것의 핵심은 오직 '재미(fun)'였다. 그는 파격적인 소위 B급 재미로 조회 수 15억이 넘는 기록적인 인기를 얻어냈다. '재미'와 '인기'는 그 자체로 철학의 한 주제가 된다. 나는 철학에 종사하는 한 학자로서 그리고 글을 쓰는 한 문인으로서, 그 어떤 철학자나 시인도 이런 인기와는 거리가 멀었다는 사실을 비교해 생각해보지 않을 수 없었다. (문학의 경우는 그래도 철학보다는 좀 낫다.)

나는 물론 철학이나 문학 같은 장르가 우리에게 줄 수 있는 소위 A급의 재미를 잘 알고 있고, 그것을 강조하고 선전해왔으며 앞으로도 그럴 것임에는 변함이 없다. 하지만 이번 행사를 지켜보면서 나는 그 B급의 재미라고 하는 것의 위력을 '실감'하지 않을 수 없었다. 그것이 저토록이나 '대단한' 것일진대 그 누가 저것을 무시하거나 폄훼할 수 있겠는가. 나는 개인적으로 그러한 재미를 잘 모르는 사람이긴 하지만, A급의 재미가 경원시되며 사람들의 관심이 A에서 B

로 이동해가는 이 시대적 추이에 대한 우려도 작지는 않지만, 그래도 사람들이 그 B급 재미를 재미있어 한다면, 그것은 그것대로 하나의 '세계' 내지 '차원', 혹은 '영역' 내지 '분야'로서 인정해주어야 한다는 입장이다. (아니 그 세계적 규모의 위력을 보면 인정해주고 말고도 없겠다.) 그것은 내가 오래전부터 강조해왔던 문화적 '공화주의' 내지는 '조화주의'에 속하는 것이다. '타인에 대해 해악을 끼치지 않는 한' 모든 것들은 그렇게 공존할 수 있어야 한다. 인간에게는 그렇게 '다양한 세계들'이 있는 것이다. 누구는 A를 선호하고 누구는 B를 선호한다. 그것은 변화할 수도 있고 교환될 수도 있고 때로는 융합될 수도 있다. 그 모든 것이 우리 인간들에게는 '선택지'로서 주어져 있는 것이다. 사르트르가 말한 '실존적 선택'에는 A급의 재미와 B급의 재미에 대한 선택도 포함되어 있는 것이다.

　나 같은 사람이야 죽었다가 깨어나도 말춤 같은 것을 만들어 추지는 못하겠지만, 바로 그것으로 그 어떤 한국인도 얻어내지 못했던 이곳 하버드에서의 인기를 얻어낸 싸이 군에게 한국인의 한 사람으로서 큰 박수를 보낼 수밖에 없었다. 그것은 나의 하버드 시절, 2013년 5월의 한 자랑스러운 사건이었다.

싸이 강연 하버드 홈페이지 생중계 화면

하버드의 어느 특강

진정한 언어는 언젠가 어디선가 반드시 그것을 들어주는 귀를 만나게 된다.

"많이 배웠습니다. 감사합니다." 하는 말을 미소와 함께 남기고 금발의 그녀는 강의실을 나섰다. "좋은 질문을 해주셔서 고맙습니다." 하고 나는 인사했다. 역시 미소와 함께.

2013년 5월 31일 금요일, 하버드 한인연구자협회(HKFS)의 요청으로 특강을 했다. 이미 시험도 끝난 방학이고 졸업식 바로 다음 날이라 나는 이 특강의 흥행 실패는 '필연'이라고 생각하며 아주 '가벼운' 마음으로 행사장이 있는 건물로 들어갔다. 그런데 현관 로비에서 한 미국인 노신사가 강의실의 위치를 묻는데 바로 우리에게 배정된 그 방이었다. 뜻밖이었다. 함께 강의실을 향하며 잠시 대화를 나누었는데, 그가 밝힌 이름이 좀 특이하기에 혹시 하고 물어보았더니, 역시나 그는 스위스 출신이었다. 제네바가 고향인 그는

25년 전 이곳 미국에 와 정착했고 지금은 은퇴한 메디컬 닥터였다. 철학에 관심이 많다고 했다. 예전에 제네바에 갔던 일을 화제 삼아 오랜만에 독일어로 좀 수다를 떨었다.

아니나 다를까 강의실에 들어서니 '손님'이 없었다. 나는 함께 온 협회의 회원들과 그리고 그 스위스 출신 S씨와의 '오붓한' 간담회를 마음속으로 준비했다. 아니, 그런데 이게 웬일. 정해진 시간이 다가오자 하나둘 외부 손님들이 들어오더니 이내 그 세미나실을 얼추 채워버렸다. 이건 그동안 내가 손님으로 참석했던 여느 세미나들과 거의 비슷한 행사가 되고 만 것이다.[*] 당초 이 특강은 하버드의 한국인들을 위한 행사로 기획한 것이라 한국어로 진행할 예정이었는데, 모인 손님들 중 거의 절반이 현지인이라 급거 나는 어설픈 영어로 이 특강을 할 수밖에 없게 되었다. 그나마 PPT를 영어로 준비한 건 다행이었다.

그날 내가 내건 주제는 '철학의 형성: 서양 vs 동양'이라는 것이었다. 나중에 느낀 바이지만 하버드 가제트 (Harvard Gazette: 홈페이지상의 관보 내지 행사 예정표)

---

[*] 하버드에는 분야 불문 공개 강연이나 세미나가 정말 많이 있는데 수십 명에서 수백 명까지 그 규모도 주제도 아주 다양해 입맛에 따라 지식 쇼핑을 하는 재미가 제법 쏠쏠하다. 내가 소속된 철학과노 마찬가지인데 에머슨 홀 3층 강의실에서는 며칠이 멀다 하고 이런 행사가 개최된다. 끝난 뒤엔 간단한 다과 파티도 있다. 이런 행사에는 미국 내 저명 대학 저명 교수뿐만 아니라 옥스퍼드 대학, 파리 대학, 베를린 대학 등 세계 각국의 명문대 교수들도 초청된다. 학교 재정이 워낙 좋아 이런 게 가능하다고 들었다.

에 공지했던 이 타이틀이 흥미를 자극해 결국 그 많은 손님을 끌어들인 셈이었다. 워낙 정해진 시간이 짧아서 나는 대략 '핵심 철학 내지 기축 철학'이라고 내가 이름 붙인 공자, 석가, 소크라테스, 예수의 기본사상들을 간단히 정리해 소개하고 그들이 '왜' 그때 거기서 그런 말을 하게 되었는지를 그 '문제의 현장'에 서서 되물어보아야 한다는 것을, 즉 그 결과를 뒤집어 원인을 읽어보아야 한다는 것을 강조했다. 그러면서 그들의 삶의 현장에서는 그들이 그렇게 '나설' 수밖에 없었던 '문제 그 자체'들이 있었음을 역설했다. (이런 방법론 내지 접근법을 나는 '현장탐사', '원점회귀', '원음청취', '뒤집어 읽기' 같은 용어들로 정식화한다.) 말하자면 총론이었다.

이어서 각론. 군, 신, 부, 자(君臣父子) 등 온갖 이름들이 그 본분을 잃고 세상의 질서들이 엉망진창이 되어 사람답지 못한 사람들이 온갖 문제를 야기하던, 그래서 노인들은 편안하지 못하고 벗들은 서로 믿지 못하고 어린이는 품어지지 못하던 그런 현실을 아파하며 "이름을 바로잡겠다(正名)"고 주유열국했던 공자의 경우, 또 헛된 무상의 실체인 자아의 실상을 알지 못한 채 모든 중생이 욕망에 집착해 2고, 3고, 4고, 8고, 그리고 백팔 번뇌로 괴로워하던, 그래서 삶 자체가 온통 괴로움의 바다였던 실상을 여실히 드러내며 여덟 가지 올바른 길을 걸어 그 고를 멸하는 해탈에 이르라고 설한 석가모니 부처의 경우, 또 진, 선, 미, 정의, 덕, 사려 등 인간이 진정으로 추구해야 할 것에는 너무나도 무지하고, 모르면서도 아는 체 잘난 체하고, 그저 돈이나 지위나 명예나 평판만을 추구하며 그래서 영혼의 향상 따위는 안중에도 없는, 그래서 "너 자신을 알라(gnothi seauton)"고 외칠 수밖에 없었던 소크라테스의 경우, 그리고 이 신비롭기 짝이 없는 세상과 그 세상의 온갖 피조물들의 경이로운 질서들을 보면서도 마치 인간이 세상의 주인인 듯 신을 두려워하지 않고 더욱이 인간이 서로를 미워하며 원수가 되던, 하여 영혼의 가난을 알지 못하고 남을 애통하게 하고 온유하지 못하고 평화를 깨트리고 의로움 따위에는 관심도 없고 남을 핍박하고 …, 그래서 "회개하라"고, 그렇지 않은 자들에게 "복이 있나니" 하고 소리를 높일 수밖에 없었던 예수의 경우.

그날 나는 더듬거리면서도 제법 많은 이야기를 그리고 정말로 중요한 철학들을 들려주었다. 그리고 그들에게서 사소한 문화적 차이보다는 동서를 초월한 공통점을 보라고 권유했다. 거기에는 한결같이 '진정한 문제 그 자체'가 있고, 그리고 그 문제들을 해결한 어떤 '좋음'에로의 강렬한 지향이 있음을 알려주었다. 맨 마지막에 이르러서는 그 모든 철학들이 긴 역사의 과정에서 한갓된 '지식'들로 화석화되고 박제화되어 있음을 지적한 뒤 그것들을 자기 자신의 문제로 받아들여 '읽으면서' 그것을 사유화하고 내면화하는 것이 진정한 철학의 의미라는 것을 다시 한 번 강조했다. 그것이 마무리였다.

그런 이야기를 듣는 그들의 표정은 진지했다. 솔직히 나는 지난 30년간 얼마나 그런 표정들을 간구했던가. 그토록 기대했던, 그러나 언제나 실망만 되풀이했던 그 진지함의 분위기를 나는 참으로 뒤늦게 이곳 하버드에서 잠시나마 맛볼 수 있었다. 질문은 더욱 진지했다. 이곳 토론 그룹의 한 멤버라는 금발의 중년 여성은 "예수의 하늘과 부처의 니르바나는 어떻게 다른가?" 하는 질문을 했고, 제법 철학에 선행 지식이 있는 듯한 한 청년은 "불교에서 제법무아라고 한다면 니르바나를 경험하는 그 자아는 도대체 어떤 자아인가?" 하는 질문을 했다. 그리고 또 다른 푸른 눈의 젊은 여성은 "서양 사상과 동양 사상이 문화적 차이에도 불구하고 서로 소통하는 것이 가능한가?" 하는 취지의 질문을 해줬다. 그리고 또 한 흑인 여성은 "공자가 '다움(정명)'을 꾀하였다면 그 다움의 기준은 도대체 누가 정하는가?" 하는 질문을 던져줬다.

첫 번째 질문에 대해 나는 '하늘'이란 절대선이 전제된 '신의 세계'이며 그것은 세계 초월적 경지인 '위'에도 있고 모든 인간들의 '안'에도 있어 그 양자는 영적으로 연결돼 있다는 것, 그리고 니르바나는 '각'과 '행'을 통한 '고'의 해탈 상태인 '인간의 세계'로서 하나의 고요한 심적 경지라는 것, 그래서 그 양자는 동일선상에서 '와'라는 말로 연결해 비교할 수 없는 각각 서로 다른 논의의 세계라는 것 등을 다른 보충 설명과 함께 들려주었다.

두 번째 질문에 대해서는 자아를 구성하는 오온 즉 색수상행식과 유식 철학의 상분, 견분, 지증분, 증자증분 그리고 제8식 알라야식 등 일단 관련된 지식들을 간단히 소개해주고 난 후, 그 질문에 대한 대답은 니르바나라는 그 경지에 실지로 이르러본 자만이 제대로 답할 수 있고 그것은 이미 부처의 경지로서 아직 그것을 경험하지 못한 내가 함부로 그것을 언급할 수는 없다고 솔직히 알려주었다. "안다는 것을 안다고 하고 모르는 것을 모른다고 하는 것 바로 그것이 안다는 것(知之謂知之不知謂不知是知也)"이라고 공자도 그러지 않았던가. 다만, 니르바나가 온갖 욕망의 불꽃이 꺼진 상태와 같다는 비유는 제대로 알려주었고, 내친김에 그 불꽃의 핵심은 욕망이며 초 자체는 곧 자아, 그 타서 줄어듦이 곧 생이라고도 알려주었다.

세 번째 질문에 대해서는 먼저 동서를 떠나 세계 자체가 유일무이한 존재의 세계이며 모든 존재는 동일한 그 하나의 세계 안에 존재한다는 것을 설명한 뒤, 문화적 차이라는 것은 고정불변이 아닌, 그 큰 동일성 안에서의 작은 차이라는 것을 하이데거를 동원해가며 알려주었다. 그리고 특히 지금의 시대는 이른바 근대화 이후 이미 나 자신이 그러한 것처럼 동서의 구분 자체가 무의미할 정도로 세계화되었다고, 그리고 모든 사상은 동서고금을 막론하고 결국은 동일한 인간과 동일한 삶 그리고 유일한 세계를 공통의 기반으로 삼고 있다고, 그러니 동서의 소통은 당연히 가능한 것이라고 답해주었다.

네 번째 질문에 대해서는 사람의 본분에 대한 기준이 우선 무엇보다도, 데카르트가 "양식(이성)은 세상에서 가장 공평하게 분배되어 있는 것이다"라고 말했듯, 공자 자신 안에, 즉 그에게 내재한 인류보편의 이성 안에 하나의 '이상'으로서 그려져 있었고, 그 정당성은 '그렇게 행동하는 게 좋더라' 하는 그 실천적 결과에 의해 확인 가능한 것이라고 답해주었다.

사실 생각해보면 쉬운 질문도 아니었고 쉬운 대답도 아니었다. 하지만 앞자리의 나도 옆자리와 뒷자리의 그들도 그 시간이 어떤 충실함으로 채워지고 있음을 느끼며 뭔가 만족해했다. 나는 분명히 동양 출신의 한 한국인이고 그들은 분명히 서양에 속한 미국인이었지만, 적어도 그 자리에는 동서의 구별이 따로 없었다. 그곳은 그냥 '철학의 자리'였다. 진지한 철학의 언어와 마음들이 오고갔다. 그래서 나는 보고 삼아 기념 삼아 여기에 적어둔다. 2013년 5월 31일 금요일 오후 4시 30분부터 6시까지. 하버드 대학 Thomas Chan-Soo Kang Room(S050), CGIS South Building,

1730 Cambridge Street, Cambridge, MA, 02138. 거기에는 비록 한 사람의 기자도 한 대의 촬영 카메라도 없었지만, 제법 거대한 철학이 논의되었던 한 조그만 '사건'이 있었다, 라고. 그리고 그것은 한 검은 머리 철학자에게 오래도록 기억에 남을, 진지한, 충실한, 그리고 무엇보다도 행복한 시간의 한 토막이었다, 라고.

한국연구소가 있는 하버드 CGIS 빌딩

제2부　여름, 그린

강변의 서정

인간은 이성적 존재다. 그러나 그 이전에 인간이 서정적 존재임을 아는 자는
조금 더 인생의 완전성에 가까이 다가간다.

요즘 시대에도 서정이라고 하는 것이 과연 유효한 것인지
모르겠으나 나는 그것의 가치에 한 표를 던진다. 아니, 모
든 것이 전자화된 요즘 시대일수록 우리는 서정을 잃지 않
기 위해 각별한 노력을 기울이지 않으면 안 된다는 것을 나
는 거의 하나의 '철학'으로 내세우고 싶다.

나는 낙동강이 시작되는 한 조그만 소읍에서 어린 시절을
보냈다. 지금 생각해보면 그건 내 인생에 주어진 가장 큰
축복의 하나가 아니었나 싶기도 하다. 집에서 한 10여 분만
걸으면 거기엔 맑고 푸른 강물과 눈부실 만큼 희고 드넓은
백사장이 있었다. 그리고 강둑엔 온갖 풀들과 들꽃들이 싱
싱했고 이따금씩은 상큼한 바람 사이로 푸르르 메뚜기가 날
기도 했다. 그 모든 것들이 찬란한 햇살 아래 빛나고 있었
고 거기서 아이들은 한없이 푸르고 큰 꿈들을 키워나갔다.

거기엔 훗날 내가 독일의 철학자 마르틴 하이데거에게서 배운 '존재(Sein)'라는 것이 생동하는 그 자체로서 펼쳐지고 있었다.

게다가 그곳이 강의 시발점이라는 것은 하나의 특별한 의미를 더해주었다. 아이들은 거기서 브뤼셀의 오줌싸개 동상 같은 '놀이'를 하며 우리의 '이 쉬야'가 대구나 밀양이나 부산 같은 큰 도시들을 거쳐 이윽고는 남해 그리고 태평양으로 갈 것이라는 이야기를 하며 마치 태평양과도 같은 사고의 스케일을 키워가기도 했던 것이다.

훗날 철학이라는 것을 배우게 되면서, "모든 것은 흐른다.""우리는 같은 강물에 들어가는 것이기도 하고 아니기도 하다."라는 헤라클레이토스의 수수께끼 같은 말을 들었을 때, 나는 그 어떤 보충 설명도 없이 곧바로 그의 말을 이해할 수 있었다. 공자의 이른바 천상탄(川上嘆), "가는 것이 이와 같구나. 밤낮을 가리지 않네." 같은 것도 마찬가지였다. 나는 그들이 그 옛날 강가에서 같이 놀던 친구, 아니 선배들처럼 친근하게 느껴지기도 했다. 적어도 강이라는 것을 함께 공유하고 있으니….

우연인지는 모르겠으나 내 삶의 가까이에는 늘 강이 함께 있었다. 중학교 이후 대학 졸업 때까지 서울에서 오래 생활하면서 나는 어린 시절의 꿈을 한강으로 옮겨갔고, 도쿄 유학 시절에는 집 근처를 흐르는 아라카와 그리고 에도가와

가 마치 그곳이 또 다른 고향인 양 쓸쓸한 이국의 고독을 어루만져주기도 했다. 독일 하이델베르크에 살았을 때는 넥카 강이, 프라이부르크에서 살았을 때는 정겨운 드라이잠과 함께 머지않은 곳에 라인 강과 도나우 강이 있어 주말이면 발길을 그리로 이끌기도 했다.

세월이 흐르고 인생도 흘러 어쩌다가 미국의 보스턴(케임브리지)에서 인생의 한때를 보내게 되었다. 이곳에는 한강의 한 절반쯤 되는 규모의 찰스 강이 고요히 흐르고 있다. 이 강이 너무 좋다. 특히 상류 쪽의 자연은 압권이다. (보통 보스턴 지역이라고 말하지만 엄격히는 이 찰스 강 남쪽이 보스턴 시, 북쪽은 케임브리지 시다. 그러나 지하철, 버스 등 교통망도 공유하는 같은 생활권이라 사실상 같은 시나 마찬가지다. 서울로 치면 강북, 강남 그런 셈이다. 하버드의 메인 캠퍼스는 강북 케임브리지에 자리 잡고 있지만, 메디컬 스쿨과 비즈니스 스쿨, 그리고 스타디움 등은 강남 보스턴 쪽에 흩어져 있다. 바로 강변에 위치한 비즈니스 스쿨, 스타디움(강남), 케네디 스쿨, 피바디 테라스 등 기숙사(강북)는 특히 전망이 좋다.)

기나긴 겨울이 지나고 날이 좀 풀리면 강변에는 성급한 젊음들이 싱싱한 초록 속에서 훌러덩 벗고 일광욕을 즐기기도 하고 강변을 달리기도 한다. 거기에 자전거의 행렬은 바람을 가르고 새하얀 요트들은 물살을 가른다. 강변엔 아예 하버드와 MIT의 요트 클럽이 있다. 아, 오리 떼들도 빠트리면 섭섭하겠다. 지난봄도 좋았지만 여름이 되니 이 강이 더욱 그 존재감을 드러낸다. 오늘도 보스턴을 찾은 저 수많은 여행객들은 저마다의 느낌으로 찰스 강을 거닐며 아마 무엇보다도 저 강변의 고즈넉한 풍경을 그들의 가슴 깊숙한 곳에 담아 가리라. 이곳에서 그들의 청춘을 보내고 있는 하버드, MIT, 보스턴 대학, 버클리 음대의 저 수많은 젊은이들도 어쩌면 그들의 강의실, 도서관, 실험실에서 배운 것보다 더욱 소중한 그 무엇을 저 찰스 강으로부터 배우고 있을지도 모른다.

무릇 인간이란 마음과 더불어 인생을 사는 실존적 존재임을 우리는 항상 되뇌지 않으면 안 된다. 인간은 분명 이성적 존재임에 틀림없지만, 또한 동시에 '서정적 존재'임을 그 누구도 부인할 수는 없다. 지−정−의를 조화롭게 갖추었을 때 인간은 비로소 인간인 것이다. 오늘도 세계의 이곳저곳에서는 강물이 흐르고 있다. 그 강물들은 결코 그저 상류에서 하류로 흐르는 단순한 빗물의 집합체 또는 H_2O가 아니다. 그것은 우리의 가슴속을 함께 흐르면서 새들과 함께 즐거운 노래를 들려주기도 하고 때로는 기나긴 서사를 들려주기도 하는 여신임을 망각하지 말자. 그런 서정을 통해 우리는 이 시대의 화두가 된 바로 그 힐링이라는 것에 다다를 수도 있을 것이다.

문득, 김소월의 저 시구가 떠오른다. "엄마야 누나야 강변 살자. 뜰에는 반짝이는 금모래 빛. 뒷문 밖에는 갈잎의 노래. 엄마야 누나야 강변 살자." 하버드가 있는 이곳 미국 보스턴에는 찰스 강이 흐른다. 이 강이 여기에 있어 너무 좋다. 이 강변에서 일 년을 살게 해준 하늘에 감사한다.

아, 한 가지 조심은 해야 한다. 오전에 산책을 나가 강변 길을 걷고 있었는데 갑자기 뒤에서 "옆으로 좀 비켜주시겠어요!" 외치는 소리가 들리더니 선글라스를 낀 금발의 젊은 아가씨가 빨간 자전거를 타고 휭 쏜살같이 내 옆을 지나갔다. 하마터면 교통사고를 당할 뻔했다. 그런데 멀어져 가는 그 자전거의 뒷모습이 왜 그렇게 멋있게만 보였는지 모르겠다. 흘러가는 강물도 웃고 있는 것 같았다.

찰스 강과 강변 길

시장의 풍경

뭔가를 판다는 것, 그것을 산다는 것, 그 거래에 인간적 삶의
거의 전부가 얽혀 있다. 그런 점에서 이 세계는 곳곳이 다 시장이다.

 하버드의 수업에서 한 가지 좋은 점은 교수의 수준도 수
준이지만 학생들의 그것도 만만치 않다는 것이다. 그래서
인지 질의응답이 엄청 활발하다. 특히 그 내용이 자유분방
한 것은 유럽이나 일본과는 다른 미국의 한 특징이자 장점
인 것 같다. 오늘 수업에서는 하이데거의 '세계-내-존재'
와 관련해서 '사물'과 '도구'라는 개념이 논의되었는데 한 학
생이 "예컨대 음식의 재료라는 존재자는 사물인가요 도구인
가요?"라는 좀 엉뚱한 그러나 재미난 질문을 했고, 그 논의
과정에서 "세계 개념에 '시장'이라는 것도 포함되는가?"라
는 문제도 제기되었다. '시장주의'라는 것이 미국의 기조이
자 시대적 화두이기도 한 셈이라 흥미로웠다. 존재론을 다
루며 음식과 시장이 언급되다니, 재미있지 않은가? 아닌 게
아니라 그렇다. 우리의 '삶의 세계'에는 분명 음식을 비롯한

'물건'들이 있고 그것이 거래되는 '시장'이라는 게 있다.

이곳 미국의 보스턴은 하버드, MIT, 보스턴 대학, 버클리 음대 등 유명 대학을 품고 있는 대학 도시로 유명한데 그게 다는 아니다. 보스턴이 자랑하는 다른 여러 명소들 중 '퀸시 마켓'이라는 좀 특별한 시장이 있다. 이것도 제법 유명하다. 가끔은 나도 그곳을 즐겨 찾는다. 1824년부터 1826년까지 지어진 이 시장은 이를 건설한 당시 보스턴 시의 시장 조사이어 퀸시(Josiah Quincy)를 기려 그의 이름으로 불리고 있다. 널리 알려진 관광지이기도 한 이곳은 늘 세계 각지에서 온 손님들로 북적거린다. 여기서는 이곳 명물 랍스터 롤(Lobster Roll)을 비롯한 다양한 먹거리들과 함께 아기자기한 기념품들도 찾는 이의 눈을 즐겁게 한다.

나는 어린 시절을 지방의 한 조그만 소읍에서 보냈는데, 집 바로 근처에 재래식 시장이 있어서 시장의 풍경이라는 것이 늘 친근했다. 당시의 감각으로는, 그곳에는 '세상의 모든 것'이 다 있는 듯했다. 쌀, 콩 등 곡물은 물론이고 고기며 생선이며 나물들이며 별의별 식품들이 다 있었고, 옷이며 그릇이며 연장들까지 그야말로 돈으로 살 수 있는 것들은 없는 것이 없었다. (나중에야 알았지만, 그 '물건'들이 실은 다 '삶'의 내용이었다.) 거기에 더해 그곳에는 영화관도 있었고 지금은 흔적조차 사라진 대장간, 함석집, 염색집도 있었고, 그리고 유기점도 방앗간도 술도가도 있었다. 게다가 식당, 양복점, 이불집까지 있었던 것을 생각해보면 그곳은 의식주를 다 포괄하는 그야말로 '세상' 그 자체였다. 거기엔 늘 활기가 있었고, 당시로서는 잘 몰랐었지만 지금 돌이켜보면 그 시끌벅적한 활기 속에는 온갖 종류의 희로애락들, 즉 '인생'이 함께 있었다.

그런 영향인지는 모르겠으나 나는 시장을 보는 것이 낯설지 않다. 이따금씩 남대문시장이나 동대문시장을 가면 제법 흥정도 잘해 드물게 아내에게 칭찬을 듣기도 한다. 예전에 독일의 하이델베르크와 프라이부르크에서 지냈을 때는 주말마다 서는 가설 시장에서 신선한 과일과 채소를 사는 것이 큰 재미였다. 독일의 거의 모든 도시들은 사실 이 장터(Marktplatz)를 중심에 두고 거기에 교회와 시청이 함께 서 있다. 그리고 그것을 둘러싸고 집들이 전개되어나간 특이한 구조를 지니고 있다. 시장이 도시의 중심인 것이다. 그것은 참으로 인간적이다. 그래서 독일의 재래시장은 더욱 정겹다. 일본 도쿄 우에노의 '아메요코' 같은 시장도 서민들의 대단한 사랑을 받고 있다. 학교 바로 뒤편이라 유학 시절 자주 갔었는데 그 시끌벅적한 호객 소리를 들으면 마치 명절처럼 마음이 괜히 들뜨기도 했다.

그런데 요즘 한국 사회에서는 전통시장의 존폐를 걱정하는 목소리가 커지고 있다. 대기업의 자본력과 기획력 등에 밀려 점점 더 그 입지가 좁아지고 있다는 것이다. 자본주의 시대, 자본주의 사회에서, 누가 그것을 탓할 수 있으랴. 그 어떤 논리보다도 우선하는 것이 '시장의 논리'가 아니었던가. 손님이 없으면 시장은 죽는다. 시장성이 없으면 바로 그 시장조차도 외면당하는 것이다. 예외 없다. 자본과 매력이 손님을 당기는 것은 어쩔 수 없다.

그뿐만도 아니다. 재래시장의 인간적 풍경 운운하기에는 이제 시대가 변해도 너무 변했다. 시장 자체가 이제는 전 세계로 그 규모가 커져버렸고, 거래 자체도 이젠 전자화되어 최근에는 컴퓨터나 손바닥 안에서 주문과 배송이 이루어진다. 아마 모르긴 해도, 이러한 변화는 더 커지면 커졌지 다시 그 거래의 양상이 옛날로 되돌아가는 일은 없을 것이다. "그럼 도대체 어쩌란 말이냐." 하고 재래시장의 상인들은 화를 내며 목소리를 높일지도 모른다. 그렇다고 정부가 나서 대기업의 시장 잠식을 법규 등으로 규제하는 것도 능사는 아닌 것 같다.

하지만 이대로 포기하고 시대의 흐름에 운명을 맡기기에는 전통시장의 그 '인간적 풍경'이라는 것이 너무나 아깝다. 거기서 느낄 수 있는 삶의 냄새 같은 것은 무슨 싸구려 헌 물건처럼 쉽게 버려질 수 없는 것이 아니었던가. 그래서 나는 시장 상인들에게 말하고 싶다. 어떻게 해서든 살아남으시라고. 조합을 결성하든 어떻게 하든, 대기업의 기획팀장을 모셔오든 어떻게 하든, 변해서 변하지 말아야 할 그것을 지켜내시라고. 그러려면 매력이랄까 유인책이랄까 손님의 발길을 이끌 수 있는 무언가가 있어야 한다. 어쩌면 보스턴의 퀸시 마켓이 좋은 모델이 될지도 모르겠다. 깨끗하고 편리하고 다채롭고 흥미로워야 한다. 그렇게 해서 나름의 고품격 브랜드 가치를 확보해야 한다. 마음만 먹는다면 그 정도는 우리에게도 불가능은 아닐 터. 아마추어의 꿈같은 이야기일지는 모르겠으나 나는 그런 식으로 업그레이드된 남대문시장과 동대문시장, 그리고 평화시장, 광장시장, 방산시장, 또는 가락시장, 노량진시장을 꼭 보고 싶다. 그렇게 되면 언젠가 외국에서 온 내 친구들과 신나게 거기를 쏘다니면서 자랑스럽게 김밥이나 비빔밥이나 냉면 같은 거라도 사주고 싶다. 바로 여기가 네가 찾던 그 유명한 시장이라며.

퀸시 마켓

사람의 얼굴

사람의 얼굴은 곧 그 사람이다. 그 절반은 타고나는 것이고
다른 절반은 그 삶으로써 만들어가는 것이다.

에머슨 홀 1층 105호, 켈리 교수의 하이데거 수업이 끝나
고 교실을 나와 센트럴의 집까지 매사추세츠 스트리트를 걸
어오는 동안, 희고 검은 수많은 얼굴들이 지나쳐갔다. 나까
지 포함하면 확실한 3색 인종, 색깔뿐만 아니라 표정도 인
상도 각양각색이다. 그 별의별 얼굴들을 마주하면서 문득
그 '얼굴'에 대한 이런저런 생각들도 지나쳤다. 실은 나의
슈퍼바이저 숀 켈리 교수를 처음 만났을 때, 그의 너무나
잘생긴 얼굴을 보고 감동을 한 이후의 느낌이기도 하다. 푸
른 눈 금발의 그는 007의 숀 코넬리도 무색할 완전 할리우
드 스타급 미남이었다. 하버드 철학과에 이런 교수가 있었
다니! 게다가 그는 스탠퍼드와 프린스턴을 거쳐 온 대단한
실력에다 인품까지 갖춘 신사였다. 그 모든 게 그의 얼굴에
서 빛을 발하고 있었다.

모든 사람은 각각 하나씩 얼굴이라는 것을 가지고 있다. 당연하기 짝이 없는 이야기지만, 사실 이 얼굴이라는 것은 참으로 묘한 존재라 아니 할 수 없다. 이 세상에는 무려 77억의 인간들이 살고 있다는데, 그 77억 인간들의 얼굴이 하나하나 모조리 다 다른 것이다. 아니 유사 이래 지금까지 존재했던 1,082억의 인간들 중 같은 얼굴이 어디 하나라도 있었던가. 흔히 쌍둥이는 똑같다고 하지만 그것도 자세히 보면 구별이 된다. 나는 고등학교 때 쌍둥이 중의 한 명과 친구였는데, 다른 반이었던 그 일란성 쌍둥이 형과 그를 혼동한 적은 전혀 없었다.

사람의 얼굴이라는 것은 경우에 따라 인생을 좌우하는 결정적인 변수로도 작용한다. 여성의 경우는 특히 그렇다. "클레오파트라의 코가 한 치만 낮았더라면 세계의 얼굴이 달라졌을 것이다" 라는 파스칼의 유명한 말은 그 점을 알려 주는 하나의 상징과도 같다. 서시(西施), 우희(虞姬), 왕소군(王昭君), 양귀비(楊貴妃)의 경우도 마찬가지다.* 경국지색이라는 말은 그들의 얼굴이 한 나라의 운명도 뒤흔들 수 있다는 말이 아닌가. 미인계라는 말도 비슷한 경우다. 남자들도 사실 다를 바 없다. 얼굴은 인상이라는 것과 연결되어서 그것이 입사 시험의 당락도 결정하지 않는가. 그래서 아

---

* 이른바 중국의 4대 미인. 우희 대신 《삼국지연의》에 나오는 가상의 인물 초선(貂蟬)이 들어가기도 한다.

마 옛날에는 관상 운운하는 것도 생겼으리라.

그런 것을 생각해보면 그 얼굴이라는 것을 가꾸기 위해 온갖 종류의 화장품 산업이 번창하거나 심지어 성형 수술이 대성황을 이루는 것도 이해가 간다. 인류의 문화유산 중 가장 오래된 것에 거울이라는 것도 꼭 있지 않던가. 역시 얼굴에 대한 인간의 원초적 관심이다. 그런 점에서 얼굴은 하나의 철학적 대상이 되어야 할지도 모르겠다. 아니 실제로 하나의 철학적 개념이 되기도 한다. 프랑스의 철학자 에마뉘엘 레비나스의 철학적 개념들 중 가장 유명한 것이 바로 '얼굴(visage)'이다. 물론 그의 경우는 그 의미가 사뭇 다르다. 그것은 "사람을 죽이지 말라는 하나의 명령"이라고 해석되기도 한다.

아무튼 한 가지 재미난 것은 이 얼굴이라는 게 사람마다 다를 뿐 아니라 같은 사람의 경우라도 그것은 매일매일 다를 수 있고, 더욱이 긴 세월이 지나면 전혀 다른 얼굴이 되기도 한다는 것이다. 요컨대 고정불변이 아니라 가변적이라는 말이다. 단순한 노화만이 아니다. 생각해보면 사람의 얼굴은 그 내면에 의해, 또는 주변의 상황이나 여건에 따라 적지 않은 영향을 받게 된다. 즉 어떤 사정-여건 속에서 어떤 생각을 하며 사느냐에 따라 그 삶이 얼굴에도 반영되는 것이다. "나이가 들면 자기 얼굴에 책임을 져야 한다"는 링컨의 말이나 호손의 〈큰 바위 얼굴〉에 나오는 어니스트 이야기도 결국은 그런 취지다. 무엇보다도, 좋은 일이 있으면 웃는 얼굴, 밝은 얼굴이 되고, 나쁜 일이 있으면 찌푸린 얼굴, 어두운 얼굴이 될 수밖에 없다. 그것이 오랜 세월 지속되면 알게 모르게 얼굴도 그런 쪽으로 변해가는 것이다.

얼마 전 뉴욕에서 40수 년 만에 옛 중고등학교 시절 동창 H를 만났다. 졸업 이후 처음이다. 내 기억 속의 그는 그저 앳된 얌전한 학생이었다. 그랬던 그의 얼굴에서 이제는 어떤 단단함과 무게 같은 것이 느껴졌다. 그것은 단지 까까머리가 은백발로 변했기 때문만은 아니었다. 솔직히 학창 시절의 그는 그다지 눈에 띄는 존재는 아니었다. 그랬던 그의 얼굴에서 느껴지는 이 단단함과 무게의 정체는 도대체 무엇일까? 나는 그것이 삶의 경륜이라고 직감했다. 그는 한국의 대학에서 철학을 전공했으나 그 학문의 꿈을 이루지 못하고 미국으로 건너왔다. 대화에서 언뜻언뜻 느껴지는 그의 삶은 결코 만만치가 않았다. 그 거센 풍파를 견뎌내면서 그는 이 광활한 미국 대륙의 한 모퉁이에 그의 삶을 뿌리내린 것이다. 철학에 대한 애정도 유지하면서. 한편으론 불교를 깊이 파면서. 봉사활동에도 한쪽 발을 담그면서. 그런 점에서 어딘가 대서양의 숨결이 스민 듯도 한 그의 지금 얼굴은 세월과 상황 속에서 오롯이 그 자신이 만들어낸 작품이었다.

우리 모두는 각자의 얼굴에 대해 하나의 숙제를 가지고

살아간다. 십 년 후 혹은 이삼십 년 후, 또는 인생이 붉은 노을빛으로 물들어갈 무렵, 거울 속에 있는 자신의 늙은 얼굴을 보며 거기서 그저 그런 얼굴이 아닌, 특히 탐욕에 찌든 얼굴이 아닌, 온갖 풍파를 꿋꿋이 견뎌낸, 하늘처럼 넓고 대양처럼 깊은 표정을 지닌, 혹은 세상과 인생 특히 타인을 따스한 눈빛으로 바라볼 줄 아는, 진정한 '사람의 얼굴'을 발견할 수 있어야 한다는 그런 숙제를.

보스턴의 대서양 연안

일본의 패전?

완전한 승리와 완전한 패배, 그런 건 없다.
우리는 그 승패의 '어떻게'와 '얼마나'를 물어보지 않으면 안 된다.

중고등학교 시절의 옛 친구들을 만나러 뉴욕과 워싱턴 DC를 다녀왔다. 보스턴에서 뉴욕까지의 95번 하이웨이는 비교적 단조로워서 연변의 숲들과 이따금씩 나타나는 강, 호수, 바다, 그리고 휴게소(rest area) 외에 특별히 눈길을 끄는 것은 별로 없었다. 자연히 시선은 눈앞의 도로와 그 도로 위를 달리는 자동차들의 흐름을 따라갔다. 그러다가 한 가지 특이한 사실이 눈에 들어왔다. 그리고 그것은 묘한 느낌으로 한 한국 여행자의 마음을 흔들었다. 그것은, 이곳이 미국의 핵심 도로임에도 불구하고 미국 차들이 그다지 눈에 띄지 않더라는 것이다. 네댓 시간을 달리는 동안 그야말로 이따금씩 포드나 GM, 크라이슬러가 지나갔고, 한국의 현대나 기아, 그리고 스웨덴의 볼보가 드물게 스쳐갔고, 독일의 폭스바겐, 아우디, 벤츠, BMW 등이 제법 빈번히 지나갔고, 절반이 넘는 나머지 거의 대부분은 토요타와 혼다를 위시한 일본 차였다.

이미 여기저기서 들은 바 있어 특별할 것도 없을지 모르겠지만, 현장에서 느끼는 기분은 많이 달랐다. 그러면서 나는 '미국과 일본'이라는 것을 생각해봤다. 누구나가 다 아는 대로 미국과 일본은 1941년의 진주만 공습 이래 이른바 '태평양전쟁'을 치른 적국이었고, 일본은 1945년의 히로시마, 나가사키 원폭 투하를 계기로 항복, 패전을 했다. 나는 1980년대 십 년 가까이 일본에 살면서 좀 지겨울 정도로 일본의 그 패전 이야기를 들어왔었다.

그 패전 이후 어언 거의 70년. 지금의 미일관계에서 당시의 흔적은 거의 대부분 지워졌다. 양국은 이제 그 어느 국가들보다 끈끈한 동맹관계를 맺고 있다. 미국은 일본과의 이 동맹관계를 지역 안보와 번영을 위한 '코너스톤(주춧돌)'이라고 부른다. (주지하는 대로 한국과의 동맹관계는 '린치핀(핵심 축)'이라고 부른다.) 그런데 이 동맹은 그저 그런 단순한 동맹과는 같을 수 없다. 이 두 나라는 엄연한 교전의 상대국으로 전쟁을 치른 역사가 있지 않은가. 그 점을 생각해보면 미국 거리를 달리는 차들의 절반 이상이 일본 차라는 지금의 이런 현상은 예사롭지 않다. 나에게는 언뜻 이 일본 차들이 마치 미국을 점령한 일본군 탱크 같은 느낌이 들기도 했다. 오버일까?

미국을 점령한 일본의 흔적은 비단 자동차만이 아니었다. 영화 〈백 투 더 퓨처〉에서도 과거의 브라운 박사가 손상된 타임머신 드로리안을 고치다가 그 일제 부품을 비하하는 발언을 하자 현대에서 과거로 간 주인공 마티가 "요즘 웬만한 건 다 일제"라는 취지의 대답을 하는 장면이 나온다. 현재의 일본에 대한 미국의 평가가 대개 그렇다. 제품이나 부품만도 아니다. 그들은 무엇보다도 미국인들의 마음을 점령했다. 미국인들의 마음에 새겨진 '일본'은 하나의 거대한 브랜드였다. 'Made in Japan'의 소비는 미국인들에게 마치 하나의 동경인 듯 보이기도 했다. 나의 초청자인 켈리 교수도 일본에 대한 이야기를 흥미로워했다. 도대체 어떻게 된 일일까? 그 계기의 시초는 물론 청일전쟁과 러일전쟁을 승리로 이끈 군사력이었다. 그 다음은 전후의 풍요를 이룩한 기적 같은 경제력이었고, 그 다음은 소니와 토요타 등으로 상징되는 탁월한 기술력, 그리고 그 다음은 마치 물이 종이를 적시듯 사람의 마음속을 파고든 문화력이었다. (나는 이 넷을 '칼', '돈', '손', '붓'이라는 말로 요약한다.) 일본의 문화들은 일단 '고급'으로 통한다. (19세기 한때 프랑스의 파리를 휘감았던 소위 '자포니슴'도 바로 그런 거였다.) 그 저변에 저 스시나 키모노나 우키요에나 하이쿠나 애니메이션 등이 있다. 그 밖에도 미국인을 사로잡는 문화들은 부지기수다.

워싱턴DC에서 친구들과 함께 꽃놀이 하는 동안도 사실

마음은 편치 않았다. 타이들 베이슨(Tidal Basin) 호수를 에워싼 엄청난 벚나무들은 1912년 '미-일 우의'의 기념으로 도쿄 시장 오자키 유키오가 선사한 것이었고, 사람들은 앞 다투어 일본식 탑과 안내문을 카메라에 담고 있었다. 나는 호수에 비친 그 한량없는 꽃들 하나하나가 워싱턴을 점령한 일본군의 심볼처럼 생각되었다. 구경 나온 엄청난 군중들 이 제퍼슨 기념관 앞 무대 주변에 모여들었다. 그들은 일본 고유 복장으로 북을 치는 일본 그룹들에게 열광적인 박수를 아끼지 않았다. 그 그룹에는 몇몇 미국인도 섞여 있었다.

그래서 나는 다시금 물어본다. 일본은 과연 미국과의 전 쟁에서 패한 것인가? 그래, 그것은 분명한 사실이었다. 그 러나 일본의 패배 방식은 여러 가지로 특이했다. 어쨌거나 전쟁 책임이 있는 그들의 천황도 살아남았고, 일본은 고스 란히 미국을 받아들였고, 그리고 섬기면서 한편으로는 그들 의 심장부를 파고들었다. 그래서 우리는 이제 새로운 방식 으로 물어봐야 한다. 일본은 과연 미국에게 '얼마나' 패배했 는가, 라고. 그들의 패전은 결코 '완전한 패배'가 아니었다.

이런 물음들이 내내 나를 불편하게 한 것은, 바로 그 일 본과, 미국 덕분에 해방을 맞은 우리 한국과의 관계를 어떻 게 생각해야 할 것인가 하는 결코 가벼울 수 없는 과제가 우 리 앞에 여전히 가로놓여 있기 때문이었다. 일본은 과연 한 국에게도 '진' 것이었나? 한국은 일본을 '이긴' 것인가? 한국의 도로와 한국인의 마음속에는 지금 어떤 모습으로 일본이 되돌아와 있는가? 한국인들은 그것을 아는가 모르는가? 비록 미국에게 덤볐다가 확실하게 졌지만 일본은 전후 복구와 고도성장을 거쳐 한때 'Japan as No.1'을 외치는 G2로까지 치고 올라왔고 그 버블이 꺼졌다고는 하나 아직도 여러 지표에서 G3로 버티고 있는데, 우리는 그것을 제대로 아는지 모르는지 모르겠다. 하버드 대학 케임브리지 스트리트 1730의 CGIS 빌딩 2층에 있는 라이샤워 일본연구소의 규모는 같은 건물에 세 들어 있는 듯 조촐한 우리 한국연구소보다 훨씬 더 크고 그 내용도 충실한데, 그 차이가 무엇을 뜻하는지도 우리는 제대로 아는지 모르는지 모르겠다.

어쨌거나, 미국의 방방곡곡에서는 지금도 해마다 많은 나무들이 잘려 나가고 대신에 화려한 벚나무들이 늘어나고 있다고, 한 미국 친구는 만면에 웃음을 띠고 내게 말했다. 우리는 좀 더 각성하고 분발하지 않으면 안 된다. 한국이 이곳 미국에서 일본을 추월할 때까지, 항일 독립운동은 아직 끝난 것이 아니다.

제자론의 한 조각

선생의 말이 제자를 통해 글이 될 때, 혹은 삶이 될 때,
그때 선생은 비로소 모두의 선생으로 완성된다.

　뉴욕에 있는 친구 H와 긴 통화를 했다. 이 친구의 여러 이야기들 중 하나가 가슴에 남아 마치 하나의 숙제처럼 나를 긴장시켰다. 그것은 "선생이란 자는 적어도 자기에게 혹한 제자 한둘은 가져야 한다. 그렇지 않으면 선생이라고 할 수가 없다"는 것이 그 골자였다. 평생을 강단에서 지내온 입장에서는 그 말이 그냥 예사로 들리지가 않았다.

　생각해보면 인류의 위대한 스승들에게도 하나같이 뛰어난 제자들이 있었고, 그들이 있어 그 스승도 비로소 스승인 그가 될 수 있었던 측면이 없지 않았다. 예컨대 예수에게는 베드로를 비롯한 열두 제자 및 직접 만난 적은 없지만 결정적인 역할을 한 바울이, 붓다에게는 초전법륜을 들은 꼰단냐 등 다섯 제자를 시작으로 아난, 가섭, 사리불 등 십대 제자가, 그리고 공자에게는 안회를 비롯, 유약, 자공, 자로,

증삼 등 역시 무수한 제자가 뒤를 따랐고, 소크라테스 역시 플라톤을 위시해 크리톤, 크세노폰 등 수많은 제자들이 그 주변에 있었다.

기묘하게도 그 스승들은 한결같이 글을 쓰지 않았다. 그럼에도 불구하고 그들의 '말'이 남아서 2천 년 넘게 인류의 귀감이 될 수 있었던 것은 모두가 다 그 제자들 덕분이었다. 예수의 말과 행적을 전하는 이른바 복음서들도 마태, 마가, 누가, 요한 등 제자 그룹에 의한 것이고, 소크라테스의 그것은 전적으로 플라톤의 문재 덕분이며, 《불경》의 첫 구절인 '여시아문(如是我聞: 이와 같이 나는 들었다)'과 《논어》의 첫 구절인 '자왈(子曰: 선생님께서 말씀하시기를)' 또한 그것이 제자들에 의한 것임을 잘 알려준다.

나는 얼마 전 철학자 레비나스에 관한 저서 하나를 번역했는데, 이 책에서도 슈샤니와 레비나스, 그리고 레비나스와 저자 본인의 관계를 소재로 제법 긴 사제관계론이 전개되어 있었다. 이런 이야기에서 하나같이 공통된 것은 그 스승들에게 우선 '뭔가'가 있어서 그것이 제자들을 속된 말로 '뿅 가게' 만들었다는 것, 그리고 그 제자들이 그것을 부풀리든 어떻게 해서든 그것을 사람들에게 내지는 이 세상에 '퍼트렸다'는 것이다.

물론 이런 경우는 아주 드물어 이것을 쉽게 일반화할 수는 없다. 경우의 수는 여러 가지다. 제자가 스승 못지않은 역량이 있으면 독립해서 일가를 이루는 경우도 적지 않다. 플라톤의 제자였던 아리스토텔레스, 러셀의 제자였던 비트겐슈타인, 후설의 제자였던 하이데거, 하이데거의 제자였던 가다머 등도 모두 그런 경우다. 또는 데카르트나 칸트나 헤겔 등처럼 뚜렷한 제자 없이도 직접 쓴 그 저작을 통해 충분히 사표가 되는 경우 또한 무수히 많다.

어쨌든 간에, 훌륭한 제자를 갖는다는 것은 무릇 '가르침'이라는 것을 인생의 일부로 영위한 자에게는 더할 수 없는 복이 아닐 수 없다. "득천하영재이교육지(得天下英才而敎育之)"가 군자삼락의 하나라는 말도 그런 뜻이다. 아닌 게 아니라 독일 프라이부르크 대학의 폰 헤르만 교수에게는 파올라(Paola)라는 학생이 그런 존재였던 것 같고, 지금 이곳 하버드의 숀 켈리 교수에게는 셀린(Celine)이라는 학생이 그런 존재인 것 같다. 내가 봐도 여간 똑똑한 게 아니다. 그들이 있어 수업에 활기가 돈다. 그 학생들을 바라보는 그 교수들의 흐뭇한 표정을 보면 부러운 느낌을 감출 수가 없다. 훌륭한 제자를 가르치는 즐거움은 선생 된 자의 복 중의 복이다.

그리고 생각해보면 그 역도 또한 마찬가지다. 배움의 과정을 겪은 자 중에 '스승'이라 할 만한 분을 단 한 명이라도 가졌다면 그것은 그야말로 천복이 아닐 수 없다.

나는 과연 어떠한가. 나는 과연 스승이라 할 만한 분이 있었던가. 나는 과연 제자라고 할 만한 녀석이 있었던가. 아니 무엇보다도 나 자신은 스승이라고 할 만한 그 '뭔가'를 갖고 있는가? 생각은 꼬리를 물고 여기저기를 짚어보게 한다. 모두 다 뭔가 있는 것 같기도 하고 아닌 것 같기도 하다.

하지만 조급한 결론을 내지는 말자. 역사가 그것을 증명하듯이 거대한 뭔가를 움직이는 힘은 항상 우리 인식의 저편에 있다. 스승과 제자, 가르침과 배움의 메커니즘도 마찬가지다. 원인이 될 만한 뭔가만 정말 있다면 알 수 없는 어떤 힘에 의해서 그 결과도 반드시 만들어진다. 그것이 언제어디서 어떤 모양으로 생겨날지는 아직 모른다. 그러니 기다려보자. 우선은 그 '뭔가'가 먼저 있어야 한다. 그것이 모자란다면 다음의 뭔가를 기대하는 것은 애당초 어렵다. 우리 시대에 그 '뭔가'를 가진 누군가가 있는지도 기다려보자. 아직은 모른다. 그것이 저 산란한 전파들의 장난질 속에, 마치 심해의 조가비 속 진주알처럼 그 영롱한 빛을 간직한채 때를 기다리고 있는 건지도.

발걸음의 향방

모든 발걸음에는 방향이 있다. 그리고 발자국을 남긴다.
그 방향과 발자국이 그 주인의 정체를 알려준다.

세상에는 어디서나 어딘가로 향하는 사람들의 분주한 움직임이 감지된다. 이곳 미국이라고 다를 바 없다. 아니 이곳은 세계의 중심이라 더욱 분주한 느낌이다. 보일스턴 스트리트 등 보스턴 중심가는 말할 것도 없고 지금 머물고 있는 케임브리지 쪽 하버드도 예외가 아니다. 드넓은 캠퍼스의 고색창연한 건물들마다 학생들과 교수들이 분주하게 드나든다. 강의실은 어디나 빽빽하게 들어찬다. 계절이 봄에서 여름으로 향하면서는 하버드 야드의 나무 숲 아래 잔디밭에도 학생들이 찾아와 엎드리거나 드러눕거나 나무에 기대거나 혹은 빨주노초파남보 형형색색의 플라스틱 의자에 앉거나 해서 책을 보거나 랩톱 컴퓨터의 키보드를 두드리거나 하며 각자의 푸르른 시간들을 즐긴다. 그런 한편으로 세계 각국에서 찾아온 관광객들도 우르르 몰려다니며 존 하버드 동상이나 메모리얼 교회나 와이드너 도서관 앞에서 연신 사진을 찍어 대기도 한다. 보고 있노라면 그 움직임들이 참 흥미롭다.

그런데 이 움직임이라는 것에 대해 우리는 생각해본 적이 있을까? 아니, 이 바쁜 세상에 대체 누가 그런 것을 생각한다는 말인가. 하지만 예컨대 보스턴 시내 프루덴셜 타워나 서울 롯데 타워 같은 고층 빌딩에서 저 아래 마치 개미떼처럼 줄 지어 부산하게 내달리는 자동차의 행렬을 한번 내려다보자. 우리의 시대가 전 세계적으로 이토록 바쁘다는 것 자체가 결국은 그만큼 세계가 크게 움직이고 있다는 것은 아닐까. 예전에는 인간들의 이 움직임이라는 것이 아마 이렇게 많고 크고 빠르지는 않았을 것이다. 가령 우주정거장이나 달에서 지구 표면을 관찰한다면 그 모든 정신없는 움직임들이 한눈에 들어올 것이다. 항아나 옥토끼라도 주목할 것이 틀림없다.

움직임이라는 것은 사실은 대단히 철학적인 개념이다. 그것을 보통 사람들은 잘 알지 못한다. 이 개념은 '키네시스(kinesis)'라는 말로, 그 옛날 대철인 아리스토텔레스의 가장 핵심적인 형이상학적 개념의 하나이기도 했다. ('운동'이라고 번역되기도 한다.) 이를테면 A가 B로 되는 것, 은 덩어리가 접시로 되는 것도, 통나무가 집으로 되는 것도 움직임이었다. 그런 모든 목적 있는 움직임의 '원인'을 생각해본 것이 이른바 형이상학의 핵심이었다. 토마스 아퀴나스는 이 개념을 통해 신의 존재를 증명하려고도 했다. 움직임이라는 현상이 곧 신의 존재 증거인 셈이다.

아무튼. 이른바 움직임에는 두 가지 종류가 있는데 하나는 원인을 알 수 있는 움직임이고 또 하나는 원인을 알 수 없는 움직임이다. 이를테면 지구를 비롯한 별들의 움직임, 태양의 작렬, 물과 대기의 움직임 등은 그 궁극적인 원인을 알 수가 없다. 탄생에서 죽음을 향한 인생의 움직임도 마찬가지다. 하지만 인간사와 관련된 움직임들은 대체로 그 원인을 알 수가 있다. 예컨대 소방차가 움직이는 것은 불이 났기 때문이고 구급차가 움직이는 것은 응급 환자가 생겼기 때문이다.

참으로 궁금하고도 중요한 것은 사람의 '발걸음'이라는 움직임이다. 사람의 발걸음은 끊임없이 어디에서 어딘가로 향한다. 작게는 이 방에서 저 방으로, 집 안에서 집 밖으로 움직이고, 크게는 외국으로 혹은 달이나 화성 같은 외계로도 움직인다. 그런 발걸음에는, 크든 작든 그것을 움직이게 하는 까닭이 있다. 증권사 객장으로 향하는 발걸음은 오직 '돈'이 그 원인이다. 시장으로 향하는 발걸음은 오직 '먹기'가 그 원인이다. 이런 발걸음의 원인들을 다 정리해본다면 바로 거기에 아마 '인생'이라는 것이 그 적나라한 모습을 드러낼 것이다.

그것들 중 철학 강의를 향한 발걸음을 한번 생각해보자.

오늘날 그 발걸음은 현저하게 줄어들고 있다. 적어도 1970년대와 80년대, 그리고 90년대까지만 해도 철학을 향한 발걸음들은 우리 한국 사회의 한 부분에서 (강의실뿐만 아니라 서점, 출판사를 향하는) 그 확실한 구두 소리를 들려주었다. 그런 발걸음들이 우리 사회의 건전성을 담보하는 데 적지 않게 기여하였음을 많은 사람들이 기억하고 있다.

이곳 미국 케임브리지에 있는 하버드 대학 철학과에서는 2013년 현재에도 정규수업 외에 꾸준히 이런저런 세미나가 열린다. 장소는 주로 에머슨 홀 305호다. 학과 조교 에밀리 웨어 양이 친절하게 안내해줘 나도 거의 매번 참석하는데, 여기에는 일반인들을 포함한 남녀노소 수십 명이 자유롭게 참여하여 발표를 듣고 질의응답을 한다. 인근의 MIT나 보스턴 대학도 마찬가지다. 그 열기가 제법 만만치 않다. 좀 예전이기는 하지만, 독일 하이델베르크 대학과 프라이부르크 대학에서도 비슷한 분위기를 본 적이 있다. 도대체 무엇이 사람들의 발걸음을 대학의 철학 강의로 향하게 하는가.

사람들은 의식주만으로 만족할 수 없는 존재다. 아니, 바로 그 의식주를 위해서도 철학은 필수적이다. 만일 우리 인간들이 단순한 생존이 아닌 진정한 의미의 '삶'이라는 것을 추구한다면, 즉 그 삶에서 '질'이라는 것을 고려한다면, 철학은 결코 버려서는 안 될 인류의 지적-문화적 자산임에 틀림없다.

아름다운 계절이 펼쳐지고 있다. 골프도 좋고 꽃구경도 좋지만, 더러는 도서관이나 책방으로 발걸음을 돌려 인문서라도 한 권 펼쳐보는 것은 어떨까. 오늘보다는 조금이라도 더 나은 내일이, 아니, 오늘과는 전혀 다른 내일이 어쩌면 바로 그 책 한 권에서부터 시작될지도 모르지 않는가.

살면서 우리는 참으로 많은 곳에 발걸음을 하지만, 정작 가야 할, 그러나 아직 그 첫발도 떼지 못한 곳들이 너무나도 많다. 한 번쯤은 졸시 〈남은 발자국〉처럼, 그 발걸음들의 방향, 즉 종류와 성격을 새겨봐야겠다.

마음에 지도를 펼쳐놓고
반백년 다닌 자취를 표시해본다
어디에 발자국이 있는지
어디에 발자국이 없는지

마른 곳 진 곳
나의 정체가 고스란히 드러난다

찍지 못한 발자국들이 문득
스멀스멀 살아나 내 머리를
등을
꼬리를 밟으며 지나간다

내 안에서 뭔가가 슬금슬금
신발끈을 살핀다

푸른 곳으로 가야겠다

　여기는? 이곳 하버드는 그런 곳일까? 나는 왜 여기로 발
걸음을 한 것일까? 있는 동안 내내 이 물음을 되새김질해볼
필요가 있을 것 같다. 먼 훗날 염라대왕에게 나의 정체를
들켰을 때 조금이나마 덜 부끄럽기 위해서라도.

하버드 홀과 존 하버드 동상

변하지 않는 변화

변화는 그것을 용감하게 받아들이는 자에게 하나의 선물로서 어떤 변화를 선사한다.

하버드에 처음 도착했을 때 가장 인상적인 것 중의 하나가 그 캠퍼스였다. 그게 바로 저 1970년대 전 세계를 울렸던 영화 〈러브 스토리〉의 배경이었기 때문이다. 그 곳곳의 아름다움도 물론이지만 특히 내가 소속된 철학과 건물 에머슨 홀이 나를 사로잡았다. 그 건물은 저 영화에서 남주인공 올리버의 할아버지가 기증한 '배리트 홀'로 설정된 곳이었다. 그 건물이 그 영화 속 모습 그대로 내 눈앞에 서 있었던 것이다. 거기를 매일매일 드나드는 감회가 특별하지 않을 수 없다. 아무런 변화가 없었다. 건물 입구나 복도나 계단이나 강의실에서 올리버나 그를 만나러 온 제니퍼와 마주칠 것 같은 착각이 들기도 했다. 그러나 그곳을 드나드는 사람들은 전혀 다르다. 모두가 다 변했다. 1971년 당시 그 영화를 보던 나는 고등학생이었는데 어느새 망 60의 머리 희끗

한 대학교수가 되어 여기에 와 있다. 드나드는 사람 자체도 달라졌다. 어쩌면 예전에 보였을 수도 있는 윌리엄 제임스나 이승만이나 피천득 등은 이미 없고 그 대신 객원으로 온 이수정의 얼굴이 보인다. 그렇게 어떤 것은 변하고 어떤 것은 변하지 않는다.

'변하는 것'과 '변하지 않는 것'은 철학의 초창기에 등장하는 중요한 화두다. 많은 교과서들은 바로 이것을 기준으로 철학자 헤라클레이토스와 파르메니데스를 대비시킨다. 아닌 게 아니라, '헤'씨는 "모든 것은 흐른다." "우리는 같은 강물에 두 번 들어갈 수가 없다."라는 말을 남겼고, '파'씨는 이른바 불생불멸, 불변부동의 '존재'를 이야기하며, "그것은 동일한 것으로서 동일한 곳에 머무른다."라고 말했으므로, 언뜻 보기에 이 둘은 상반되는 두 입장의 대변자인 듯이 보이기도 한다. 하지만 그런 교과서식의 해석은 믿을 것이 못된다. 그것은 말의 표면만을 들여다볼 뿐 그 말이 가리키고 있는 정작 중요한 내용은 보지 않는다. 실제로 '헤'씨는 변화하는 모든 현상들이 변화하지 않는 '로고스(이법)'에 따라서 변화한다는 사실을 강조한다. 그런 불변의 현상이 철학의 관심사인 것은 말할 것도 없다.

현실 세계에서의 '변화'와 '불변'도 다르지 않다. 그것들은 논리학이 말하는 배중률적인 그 어떤 모순이 절대로 아니다. 변화 속에 불변이 있고 불변 속에 변화가 있다. 이 둘은 그렇게 공존한다. 논리와 현실은 그 '존재의 장' 자체가 다른 것이다.

사람들은 대개 나이가 들면서 변화를 그다지 달가워하지 않는다. 무엇보다도 늙어가는, 그러면서 쇠퇴해가는 자신의 그 무엇이 싫고 두렵기 때문인지도 모르겠다. 혹은 어렵게 일구어온 자신의 삶의 결과를 상실하는 것이 싫어서인지도 모르겠다. 나 또한 사람인지라 그 점에 대해서는 공감이 간다. 언젠가 교양 '인생론' 강의에서, '세월'이라는 주제를 설명하기 위해 자신의 사진을 시대별로 편집해 학생들에게 보여준 적이 있다. 60이 가까운 최근의 사진에서부터 40대, 30대, 20대의 사진을 차례로 보이자 몇몇 학생들은 "오우~"[이런 때도 있었어?] 하며 환호를 했고 10대를 거쳐 돌 사진에 이르자 그들은 거의 까무러쳤다. 유년에서 노년까지, 한 인간의 변화라는 것이 한눈에 잡혔다. 그런 변화가 누구에겐들 달갑겠는가. 바로 그 변화 속에서 이젠 눈도 침침해지고 머리도 잘 안 돌아가고 걸핏하면 뭔가를 잊어버리고 체력도 예전과는 사뭇 다르다.

하지만 잘 들여다보면 그 변화라는 것이 꼭 쇠퇴나 상실처럼 나쁜 것만은 아니다. 세월 속에서 쌓여가는 연륜도 있다. 경력이라는 것도 무시 못해서 예전 같으면 언감생심 꿈도 못 꾸던 일들이 가능해지기도 한다. 그 변화의 결과 우리는 사랑도 하고 결혼도 하고 취직도 하고 내 집도 갖고, 경우에 따라서는 고급 차로 여행도 하고 세계 각지로 비행기도 타보고 때로는 유명인사들과 악수도 한다. 그런 좋은 쪽으로의 변화들 또한 많지 않은가.

사회적 차원에서도 마찬가지다. 우리 세대들은 아직도 1950년대를 기억한다. 그 궁핍했던 시대를 생각해보면 2013년의 대한민국은 그야말로 완전히 다른 세상이다. 먹지 못해 사람이 죽기도 하던 그 시대에서 이제는 너나없이 너무 먹어서 탈이 나는 시대로 변해버렸다. 구멍 난 양말에 전구를 넣어 알뜰히 기워서 그것을 신던 기억이 아직도 선명한데, 지금은 재활용 통 안에 유행 지난 멀쩡한 옷들이 산더미처럼 쌓이기도 한다. 집들도 또한 마찬가지다. 더러는 그 옛날 움집에서 피난 시절도 보냈었지만 이젠 편리한 아파트에서 당연한 듯 엘리베이터를 타고 다닌다.

그러니 변화라는 것은 무조건 회피할 일만은 아닌 것이다. 어차피 피할 수 없는 것이 변화라고 한다면, 용감하게 그 변화의 물살 속에 뛰어들면서 마치 용의 뿔을 잡고 하늘을 날듯 그 방향을 앞으로 그리고 위로 틀어놓는 것, 그것이 어찌 보면 삶이라는 것이 갖는 큰 매력 내지 재미일지도 모르겠다.

뉴욕 맨해튼에서 오랜 세월 사업을 하는 한 옛 친구를 만났더니, 그 친구는 맨해튼을 이렇게 정리해줬다. "여기서는 모든 새로운 것들이 끝도 없이 시도되면서, 그런 것이 다 인정이 되고, 그럴 뿐만 아니라 모두가 그런 것들을 기다리고 있다"고. 그리고 "세계의 모든 것들이 다 여기로 모여 새로운 무언가로 재탄생한다"고. 그래서 이곳은 "끊임없는 변화의 현장"이라고. "맨해튼에만 들어오면 몇 십 년 지난 지금도 늘 마음이 설레며 바빠진다"고 말하는 그 친구의 표정은 밝아 보였다. 그는 그런 변화를 즐기는 듯했고 그리고 어쩐지 아직도 젊어 보였다.

뉴욕 맨해튼 5번가

망각이라는 축복

적당한 망각은 "하늘 아래 새로운 것은 없다"는 그 하늘 아래서
끊임없이 새로움을 느끼게 해주는 묘약과 같다.

"Clifton Merriman Building…. 미국 사람들은 저렇게
꼭 건물에다가 '누구누구 빌딩' 하고서 이름 붙이기를 좋아
하는 것 같아."

딸을 태우고 운전을 하다가 잠시 신호에 걸려 머무는 동
안 눈앞에 들어온 케임브리지 우체국 건물을 보며 말을 건
넸다. 그랬더니 딸이, "아빠, 그 이야기 벌써 세 번째야. 여
기 지날 때마다 그 이야기 했잖아." 하며 좀 딱하다는 눈빛
이었다. "아, 그, 그랬던가?" 머쓱해진 나는 웃으면서 이렇
게 응수했다. "사람이 이렇게 자꾸 잊어버린다는 건 사실
축복인 거야. 그러니까 모든 일들이 돌고 돌면서도 항상 새
롭게 느껴지는 거지. 인간관계도 그렇고 계절도 그렇고…."
곧바로 신호가 바뀌면서 딸의 그다음 말은 듣지 못했다.

아닌 게 아니라 그건 그렇다고 나는 생각한다. 보스턴에

처음 도착한 것은 2월이었다. 며칠 후 잇따라 큰 눈이 왔고 그래서 이 도시의 첫인상은 흰색이었다. 하버드 교정 역시 영화 〈러브 스토리〉의 장면 그대로였다. 추웠지만 워낙 아름다운 도시라 흰색을 걸친 길들을 산책하는 것도 나름 운치가 있었다. 그런데 그 눈이라는 것이 참 묘해서 녹기 시작하면 질퍽거리며 지저분하기가 이를 데 없다. 그런 길을 걷는 것은 참 싫은 일이다. 그러나 사람들은 그게 지나면 금방 그 사실을 잊어버리고 다음 눈이 내리면 또 "와, 눈이다!" 하며 좋아들 한다. 어느 정도의 망각이 없다면 해마다 되풀이되는 이른바 '첫눈'의 신선함은 없을 것이다.

그 눈이 완전히 사라지기도 전에 잔설의 한켠으로 노란 수선화들이 피기 시작했다. 하버드 교정에서는 공대 앞 산수유가 가장 먼저 꽃을 피웠다. 그리고 이어서 히아신스와 개나리, 민들레들도 얼굴을 내밀었다. 한동안 동네 집 앞의 마당들은 꽃잔디, 금낭화, 데이지 등등 온갖 꽃들의 경연장이었다. 그 봄의 절정은 역시 흐드러지게 피었다가 멋들어지게 흩어져가는 벚꽃과 배꽃이었다. (묘하게도 멀리서 보면 벚꽃이 더 예쁘고 가까이서 보면 배꽃이 더 예쁘다. 나만의 감각일까? 미국에서는 아몬드꽃도 그렇게 예쁘다는데 이곳 보스턴에서는 아직 본 적이 없다.) 바람이 불 때마다 일제히 춤을 추며 떨어지는 그 무수한 꽃잎들은 정말 장관이다. 그러나 그것이 아무리 장관이더라도 그것이 무한

정 계속된다면 우리는 과연 언제까지 그것을 '즐길' 수가 있을까. 그것은 이윽고 지나가고, 그리고 우리는 그 감각을 잊어버린다. 그리고 이듬해 봄, 새로운 감각으로 그 꽃들을 웃으며 맞이하는 것이다.

어느새 그 봄도 다 지나고 약간의 더위와 함께 라일락과 장미, 그리고 아카시아가 찾아왔다. 이들의 향기로 이 정도의 더위는 충분히 참아줄 수 있다. 해마다 요즘은 끔찍한 더위가 기승을 부리지만, 우리가 항상 그 감각을 기억하고 있는 것은 아니다. 그것을 일일이 다 기억한다면 그 다음의 가을도 겨울도 다 지옥일 것이다. 하지만 고맙게도 우리는 그것을 선선한 첫 가을바람과 함께 잊어버린다. 아마 이제 곧 파스텔 빛의 수국들과 무궁화들이 소담스레 피어나 어린 달팽이들을 부르게 될 것이다. 우리는 그것이 작년 재작년의 그것임을 '익히 알고' 있지만, 그것과 상관없이 새로 피어난 이것을 완전히 '새로운 감각으로' 반기는 것이다.

그런 감각으로 몇 달 후에는 노랗고 빨갛게 물든 단풍을 반길 것이고 어쩌면 봄날의 꽃잎보다도 더 멋있게 떨어지는 그 낙엽들을 보면서 새로운 감각의 '감상'에 젖어들 것이다. 찰스 강과 함께 달리고 있는 저 '메모리얼 드라이브'의 가로수 길에서 펼쳐질, 그리고 와이드너 도서관 앞 하버드 야드의 숲에서 펼쳐질 그 낙엽의 향연이 벌써부터 기대된다.

생각해보면 참으로 묘한 것이 이 계절의 순환이다. 적당한 망각이 그것을 항상 새로운 것으로 만들어준다. 그것은 온갖 문학과 철학에게 영감을 불어넣어주는 원천이 된다. 일본인들은 그들의 독특한 형식인 '하이쿠'나 '와카' 같은 것으로 그것을 즐긴다. 우리에게도 〈봄의 왈츠〉, 〈여름향기〉, 〈가을동화〉, 〈겨울연가〉 같은, 세계에 자랑할 만한 작품이 있다. 한편 공자 같은 분은 "天何言哉 四時行焉 百物生焉 天何言哉(하늘은 어떻게 말하는가. 사시가 행해지고 만물이 살고 있지 않은가. 하늘은 어떻게 말하는가.)"라는 말로 그 사계절의 변화에서 '하늘'의 언어를 읽어내기도 한다.

아, 그런데 이 이야기는 언제 어디서 한 적이 없던가…? 딸에게 한 소리 더 듣기 전에 잘 생각해봐야겠다. 있었던가, 없었던가?

찰스 강과 메모리얼 드라이브

소리의 온도

사람이 사람을 부르는 소리의 따뜻함에서 '세상의 온기'가 자라 나간다.
그 온기가 세상의 저 냉혹함을 견디게 하고 때로는 행복이라는 이름의 꽃도 피운다.

물어볼 게 있어 찾아간 김에 학과 조교인 비비안 양과 수
다를 떨다가 "바다 쪽 찰스타운이 옛 정취도 있고 산책하기
좋으니 한번 가보세요"라는 소리를 들었다.

주말이라 그녀의 말대로 찰스타운 바다 쪽을 향해 케임브
리지 시내를 산책했다. 날씨도 좋아 그런지 흥얼흥얼 콧노
래가 나왔다. "보리~밭 사~잇길로 걸~어가면 뉘~ 부르는
소~리 이~있어…" '보리밭'과는 아무 상관없지만 문득 '부
르는 소리'라는 말이 가슴에 와닿았다.

생각해보니 누군가가 '나'를 따뜻하게 불러주는 소리를
들은 게 언제였나 싶다. 길거리를 지나가다가 "저기요, 길
좀 묻겠는데요"라든지, 직장에서 이를테면 "교수님" 하면
서 일을 위해 부르는 그런 소리 말고, 그야말로 '나'를, 나의
'존재'를 부르는 소리….

요즘은 어떻게 되어 있는지 잘 모르겠지만, 우리 세대의 경우는 맨 처음 국민학교(초등학교)에 들어가 국어시간에 배웠던 것이 "영희야 놀자, 철수야 놀자"라는 말이었다. 우리는 실제로 누군가를 그렇게 부르면서 우리의 인생을 시작했다. 이때의 영희와 철수를 부르는 소리는 단순히 놀기라는 용건을 위해서 부르는 소리는 아니었다. 그것은 말하자면 영희의 존재, 철수의 존재를 부르는 소리였다. 함께하고 싶어 하는 '좋아함'이 없이는 "ㅇㅇ야~"라고 부르지 않는다. 부를 수 없다. 언뜻 보기에 아무것도 아닌 듯한 이 하나의 언어적 현상에는 실은 우리가 깊은 철학적 시선으로 성찰해보아야 할 진리의 일면이, 그리고 우리 시대의 한 서글픈 얼굴이 감추어져 있다.

지난번 수업 시간에 켈리 교수가 다루기도 했던 그 하이데거의 기초존재론적 문맥과는 좀 다르지만, '부름(call[Ruf])'이라고 하는 이 실존적–윤리적 현상은 우리의 삶에서 중요한 의미를 갖는다. 그런데 요즘은 그런 게 '문제'로서 부각된다. 그것이, 즉 사람이 사람을 부른다고 하는 이 따뜻한 현상이 어느샌가 점점 그 온기를 잃어가고 있는 것이다. 이 온기는 사람이 사람을 찾아간다고 하는 그 '발걸음'에서도 역시 사라져간다. 요사이는 부르는 말 걸음이나 찾아가는 발걸음이나 많은 경우 오직 어떤 '용건'을 위한 수단으로서만 성립이 된다. 하기야 그런 현상이 비단 우리 시대 우리 사회에서

만 있는 일은 아니었다. 칸트의 저 유명한 말, "그대는 인간을 … 목적으로 대할 것이며, 결코 단순히 수단으로 사용하지 말라."도 대체로는 사람이 사람을 대할 때 그 사람을, 무언가 어떤 이익을 위한 수단으로 대할 뿐, 순수한 '목적'으로 대하지 않는다는 일종의 '비윤리적' 현상 위에 기초하는 것이다.

1950년대를 지나온 우리 세대들에게는 대체로 하나의 공통된 추억이랄까 삶의 원체험 같은 것이 있다. 그것은 동네 꼬맹이들과 어울려 하루 종일 이런저런 놀이를 하다가 어느새 노을이 물들고 땅거미가 짙어질 무렵, "○○야~"하고 부르던 엄마들의 목소리가 있었다는 것이다. 그런 목소리는 그 ○○를 절대적인 목적으로 하는 사랑 그 자체였다. 그런 사랑의 온기는 말하자면 세상을 따뜻한 곳으로 만들어가는 원점이기도 했다. 그런 따뜻함 속에서 자라난 아이들이 커서 친구를 찾기 시작한다. A가 B를 찾아가고 B가 A를 찾아간다. A와 B는 서로가 서로를 불러준다. 거기에서 이른바 '세상의 온기'가 자라나간다. 하나씩 둘씩 봄날의 꽃빛처럼 번져간 그 온기가 이윽고 사람들로 하여금 세상의 냉혹함을 견디게 하고 내일을 향한 발걸음을 내딛게 한다.

그런 온기의 현주소는 어떨까? 학원 가기를 재촉하는 엄마들의 목소리에 그런 온기가 여전히 남아 있는지를 우리는 좀 고민스럽게 돌아볼 필요가 있다. 한 시간이 멀다 하고 울려대는 아이들의 스마트폰 벨 소리에 과연 그런 온기가 스며 있는지도 의심해보지 않으면 안 된다. 인터넷의 채팅이나 SNS의 포스팅이나 기사의 댓글 등에 과연 온도라는 것이 있기나 한지도 물어보지 않으면 안 된다. 36.5도라는 우리의 아프리오리한 체온 현상은 대단히 중요한 철학적 의미를 그 자체 안에 갖고 있다. 인간은 뱀이나 사이보그와 달리 애당초 본질적으로 '따뜻한 존재'인 것이다.

산책 도중 버팔로에 사는 옛 친구 I가 전화를 걸어왔다. "수정아~" 하고 그는 나를 호칭 없는 이름으로 불러줬다. 길거리에 선 채로 한 30분을 이야기했다. 그와 나는 아무런 이해관계가 없다. 그런데 "니가 쓴 시들 참 좋더라. 젊은 나이도 아니니 몸 챙겨가면서 계속해서 좋은 시 많이 써라"라는 그 친구의 목소리에서 따뜻함이 느껴졌다. 36.5도였다. 그래, '친구'라는 게 있었지. 세상이 비록 험하다고는 하나 아직 얼어 죽을 만큼의 빙하기는 아닌 것 같다. 그래서 〈소리의 온도〉라는 제목으로 시를 한 편 써봤다.

그는 높고 큰 가죽의자에 앉아 있다
엉덩이는 차갑다
그녀는 수표가 가득 든 명품백을 끼고서
부농산을 지나 승권사를 지나
또 다시 명품점으로 들어선다
그녀의 팔은 시리도록 차갑다

봄을 떠난 세월들, 긴 그림자 드리운다
입김은 성에처럼 희고 차가워
부르는 아이들의 이름조차
영하로 굳어 가슴에 닿지 않는다

한때는 모두 따스했던 입술들
아스라이 기억 속에 가물거리는
소리들의 온기

다시, 봄으로 가야겠다
어디선가 그가 부르고 있다

보스턴 찰스타운의 주택가

더하기와 빼기—혹은 감사의 철학

어떤 언어들은 사람에게서 무언가를 빼는 −(마이너스)가 되고 어떤 언어들은 사람에게 무언가를 더하는 +(플러스)가 된다. 언어에도 수학이 있음을 알아야 한다.

하버드의 교실을 나와 센트럴의 집으로 돌아오는 도중 매사추세츠 스트리트에서 꼭 만나게 되는 거지가 한 사람 있다. "세계 최고의 선진국이라는 미국에 웬 거지?" 하고 의아할지도 모르겠지만 미국의 거리에는 뜻밖에 거지가 많다. 내가 사는 강북 케임브리지 쪽보다 강남 보스턴 쪽에 더 많다. 삶의 경쟁이 그만큼 치열한 사회라는 한 증거일지도 모른다. 겉보기에 멀쩡해 보이는 이 중년의 거지에게 어떤 사연이 있는지는 알 수 없으나 이 사람은 정말 성실(?)하게도 매일 같은 곳(시청 맞은편 우체국 앞)에 출근해서 동냥을 구한다. 그런데 이 사람은 이쪽이 멋쩍은 표정을 지으며 지나가면 민망하게도 큰 소리로 꼭 "Thank you very much, sir! Have a wonderful day!(대단히 감사합니다, 선생님. 멋진 하루 되세요!)" 하고 인사를 한다. 목소리도 밝다. 이러니 한 번 정도는 푼돈이라도 안 줄 수 없다.

그런데 그가 던진 이 "Thank you"라는 말이 귓가에 묘한 여운을 남긴다. 욕지거리 같은 것보다는 어쨌든 듣기가 좋다. 그런데 미국에서 지내다 보면 이 말을 들어도 너무 많이 듣는다. 마트 같은 데서 몸만 조금 비켜줘도, 문만 조금 잡아줘도, 그리고 황단보도에서 차들이 조금만 기다려줘도 사람들은 입속으로 "Thank you"를 중얼거린다. 그렇게 아예 입에 이 말을 달고 사는 것 같다.

한국에 있을 때, 나는 평소 교양 강의를 하면서 소위 '인문학적 대기'라는 것이 한 사회의 정신을 규정하는 데 결정적인 역할을 하며 그 핵심에 '언어'가 있다고 강조해왔다. 그래서 우리 주변에 어떤 언어들이 대기를 이루고 있는지 잘 살펴봐야 하고, 품격 있고 바람직한 단어들이 항간에 살아서 떠다니도록 인문학자들은 노력해야 한다고 주장해왔다. 참고로 예전에 일본에서 살 때를 돌이켜보면 "스미마센(すみません: 미안합니다)"이라는 말이 아마 가장 많이 듣는 단어 중의 하나였던 것 같다. 그만큼 저들은 (적어도 열도 안에서는) 타인에 대한 자신의 행동거지에 신경을 쓴다는 말이다. 그런 것이 얼마간이든 한 사회의 '격'을 높이고 좋은 인상을 주는 데 기여한다. 또 독일에서는 '페어보텐(Verboten: 금지)'이라는 말이 정말 많이 눈에 띄는데, 사실인지는 모르겠으나 예전에 레닌이 독일에 와 보고 하도 이

말이 많이 있기에 "Verboten, Verboten!(금지, 금지!)"이라는, 농담 아닌 농담을 했다는 말도 들은 적이 있다. 그만큼 그들은 정의와 질서와 규범을 중시한다는 말이겠다.

미국에서는 그렇게 자주 들리는 말 중 하나에 "Thank you"가 있다. ('share'나 'respect'도 그런 말 중 하나다.) 물론 이 말이 백 퍼센트 충실하게 화자의 마음을 반영하는지, 이런 현상의 배후에 어떤 사회적–역사적–문화적 배경이 있는지 등은 전문적 검토가 필요할 것이다. 그러나 아무튼 이 '감사'라는 현상이 표면상으로나마 살아 있다는 것은 좋은 일임에 틀림없다.

우리 한국에서는 언젠가부터 이 '감사'라는 것이 슬그머니 자취를 감추고 있다. "잘되면 제 덕이고 못 되면 남 탓"이라는 시중의 저 반농담도 그런 현상의 일부를 반영한다. 생각해보면 우리 인간들의 삶이라는 것은 그때그때의 크고 작은 '좋은 일'들로 인해 그 추진력을 얻게 되고 그것이 곧 '행복'으로도 연결되는데, 그 좋은 일들이 사실 거의 대부분 다른 누군가의 '도움' 없이는 불가능한 것임을 사람들은 잘 알지 못한다. 통치자의 권력도 공무원과 국민들의 도움 없이는 불가능하고 재벌의 부도 사원과 소비자의 도움 없이는 불가능하다. 누군가로부터 무언가 도움을 받으며 그렇게 우리는 삶을 꾸려나간다. 엄밀하게 보면 쌀 한 톨 물한 모금도 누군가의 도움 없이는 결코 내 목구멍을 넘어가지 못한다. 누군가의 도움 없이는 누더기 한 장도 내 몸에 걸치지 못하고 누군가의 도움 없이는 결단코 편안한 이부자리에 들 수가 없다. 좀 거창하게 말하자면 이 세계와 인간의 일체 존재도 누군가의 도움 없이는 애당초 우리 눈앞에 현전할 수 없다. 20세기 최고의 철학자인 마르틴 하이데거가 그의 후기 사유에서 존재(Sein)를 주어짐(Es gibt) 내지 선물(Gabe)로 해석하면서 이른바 '사유(Denken)'를 '감사(Danken)'로 연결시켜나가는 것은 결코 우연이 아니다.

사람이 사람에게 어떤 태도를 취하느냐 하는 것은 결코 작은 문제가 아니다. 그것은 한 개인뿐만 아니라 그 개인들의 전체인 한 사회의 '모양'과 '빛깔'과 그리고 '온도'를 결정해간다. 그것을 우리는 사람이 사람에게 내뱉는 '언어'를 통해 감지할 수가 있다. 좀 추상적일지는 몰라도 어떤 언어들은 사람에게서 (특히 사람의 행복 가능성으로부터) 무언가를 빼는 −(마이너스)로 작용하고 어떤 언어들은 사람에게 무언가를 더하는 +(플러스)로 작용한다. 언어에도 수학이 있는 것이다.

세상을 둘러보면 어떤 사람들은 비판과 비난의 가시 돋친 언어들을 마치 무기처럼 사용하기도 한다. 그것이 사람과 사람 사이에 한랭전선을 형성하면서 바이러스 같은 증오를 키워나간다. 그런 것이 때로는 저 황사나 CO_2보다도 더 위험한 것임을 사람들이 좀 알아줬으면 좋겠다. 비록 사소하고 작은 것일지라도 따뜻하게 평가하고 칭찬하고 그리고 감사하는 그런 세상이 좀 되었으면 좋겠다. 케임브리지시 매사추세츠 스트리트의 저 거지에게서 우리는 그 감사의 철학을 좀 배울 수도 있지 않을까. 이런 글을 쓸 수 있도록 도와준 그 거지 아저씨에게 감사한다. "Thank you very much!"

매사추세츠 스트리트의 케임브리지 우체국

미국을 아세요?

앞만 보는 사람들은 뒤를 모르고 뒤만 보는 사람들은 앞을 모른다.
가장 좋은 '알기'는 그 '속'에 들어가 그것 자체가 되어보는 것이다.

만일 우리 한국인들에게 '미국에 대해' 한마디 해보라고
한다면 어쩌면 5천만 개의 대답이 돌아올지도 모르겠다. 하
지만 대체로는 '호(好)' 아니면 '불호(不好)'다. 정도의 차이
는 있겠지만, 누군가는 미국을 좋아할 것이고 누군가는 미
국을 싫어할 것이다. 아마도 저마다 그 나름의 이유들이 있
으리라. 그런데 너무나 당연한 이야기지만, 세상에 좋기만
한 나라도 없고 나쁘기만 한 나라도 없다. 미국도 그렇다.
특히 미국은 엄청나게 크고 센 나라인데 어찌 양면이 없겠
는가. 더욱이 미국은 인종부터 해서 자타공인 다양성을 기
반으로 한 사회가 아니던가. 5천만의 눈으로 보자면 아마 5
천만 개, 혹은 그 이상의 미국이 있을 것이다. 그런데 실제
로는 칭찬 일색인 사람들도 있고 비난 일색인 사람들도 있
다. 어떤 경우에나 그런 것은 좀 위험하다.

물론 이런 식의 문제에 '정답'이란 것은 있을 수 없다. 정답이 아니라는 것을 전제로 나는 이런 이야기를 꼭 한국의 친구들에게 들려주고 싶다.

먼저 칭찬 일색인 사람들에게.

I agree(동의한다). 사실 미국은 얼마나 좋은 나라인가. 그 좋은 점을 말하기 시작하면 책 몇 권으로도 모자랄 것이다. 무엇보다도 자기 인생의 모든 것을 걸고 미국으로 향하고 있는 세상 수많은 사람들의 발걸음이 그것을 증명해준다. 뭔가 좋으니까 오는 것이다. 이를테면 자유, 기회, 합리성, 경제적 풍요 기타 등등. 웬만한 한국 사람 치고서 한두 다리 건너 미국과 무관한 이는 아마 거의 없을 것이다. 나만 하더라도 동창들 수십 명이 미국에 정착해 살고 있고, 일가친척들 중에도 영주하는 이들이 있고, 동료들 중에 여행이든 거주든 한 번씩 미국을 거쳐 가지 않은 이들은 거의 없을 정도다. 이들의 이야기를 들어보면 누구는 맨해튼의 활기에 감동하고, 누구는 그랜드캐니언과 나이아가라의 스케일에 감동하고, 또 누구는 이들의 창의성 내지 도전성에 감동하기도 한다. 나 또한 거기에 보태고 싶은 내용이 하나둘이 아니다. 이를테면 포스터의 노래들, O. 헨리의 단편들, 디즈니의 만화들, 할리우드의 옛 영화들 …. 이것들만 해도 미국은 칭찬의 대상이 되고도 남는다.

다음 비난 일색인 사람들에게.

I agree(동의한다). 사실 미국은 얼마나 문제가 많은 나라인가. 그 나쁜 점들을 열거하자면 그 또한 책 몇 권으로도 모자랄 것이다. 그 책들은 아마도 걸핏하면 성조기를 불태우고 촛불을 드는 전 세계 수많은 사람들이 끝도 없이 써주고 또 써줄 수 있을 것이다. 이를테면 잊어버릴 틈도 없이 빈발하고 있는 총기 난사 사건들, 고압적인 미국 대사관 직원들의 오만한 태도, 한국 등 해외 주둔지에서 문제를 일으키고도 제대로 처벌받지 않는 미군 병사들, 은근히 바닥에 깔려 있는 인종주의, 거대한 무기 산업, 거대 자본의 횡포와 장난질, 특히 무엇보다도 철저하게 이익에 따라 움직이는 미국우선주의 정책들 …. 게다가 일본의 집요한 로비와 영향력에 휘둘려 그들의 악에 눈을 감고 은근히 편들어주는 경우를 당할 때면 아무리 친미적인 인사라도 미국에 대해 섭섭함과 얄미움 같은 것을 느끼지 않을 수 없게 된다. 동해와 독도가 대표적인 경우다. 아니, 일본의 조선 침략에 대해 방조하고 입을 다물었던 태프트 등 당시의 미국 정치가들이 더 대표적인 경우일지도 모르겠다. 그리고 저 천추의 한인 38선 획정도.

예컨대 이런 양면을 균형 있게 다 바라보아야 한다고 나는 말하고 싶은 것이다. 전자에게는 후자를, 후자에게는 전자를 똑바로 직시하라고 나는 분명히 말하고 싶다.

덧붙여 우리가 꼭 알아두어야 할 것이 한 가지 있다. 그것은 미국이라는 나라의 '실체'가 묘하게도 '열려 있다'는 것이다. 단적으로 미국은 '이민 국가'다. 우리가 너무나 잘 아는 대로 미국이라는 나라는 영국의 퓨리턴들을 필두로 유럽에서 건너온 사람들이 원주민인 인디언들을 몰아내고 그 땅에 건설한 국가인 것이다. 여기에는 유럽계 백인과 아프리카계 흑인뿐만 아니라 전 세계의 온갖 인종들이 뒤섞여 살고 있다. 뉴욕의 맨해튼에 가보면 그 사실이 곧바로 눈으로 확인된다. 우리는 그 점을 제대로 직시해야 한다. 특히 반미의 목소리를 높이는 이들이 그 점을 잘 알아야 한다. 우리가 이런저런 이유로 비난하고 있는 그 미국에는 전국 방방곡곡에 250만이나 되는 한국인들이 영주권 내지 시민권을 가지고 그 미국의 일부를 형성하고 있는 것이다. 한국인들도 여기에 들어와 뿌리를 내리면 미국인이 된다. 그것이 일단은 열려 있는 것이다. 아직은 그 영역이 매우 작지만, 그것은 얼마든지 더 확장될 수가 있다. 나는 그 영역을 넓혀가라고 권하고 싶다. 노력과 능력, 혹은 노력이나 능력, 그 무언가를 가지고 도전하라고 권하고 싶다. 그렇게 해서 이 드넓은 미국 대륙에 한국의 일부를 이식하는 것이다. 그것에 어떤 형태로든 성공한다면 굳이 반미를 외칠 필요도 없다. 한국의 최대 자산은 '사람'이다. 그 자산을 미국이라는 기회의 땅에 투자해야 한다. 그것이 정책에도 반영되기를 나는 바란다.

나는 요즘 거의 주말마다 보스턴과 케임브리지의 여기저기에 있는 한국 식당에 가서 '밥'을 먹는다. 나는 거기서 밥을 파는 그들이 한국에 앉아 반미를 외치는 사람들보다 훨씬 더 '애국'에 가까이 있다고 믿는 편이다. 이곳 하버드와 MIT에서 공부하고 연구하고 가르치는 적지 않은 한국인들도 마찬가지다.[*] 보스턴에서 TV 채널을 돌리다가 우연히 한국 K-pop 전용 채널을 발견했다. 뉴욕 인근에는 아예 한국 방송들이 그대로 나오기도 한다. 보스턴도 뉴욕도 엄연히 미국이다. 그 미국의 일부를 한국이 '차지하고' 있는 것이다. 그런 영역이 이제 경제와 정치 쪽으로도 넓어져나가기를 나는 기대하고 그리고 응원한다. 그것이 미국의 핵심을 장악하고 있는 저 대단한 2퍼센트, 유대인들을 넘어주었으면 정말 좋겠다. 250만 재미 한국인들의 건투를 진심으로 빌고 또 빈다.

---

[*] 2022년 현재 북미 대학 전체의 한인 교수가 4천여 명, 그중 하버드가 159명으로 가장 많다. (연합뉴스)

미국에서 꾸는 꿈

꿈은 오직 그것을 꾸는 자에게만 하나의 금빛 가능성을 제공한다.
꿈꾸지 않는 자에게는 애당초 꿈같은 미래가 있을 수 없다.

"I have a dream(나에게는 꿈이 하나 있습니다)."

보스턴과도 인연이 있는 마틴 루터 킹 목사의 이 말은 유명하다. 적어도 이곳 미국에서는 이 말이 하나의 '역사적 발언'이 되어 사람들의 가슴에 아로새겨져 있다. "옛 노예의 아이들이 옛 노예주의 아이들과 형제애의 식탁에 함께 앉을 수 있는" '언젠가(one day)'를 꿈꾸었던 '꿈같은 꿈'이었던 그의 이 말은 버락 오바마라는 흑인 대통령이 탄생함으로써 하나의 확고한 현실이 되었다. 우리는 지금 그런 종류의, 그런 크기의, 그런 빛깔의 꿈을 갖고 있는가?

어린 시절 내가 다니던 국민학교(초등학교)에는 본관 입구에 커다란 큐브형 바위가 두 개 놓여 있었고 거기에는 '꿈'과 '사랑'이라는 말이 새겨져 있었다. 특별히 그것 때문이야 아니겠지만, 우리는 그 교정에서 각자의 무지갯빛 꿈을 꾸면서 1960년대를 뛰어다녔다. 그 꿈들은 비교적 영롱했고 그리고 제법 컸다.

지금 내가 살고 있는 미국의 케임브리지에는 시내 한복판에 센트럴 스퀘어(Central Square)라는 곳이 있고 이 조그만 광장에 네모난 유리 조각들을 붙여서 만든 원탑 모양의 크고 작은 조형물 세 개가 놓여 있다. 그 유리 조각들에는 세계 각국의 언어로 '꿈'이라는 글자들이 새겨져 있다. '夢', 'ゆめ', 'dream', 'Traum', 'rêve' 등등. 한글로 된 '꿈'은 비교적 눈에 잘 띄는 위치에 붙어 있어서 처음 그것을 발견했던 날의 나를 기쁘게도 했다. 이 조형물은 하버드와 MIT의 꼭 중간쯤에 있어서 세계 최고를 자랑하는 이 두 대학 젊은이들이 품은 세계적 규모의 꿈, 푸르른 꿈을 상징하는 듯이 보이기도 한다. 그런데 우리 젊은이들의 가슴속에는 어떤 종류의 꿈들이 자라고 있을까? 자신의 취직과 영달 말고 민족과 국가, 그런 것도 아직 거기서 유효한 것일까?

비단 나만 그런 것이 아니라 외국에 나와서 생활하는 사람들은 한국에 있을 때보다 훨씬 더 많이 '한국'을 생각한다. 그리고 그것을 입에 올린다. 뉴욕에 사는 내 친구 H는 미국에 온 지 30년이 더 넘었는데도, 만나기만 하면 나라 걱정을 늘어놓는다. 요즘 같은 인터넷 세상에서는 한국에 관한 모든 정보들이 실시간으로 미국에 전달되니 그의 나라 걱정에도 꽤나 현실감이 느껴진다. 특히 이곳에서는 주변 어디에도 '중국'과 '일본'이 넘쳐나고 있기에 이곳에서 사는 한국인에게는 '한국'의 존재감이 상대적으로 더 아쉬울 수밖에 없다. (그런 점은 내가 독일에 살았을 때도 꼭 마찬가지였다.) 한국은 지금 도대체 어디에 있는가.

하버드 대학 바로 근처 브래틀 스트리트 105에 미국이 자랑하는 시인 롱펠로(Henry Wordsworth Longfellow)의 기념관이 있다. 한때 조지 워싱턴의 사령부이기도 했던 이 집에는 하루에만도 대략 사오십 명의 방문객이 찾아온다고 한다. 그가 살았던 것이 1800년대 중후반이었음에도 이 집에는 중국의 도자기들과 일본의 병풍, 소품 등이 장식돼 있다. 금발의 가이드가 자랑스럽게 그것들을 설명할 때 나는 착잡함과 불편함으로 입을 굳게 다물었다. 한국은 그때 도대체 어디에 있었는가.

지금 시대는 미국이 곧 세계임을 우리는 직시해야 한다. 싫더라도 그것을 인정하지 않을 수 없다. 그것이 마음에 들지 않는다면…, 그렇다면 우리 한국이 이 미국을 넘어서보는 것은 어떻겠는가. 이건 누가 들어도 황당한 꿈일 것이다. 하지만 나는 누군가 그런 꿈을 좀 꾸어줬으면 좋겠다.

우연히 인터넷으로 본 한 기사에서 중국 모 대학의 어느 교수님이 한-중-일의 연합 또는 한-북-중-러의 연합을 운운하는 것을 접했다. 그는 어쩌면 그 황당한 꿈을 실제로 꾸고 있는지도 모른다. '유럽연합(EU)'이 모델일까? 어쩌면 물과 기름 같은 이 세 나라 또는 네 나라가 연대하여 하나의 '아시아(AU)'가 되는 것은 거의 불가능한 일일 것이다. 전문가들도 거의 그렇게 단언한다. 하지만 만일, 그것이 만일 현실이 된다면, 통일 한국을 포함하는 그 아시아가 미국을 넘어설 가능성은 아마도 거의 99퍼센트에 가까울 것이다. 미국인들도 그것은 인정하지 않을 수 없다. 한국은 그 아시아연합에서 중요한 이니셔티브를 쥐고 결정적인 역할을 할 수가 있을 것이다. 외교력에 따라, 어쩌면 수도를 한국에 두는 것도 가능하리라.

먹고살기도 쉽지 않은데, 그리고 중국도 일본도 다 이상한 판에, 무슨 개꿈을 꾸느냐고 누군가는 책망할지도 모르겠다. 하지만 과연 이대로 좋을지, 우리는 물어봐야 한다. 바다 건너 사랑하는 조국을 바라보면 나오는 한숨을 막을 수 없다. '아시아'는커녕 나라 안에서도 갈가리 찢어져 서로 싸움질이다. 이런 식이어서는 도저히 국력이 자랄 수 없다. 합리적 토론이 없는 분열과 대립은 망국으로 가는 지름길이다. '너는 어느 쪽이냐고 묻는 말들에 대하여' 우리는 지금 옐로카드, 아니 레드카드를 꺼내지 않으면 안 된다. 그리고 좁아터진 한국을 넘어서 '세계'를 내다보지 않으면 안 된다. 역사의 수레바퀴가 굴러가는 소리에 귀 기울이면서 그것이 지금 어느 쪽으로 향하는지 가늠하지 않으면 안 된다.

"나에게는 꿈이 하나 있다." 사랑하는 나의 운명, 나의 조국이 동서남북 좌우상하 가릴 것 없이 하나가 되어 저 웬수 같은 중국, 일본과도 손을 맞잡고 유럽과 미국을 넘어 세계를 이끌어가고 싶다는 그런 꿈. 우리가 하기에 따라서는 얼마든지 현실이 될 수도 있는 그런 찬란한 꿈.

 혹은? 어쩌면 다른 길도 있다. 한국이 단독으로 중국과 일본을 넘고 이윽고 유럽과 미국도 넘어서는 것이다. 역시 황당한 꿈? 아니다. 가능할 수 있다. 어떻게? '질적으로' 승부하는 것이다. 세계 최고의 '질적인 고급국가'를 만드는 것이다. 예컨대 삼성이나 한류가 그 가능성을 우리에게 보여준다. 그런 세계 최고의 분야들을 착실히 늘려가는 것이다. 어쩌면 그것이 유일한 방법일지도 모른다. 덩치가 작은 우리나라는 애당초 양적으로 주변 4강들과 겨룰 수가 없다. 게임의 내용을 바꾸어야 하는 것이다. 우리에게는 '인재'라고 하는 막강한 자원이 있다. 그들의 역량을 충분히 활용하면 세계 최고의 질적인 고급국가는 얼마든지 가능한 꿈이된다. 어쩌면 지금 이곳 하버드에서 청춘을 보내고 있는 저 한국 젊은이들 중에 누군가 이런 거대한 꿈을 꾸고 있을지도 모르겠다. 조만간 누군가가 이 깃발을 들고 나서주기를 기대한다. 'Korea as No.1!' 그 깃발이 펄럭이도록 나는 지금 열심히 부채질을 하고 있다.

센트럴 스퀘어의 '꿈' 조형물

큰 나라 작은 나라

한 나라의 크기는 땅의 크기가 아니라 사람들이 품는 생각의 크기가 결정한다.
커도 생각이 작으면 작은 나라고 작아도 생각이 크면 큰 나라다.

"외국에 나오면 애국자가 안 될 수 없다"는 말을 수도 없이 듣는다. '한국'이라는 것을 의식하지 않을 수 없기 때문이다. 특히 우리 이웃인 중국이나 일본과 비교될 때는 더욱 그렇다.

하버드에서 지내면서 은근히 그 애국병이 도진다. 김선주 소장님, 전승희 교수님, 이명숙 선생님을 비롯한 한국연구소의 분들과 개인적 관계가 깊어지면서 그곳을 드나드는 일이 많은데, 그게 CGIS 빌딩 일본연구소의 한쪽 켠에 마치 세 들어 있는 듯한 초라한 모습이어서 갈 때마다 속이 상한다. 중국연구소 격인 유명한 하버드 옌칭연구소는 말할 것도 없다. 일이 있어 한국연구소를 갔다가 하버드 스트리트를 걸어 집으로 돌아오면서 이런저런 생각들이 가슴을 가로질렀다.

얼마 전 이야기다. 모교인 도쿄 대학 인연으로 친해진 한 일본 지인이 어느 날 무슨 이야기 끝에 이런 질문을 툭 던졌다. "일본인들은 미국을 은근히 '아니끼붕'(야쿠자 같은 조직에 속한 조직원 중 선배격, 소위 '형님')처럼 생각하는 경향이 없지 않아 좀 있는데, 혹시 한국이 일본을 생각할 때도 그런 경향이 있나?" 하는 것이었다. 좀 조심스러워하는 표정이 없는 것은 아니었지만, 나에게는 그 질문이 너무나도 황당해 일순 내 안에서 어떤 지진 같은 것이 느껴졌다. 워낙 가까워진 사람이라 그 질문도 아무런 격의 없이 했을 거라는 걸 모르는 바는 아니었지만, 그런 질문 자체가 나에게는 너무나 충격적이었다.

'아하, 일본인들에게는 아직 이런 의식이 존재하는구나. 식민지 지배의 잔재인가….' 생각하면서 나는 그때 대충 이런 대답을 해주었다.

"일본인의 눈으로 보면 한국은 남한만을 의미할 테니까 일본의 한 4분의 1밖에 되지 않고, 인구도 일본의 채 절반이 못 되고 하니 그런 터무니없는 짐작을 할지도 모르겠지만, 그건 한국이라는 것을 몰라도 너무 모르는 무지의 소치다. 우리 한국인들의 의식 속에서는 한국이라고 할 때 당연히 남북한을 합쳐서 생각한다. 대한민국 헌법에도 그렇게 명시돼 있다. 그러면 덩치도 일본과 거의 엇비슷하다. 아니, 실은 중국의 옌볜이라고 하는 곳이 조선족 자치주라서 우리는 은근히 그곳을 아직도 북간도라는 한국의 일부로 생각하기도 하고 발해 땅이었고 소위 고려인들의 터전이었던 러시아의 연해주와 그들의 현재 터전인 카자흐스탄, 우즈베키스탄조차 한국의 일부로 생각하기도 한다. 뿐만 아니라 우리는 지금 비록 역사의 과정에서 중국에게 빼앗겨버렸지만 우리의 역사가 고조선과 부여, 고구려, 발해를 거쳐 왔다는 것을 잘 알고 있기에 적어도 의식 속에서는 그 만주 땅 전체가 잠재적인 한국이라고 생각한다. 그러니 덩치로 볼 때 일본보다는 압도적으로 큰 나라인 것이다. 반도의 절반이 절대 아니다. 게다가 인구도 남북한을 합치면 8천만, 재일 재미 교포는 물론 중앙아시아의 고려인 등 해외 동포들까지 합치면 뭐 일본인보다 별로 적은 것도 아니다. 무엇보다도 우리 한국인들은 일본과 달리 세계 곳곳에 진출해 자리 잡고 있는 경우가 많다. 한국인들이 자리 잡고 사는 곳이라면 그것도 일종의 영토가 된다. 그렇게 보면 한국인의 마음속에 있는 가능적 영토는 사실상 전 세계를 커버한다. 더욱이 잘 아시다시피 그 옛날 가야시대의 철기에서부터 한국은 언제나 일본에게 문화를 전수해준 역사가 있지 않느냐. 일본 천황가에 일부 백제의 피가 흐르고 있다는 것은 일본인들도 잘 아는 대로다. 그런 점에서 솔직히 말하자면 한국인들은 일본인에 대해 선생 내지는 큰집이라는 의식을 갖고 있다는 것이 사실에 입각한 정확한 대답일 것이다….”

그런 나의 대답은 그가 나를 놀라게 한 것보다 아마 더 큰 충격으로 그를 놀라게 했던 것 같다. 아무튼 그것이 나의 대답이었다. 적어도 나로서는 그때 그런 대답을 할 수밖에 없었다. 그것은 한국인들이 가장 자주 언급한다는 소위 '자존심'의 문제이기도 했다.

그런데 그때 내가 잠깐 언급했던 그 옌벤이라는 곳을 나는 2011년 처음으로 가보게 됐다. 대학에서 학장 일을 하면서 나는 그 옌벤 대학과 학술 교류 협정을 추진했고 그리고 성사시켰다. 내가 가본 옌벤은 참으로 정겨웠다. 그곳은 도시와 시골이 공존하는 듯한 독특한 느낌으로 다가왔다. 사람들은 더욱 정겨웠다. 옌벤 대학의 관계자들은 한결같이 가슴속에 '따뜻함'이라는 것을 간직하고 있었고, 우리가 어느샌가 내다버렸던 '순박함' 같은 것도 아직 갖고 있었다. 더욱이 거기에서는 '대륙*'의 여유 같은 것도 느껴졌을 뿐 아니라, 가까운 백두산을 오르면서는 웅비하는 기상이 내 피부로 스미는 듯한 느낌도 분명히 느껴졌다. 그곳에 머무는 동안 내 가슴은 내내 어떤 설렘과 함께 뛰었다.

현실적으로 그곳이 '중국'임을 모르는 바도 아니고, 이른바 고토 회복 운운할 상황도 아니라는 것 또한 너무나도 잘 안다. 하지만 그곳이 '그냥 중국'이 아니라는 것 또한 분명한 사실이었다. 그곳에는 우리와 똑같은 말을 하고 똑같

* 나는 사실 우리나라를 '반도국가'로 규정하는 것이 못마땅하다. 왜냐하면 지도를 놓고 봤을 때, 평양—원산 이북은 사실상 '대륙'이기 때문이다. 압록강—두만강 이남을 반도로 규정하는 것은 불합리하다.

은 문화를 가진 우리의 형제들이 뿌리를 내리고 그들의 삶을 살고 있는 것이다. 같은 피가 흐르는 동포들이 살고 있고 말과 글이 그대로 통하는 땅이 그 대륙의 한 모퉁이에 있다는 것은 하나의 큰 의미를 우리에게 열어준다. 그곳은 한국인의 삶에서 하나의 '가능성'으로 열려 있는 것이다. 한때 독일에 있었을 때, 오스트리아와 스위스에서 활약하는 많은 독일인들이 있음을 보고 (그리고 그 반대의 경우도 보고) 부러워한 적이 있었는데, 우리에게는 옌벤이 그런 곳이 되어줄 수가 있는 것이다. 앞으로 많은 한국인들이 옌벤으로 진출해 거기서 활동하는 모습을 볼 수 있었으면 좋겠다.

휴일이라 모처럼 케임브리지 시내의 한 한국 식당에서 점심을 먹었는데, 도우미 아주머니의 말씨가 아무래도 그런 것 같아 말을 붙여보았더니 아니나 다를까 역시 옌벤 분이었다. 거기 다녀온 이야기를 하며 잠시 한국 말로 수다를 떨었다. 아주머니는 넌지시 김치 한 접시를 더 갖다 주었다. 그 식당에서 그 옌벤 아주머니와 수다를 떠는 동안 나는 문득 요전의 그 일본 지인에게 한마디를 더 들려주고 싶었다. "보세요, 여기 미국에도 이렇게 한국 땅이 있다니까요. 비록 식당 한 간이시만. 낳다니까요, 세계 곳곳에 이런 곳이."

하버드 졸업식, 아니 출범식

대학의 졸업은 본격적인 인생의 출발점이다. 앞에서 기다리는 건 이제
안개 자욱한 숲길. 그 길의 이름은 오직 자신의 두 발이 결정해간다.

2013년 5월 30일 목요일, 내가 머물고 있는 하버드 대학
에서 제362회 졸업식이 열렸다. 362라는 이 까마득한 숫자
와, 이승만, 반기문, 김용옥, 루스벨트, 케네디, 오바마 등
이 행사를 거쳐 간 이들의 면면을 생각할 때 특별한 호기심
이 없을 수 없었다. 그래서 그 현장을 꼭 한 번 보고 싶었다.
그런데 행사 진행상 출입 통제가 있어 당일은 학교에 들어
가지 못하고 대신 홈페이지의 생중계로 이것을 지켜보았다.

우리로서는 잘 실감이 나지 않는 이 숫자 362회도 그러
했지만, 행사의 내용에서도 이 졸업식은 뭔가 좀 달랐고,
그중 몇 가지는 아주 인상적으로 내 가슴에 와닿았다.

우선 첫째는, 일단 그 장소가 나무들로 빼곡한 도서관 앞
하버드 야드(Harvard Yard. 일명 300년 극장(tercentenary
theater))였다는 것이다. '숲'이라고 해도 과장이 아니다. 물

론 이 대학은 분야별로 그 건물들이 좀 광범위하게 흩어져 있긴 하지만(특히 메디컬 스쿨의 롱우드 캠퍼스와 비즈니스 스쿨의 올스턴 캠퍼스는 강 건너 보스턴 쪽에 있어서 약간은 멀다), 아무튼 교정의 한복판이자 열린 공간인 그곳에서 행사가 치러졌다는 것은 모르긴 해도 어떤 의미가 있을 터였다. 중앙도서관 격인 와이드너 도서관과 채플 격인 메모리얼 교회 바로 앞이기도 하니, 학생들로서야 재학 중 수도 없이 지나다녔을 그야말로 정든 '우리 학교'의 상징적 공간이 아니겠는가.

그리고 둘째는, 온 교정을 가득 채운 무수한 숫자의 의자들과 그리고 실제로 참가해 그 의자들을 채워준 학생들의 숫자였다. 그들은 대충 '인증 샷'으로 바쁜 게 아니라 실제로 그 행사 자체를 즐기는 표정이었다. 학위복을 입고 있기에는 너무 더운 날씨라 다들 행사 안내 팸플릿으로 연신 부채질을 하고 있었지만, 그 더위가 그들의 즐거움을 크게 방해하지는 않는 분위기였다.

또 하나는, 무대 맞은편의 와이드너 도서관을 비롯해 현장 곳곳에 내걸린 거대한 휘장들이었다. 교표와 각 스쿨의 고유 문장이 그려진 이 거대한 휘장들은 그 졸업식 현장을 축세의 장으로 인식시키기에 충분한 효과가 있는 것들이었다. (실제로 행사 전날과 다음 날, 이곳을 찾은 관광객들은 그 모습을 열심히 카메라에 담고 있었다.) 그것은 그날 교정

곳곳에 보였던 '실크해트'나 막간을 장식했던 '음악들'과 더불어 일종의 '문화'였고, 우리에게 익숙한 '경축 제○회 졸업식' 같은 삭막한 현수막과는 전혀 차원이 다른 장식이었다.

또 하나는, 이 공식 행사에 소위 '총장 축사'가 없고(오후 동창회 행사 때만 스피치가 있었다) 대신 문리대(Faculty of Arts and Science) 학장이 대표 인사를 하는 것이었다. 특별히 그 이유를 물어보지는 않았지만, 그 사실 자체가 이미 기초학문에 대한 기본적인 존중과 경의를 보여주는 것이라고 해석할 여지가 있는 일이었다. 물론 드루 파우스트 총장은 설치된 무대 중앙의 약간 높은 곳에 앉아서 학위 수여를 위해 마이크 앞에 서는 각 학장들로부터 일일이 모자를 벗고서 표시하는 경의의 인사를 받았다. 그녀는 그 자리에서 학위 인증과 축하를 위한 그야말로 상징적인 '대표'였고 각 스쿨의 실질적인 '일들'은 학장들의 손에서 이루어진다는 그런 인상이었다. 이른바 대학에서의 전권을 가진 그런 권력자의 모습은 아니었다. (하버드에서는 학장이, MIT에서는 학과장이 소위 행정적 실권을 행사한다고 알려져 있다.)

또 하나는, 이 행사의 내용에서 단연 돋보인 것은 학부생 대표, 대학원 대표 등 '학생들'의 스피치였다는 것이다. 학생에 의한 라틴어 스피치도 특이했다. 그것은 이 행사 자체가 바로 그들을 위한 축제임을 무엇보다도 확실히 알려주었다. 특히 학부생 대표 펠릭스 드 로센 군은 시간과 졸업의 의미를 새기는 제법 멋지고 감동적인 스피치를 한 후 총장에게로 달려가 포옹을 하고 그날의 또 다른 주인공 중 한 명이었던 오프라 윈프리에게도 달려가 포옹을 해서 모두를 웃게 만드는 자유분방한 모습을 보여주기도 했다. 수년 전 학부 졸업 후 뉴욕 브롱스에서 경찰(순경)을 했다는 대학원 대표 존 머라드 씨도 인상적인 스피치를 들려주었다. 학생들은 자기 학부의 이름이 호명될 때마다, 그리고 자기네 학장이 등단할 때마다 환호를 하며 분위기를 돋우었다.

특히, 또 하나 인상적이었던 것은 토크쇼의 여왕 오프라 윈프리와 테러를 겪은 토머스 메니노 보스턴 시장을 비롯한 명예박사들에 대한 학위 수여가 행사의 큰 비중을 차지했다는 것이다. 그들은 하나같이 각각 특별한 '의미'를 가진 인물들이었다. 학생들은 아마도 그들의 업적이 길게 소개될 때마다 그 특별한 의미를 자신의 내면에 비추어 새겨들었으리라. 그런 것도 어쩌면 교육의 일환이 아니었을까.

이런저런 점에서 그 졸업식은 나에게 좀 특별한 인상을 남겨주었다. 졸업식 자체가 '마침'과는 반대인 'commencement(시작, 개시)'로 불리는 것처럼 그것은 학생들에게 사회로의 출범이랄까, 새로운 삶의 시작을 의미하는 것이었다. 그날의 그 행사는 그러한 여러 가지 중첩된 '의미'들을 충분히 느낄 수 있게 해주는 하나의 멋진 축제였다.

아닌 게 아니라 대학의 졸업은 그간의 기나긴 학업 시대를 마치고 이제 세상이라고 하는 저 본격적인 삶의 무대, 거친 파도가 이는 바다로 출항하는 첫걸음이다. 인생의 한 페이지가 바로 여기서 넘겨지는 것이다. '시작'이라는 말에서는 그런 무게가 느껴졌다. 이제 저들의 앞에는 각각 어떤 시련과 영광들이 기다리고 있는 것일까? 문득 그 옛날 대학을 마치고 지금에 이른 나 자신의 삶의 파노라마가 반추되기도 했다.

다음 날 다른 행사가 있어 학교에 나갔다가 가까이 지내는 로스쿨의 펠로 R변호사를 만났다. 그는, 현장을 정리하던 청소부 아주머니들이 학생들의 졸업을 마치 자기 일인 양 진심으로 자랑스러워하고 아쉬워하고 또 축하하더라고, 그 뒷이야기의 한 토막을 전해주었다. 그 또한 내게는 인상적이었다.

아직 졸업식의 뒷정리가 다 끝나지 않은 하버드의 교정을 걸으면서 무릇 행사란 그저 몇 장의 사진에 남을 뿐만 아니라 가슴에 남을 축제가 되어야 하지 않을까, 그 고유한 의미들이 제대로 살아 음미되는 것이어야 하지 않을까, 그런 것이 이른바 '문화'의 수준을 가늠하는 척도가 되지 않을까, 그런 생각을 잠시 해봤다. 뭐 우리도 한 300년 더 지나면 그런 문화적인 졸업식이 불가능한 건 아니겠지만….

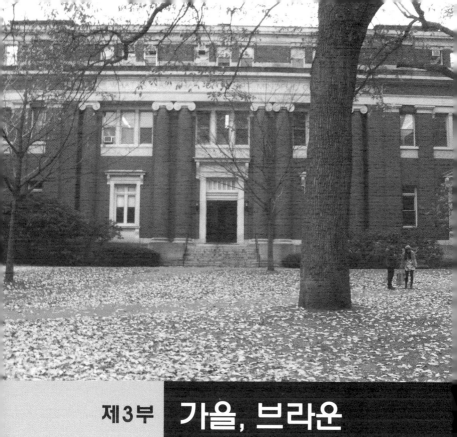

제3부 **가을, 브라운**

향기로 쓴 향기론

원인은 수줍게 숨어 있고 결과는 분명히 드러내는 것,
그런 점에서 향기는 문화와 미학을 넘어 윤리가 된다.

주말이다. 그리고 가을이다. 게다가 여기는 전 세계의 수
많은 관광객들이 일부러 찾아오기도 하는 보스턴이다. 도서
관 책상에 앉아 공부만 하자니 뭔가 이 시간과 장소가 좀 아
깝다는 생각이 들었다. 창밖, 저 알록달록한 색깔의 유혹을
어쩌겠는가. 해서 과감하게 책을 덮고 취미이기도 한 산책
에 나섰다. 아리스토텔레스, 루소, 칸트가 그랬듯이 철학자
에게는 산책도 철학의 한 수단이 된다. 하버드 야드의 고목
들도 이젠 완연한 가을빛으로 물들었다.

찰스 강을 향해 존 F. 케네디 스트리트를 걸으며 보니 여
기도 나뭇잎들이 제법 노랑과 빨강으로 물들어 남아 있는
초록과 너무나도 예쁘게 어울린다. '컬러풀(colorful)'이라
는 단어가 제대로 실감 난다. 잠시 눈이 행복해진다. 하버
드 비즈니스 스쿨(HBS)이 건너다보이는 강변 곳곳에는 독

일에서 익숙했던 말밤나무 열매들과 도토리들이 지천으로 흩어져 있고, 그 사이를 커다란 은빛 스쿼럴(squirrel)들이 탐스런 꼬리를 흔들며 바쁘게 돌아다닌다. 앙증맞은 한국의 다람쥐와는 느낌이 좀 다르지만 이것은 이것 나름으로 충분히 예쁘다. 강변 공원에서 찰스 강 건너 비즈니스 스쿨로 넘어가는 우아한 아치 다리는 금상첨화다. 정말이지 어디서 카메라의 셔터를 눌러도 그대로 한 장의 그림엽서가 된다. 이런 곳에 터를 잡은 하버드가 또 다른 각도에서 부러워진다.

어디선가 갑자기 한 줄기의 꽃향기가 바람에 실려 온다. 아, 이건 혹시 금목서(sweet osmanthus)? 그렇구나. 너의 계절이구나. 눈을 둘러 주변을 살펴봤으나 잘 찾아지지 않는다. 하기야 이 꽃 자체는 애당초 오종종해 잘 눈에 띄지 않는다. 모양보다는 향기로 승부하자는 것이 이 꽃이다. 나는 그런 점에서 이 금목서라는 친구를 높이 평가한다. 봄과 여름을 장식하는 아카시아, 라일락, 그리고 백합, 장미도 향기에서는 모두 내로라하지만 금목서는 스스로의 모습을 잘 드러내지 않는다는 점에서 또한 윤리적이다. 물론 미학적으로도 그 향기는 전혀 뒤지지 않는다. 좀 지나친 과찬인가? 하지만 철학자나 시인이 그런 숨은 미덕을 봐주지 않으면 또 누가 그것을 알아주겠는가.

생각해보면 이 향기라는 것은 참 묘하다. 인간의 오감인

색, 성, 향, 미, 촉(色聲香味觸)은 각각 안, 이, 비, 설, 신(眼耳鼻舌身)에 대응하는데, 가운데 낀 이 향은 다른 것들에 비해 상대적으로 좀 가려져 있는 감이 없지 않다. 다른 네 가지 감각은 탈이 날 경우 곧바로 심각한 장애가 발생하지만 냄새를 못 맡는 것은 특정 직업인을 제외하고는 그렇게까지 심각한 장애가 되지는 않는다. 없다고 큰일 날 것은 아니지만 있다면 없는 것보다 분명히 좋은 것, 그런 점에서 '향기'라는 이 감각은 좀 문화적이라고도 할 수 있겠다.

문화국가로 이름 높은 프랑스에서 향수가 발달한 것은 그런 점에서 우연은 아닌 것 같다. 물론 그렇다고 저 좀 그로테스크한 소설/영화 〈향수〉 같은 것까지 두둔할 생각은 없다. 많은 경우 과유불급, 지나친 것은 모자람만 못하다고, 향수 내지 향기의 과잉은 사람들에게 불쾌감을 주는 경우도 적지가 않다. (엘리베이터를 타고 지독한 향수 냄새에 코를 막아본 적이 있는 이는 이 말을 이해하리라. 이곳 미국은 특히 좀 그렇다.) 하지만 그 지나치지도 않고 모자라지도 않은 적절한 수준의 향기는 감각적 존재로서의 인간에게 상당한 축복임을 부인할 수 없다. 없어도 큰 상관은 없지만 있다면 있는 만큼 뭔가 좋아지는 그 어떤 인간적 노력의 성과를 나는 '문화'라고 이해한다. 그것은 '기본 + α'의 그 'α'에 해당하는 것이다. 자연 속의 향기 자체는 그런 점에서 인간과 세상에 주어진 신의 문화적 선물인지도 모르겠다.

중국의 고전소설 《홍루몽》에 보면 여주인공인 임대옥의 7언 장시 "花謝花飛飛滿天 紅消香斷有誰憐(꽃은 져서 하늘 가득히 나네. 붉음 사라지고 향기 끊어지면 누가 있어 슬퍼 해주려나.)"를 비롯해 향기에 관한 언급이 도처를 장식한다. 일본의 고전소설 《겐지 이야기》에도 궁중의 귀족들이 향료를 배합해 새로운 향을 만드는 놀이를 하기도 하고 그런 향기 중의 어떤 것은 남녀의 인연(특히 히카루 겐지와 후지쓰보)을 이어주는 하나의 특별하고도 결정적인 소재로 작용하기도 한다. 아마도 '향기'라는 요소를 빼버린다면 이 고전들의 가치는 상당히 낮아질 것이다. 그렇듯, 그 존재로써 무언가의 수준을 드높일 수 있는 문화적 장치, 그것이 바로 향기인 것이다.

내가 한국에서 근무하던 대학의 현관 근처에도 커다란 금목서가 한 그루 있었다. 이 무렵이었다. 교양 강의를 위해 그 건물을 나설 때면 이 친구가 그윽한 향기로 나의 온몸을, 아니 온 영혼을 감싸주었다. 행복했다. 그 행복의 크기만큼 나는 늘 그 나무에게 감사했다. 하지만 그를 쳐다보는 일은 드물었다. 그는 자기의 꽃을 과시하지 않았으니까. 원인은 스스로를 과시하지 않으면서 결과는 분명히 알려주는 것, 그것은 저 탁월한 존재론자 마르틴 하이데거가 말한 '진리' 개념과도 통하는 것이었다. 진리에는 감춤과 드러남의 양면이 있다고 하이데거는 지적했다. 자기를 드러내지 않으면서 베푸는 것, 그것은 또한 "네 오른손이 하는 일을 네 왼손이 모르게 하라"는 저 예수의 숭고한 '손의 철학'과도 통하는 것이고, "물은 만물을 이롭게 하면서도 다투지 않고 뭇사람이 싫어하는 낮은 곳에 처한다"는 저 노자의 '물의 철학'과도 유사한 것이다. 그런 점에서 저 금목서의 향기는 윤리적-철학적-종교적인 향기인지도 모르겠다.

가을이다. 이런 글을 쓰고 있는 걸 보니 가을은 분명 사색의 계절임에 틀림없다. 이 글에도 저 금목서의 향기가 조금쯤 배어 있다면 좋겠다.

하버드 비즈니스 스쿨로 넘어가는 아치 다리

잊고 싶지 않은 것들

잊고 싶지 않은 것들은 쉬 지워지고
잊고 싶은 것들, 잊어야 할 것들은 찰거머리처럼 기억에 달라붙는다.

육중한 석조전 같은 와이드너 도서관은 내가 이곳 하버드에서 특별히 선호하는 장소 중 하나다. 거기에 자리를 잡고 '컴'을 켰다. 워밍업 삼아 몇 군데 인터넷 서핑을 하다가 갑자기 한 군데서 손이 멎었다.

고등학교 동창회 사이트에 미국 뉴저지에 사는 친구 H가 〈잊고 싶지 않은 것들〉이라는 제목으로 제법 긴 글을 올렸다. 거기서 그 친구는 노라 에프론(Nora Ephron)의 책《나는 아무것도 기억이 나지 않는다(*I Remember Nothing*)》를 언급하며 그 일부를 소개했다.

"언젠가는, 당연히, 아이들은 성장할 것이고, 나와 남편 닉만이 롱아일랜드의 집에 있게 될 겁니다. 거위의 소리가 달라지면 여름이 영원하지 않다는 첫 신호이며, 어느덧 일 년조차도 그렇게 끝날 것입니다. 그러면, 말하기는 좀 그렇지만, 여름이 다 갔다는 신호뿐만이 아니라, 모든 것들도 그렇게 지나간다는 겁니다. 결국, 나는 거위들을 싫어하게 되었습니다. 사실은 미워하기 시작했습니다. 특히 거위들이 내는 소리를 싫어하게 되었는데, 그것은 날개를 움직이는 소리가 아니라 — 그동안 나는 무엇으로 알고 있었는지? — 불협화음의 잡음이라고 알게 된 이후입니다. 지금 우리는 여름에 롱아일랜드로 가질 않기 때문에, 거위들의 소리를 듣지 못합니다. 가끔은 대신 로스앤젤레스로 가게 되는데, 거기에는 벌새가 있고, 나는 그 벌새들을 바라보는 것을 좋아하는데, 이유는 벌새들은 주어진 삶에 충실하는 데 바쁘기 때문입니다."

노라 에프론은 기자이자 베스트셀러 작가인데, 영화 〈해리가 샐리를 만났을 때〉, 〈시애틀의 잠 못 이루는 밤〉의 시나리오를 쓰기도 했다니 바로 납득이 되었다. 71세인 작년에 폐렴으로 작고했는데 자신의 죽음을 미리 알고 있었는지 〈잊고 싶지 않은 것들〉이라는 제목의 이런 글도 남겼다고 소개했다.

"나의 아이들/닉(님편)/봄/가을/와플/와플의 개념/베이컨/공원을 걷는 것/공원을 걷는다는 생각/공원/공원에서 하는 셰익스피어 공연/침대/침대에서 책읽기/불꽃/웃음/창문에서 바라다보는 풍경/반짝이는 전등/버터/우리 둘만이 하는 저녁 식사/친구들하고 하는 저녁 식사/생소한 도시에서 하는 친구들과의 저녁 식사/파리/내년의 이스탄불/《오만과 편견》/크리스마스트리/추수감사절 식사/혼자 있는 식탁/말채나무/목욕하는 것/맨해튼으로 건너오는 다리/파이"

뭔가 미국적인 감성이 금방 전해져오는 글이었다. 나는 이런 류의 미국적 감성을 썩 좋아하는 편은 아니었는데 참 묘하게도 현지에서 들으니 자연스럽게 마음에 다가오는 부분이 없지 않아 있다. 감성이라는 것도 풍토와 맞닿아 있는 어떤 것인가? 아무튼.

나도 사실은 뭔가를 이렇게 나열해보는 것을 좋아하지만, 이건 나열 그 자체만으로 한 편의 시가 될 것 같은 그런 내용들이다. 아마도 이것이 요즘 고령화와 더불어 사회적 이슈의 하나로 되고 있는 소위 '치매'를 그 배경에 깔고 있기 때문이리라. 저 오래된 아리스토텔레스의 지적대로 비극은 기본적으로 순화의 기능을 지니고 있어 사람의 마음 한구석을 정갈하게 만들어준다. 나에게는 그녀의 이 글이 최근 노벨상으로 화제가 된 앨리스 먼로(Alice Munro)의 소설 《곰이 산을 넘어오다(*The Bear Came Over the Mountain*)》와 겹쳐 좀 더 가깝게 다가왔다.[*]

[*] 이 소설은 사라 폴리(Sarah Polley) 감독에 의해 〈어웨이 프롬 허(Awaay From Her)〉로 영화화되었다.

손예진, 정우성의 영화 〈내 머릿속의 지우개〉도 떠올랐고, 떠나시기 전 마지막에 한동안 치매로 나를 가슴 아프게 했던 어머니도 떠올랐다. 얼마 전 참석했던 하버드의 한 토론회에서도 이 '치매'가 주제로 다루어졌었다.[*]

이런 일은 이제 우리 주변에 너무나 흔한 일이 되어버렸고 지금 총기를 자랑하는 우리 모두에게도 얼마든지 있을 수 있는 가능성으로 우리를 기다린다. 만일 이것이 나의 일이 된다면…. 인생의 가을 문턱에 들어선 이는 아마 누구나 한 번쯤 이런 생각을 하게 될 것이다.

나라면… 나는 무엇을 기억에 붙잡아두고 싶어질까? 지금이라면 어쩌면 이럴 것 같다.

보스턴의 가을/하버드 야드의 스퀴럴/찰스 강변의 산책/강의 상류/갓 구운 빵과 모카커피/구름/구름과 노을/커다란 포플러/포플러 잎들을 흔드는 바람/딸과의 대화/〈초원의 집〉/글 쓰는 내 모습/책이 된 글/하이델베르크의 돌다리/프라이부르크의 도랑/그녀에게서 온 첫 편지/딸의 어린 손/진해의 벚꽃/4월/그녀의 마중/낙동강 백사장/백사장 끝에 찰랑이는 강물/포스터의 노래들/고흐/르누아르/르누아르가 걸려 있던 파리의 미술관/교회 종소리/생상스의 백조/내가 골라준 그녀의

* 듀크 대학의 제니퍼 호킨스가 '에드먼드 J. 사프라 윤리학 센터'에서 한 발표 "웰빙, 시간, 치매(Well-Being, Time, and Dementia)".

제3부 _ 가을, 브라운 177

블라우스/박새/박새가 앉아 있던 측백나무/아, 그리고 여기,
와이드너 도서관 …

언젠가는 모두 다 지워질 나의 기억들. 그러나 아직은 파
스텔 빛으로 남아 있는 〈잊고 싶지 않은 것들〉. 내 인생의
재산들.

와이드너 도서관

인연

모든 일에는 다 '때'가 있다. 진정한 인연은 그 '때'가 왔을 때 비로소 반가운 손을 내민다. 조금 늦는다고, 조금 돌아간다고 안달할 필요는 전혀 없다.

인생의 연륜이 늘어나면서 참 알게 된 것들도 많아졌다. 그런데 묘하고도 묘한 것이 그 알게 된 것들 중에는 '알 수 없는 일들'에 대한 '알 수 없음'의 인정 같은 것도 포함돼 있다. 이를테면 세상의 존재 혹은 우주의 조화, 세월의 흐름 혹은 인생의 무상, 그리고 생로병사나 희로애락 같은 이치들이다. 그게 그렇다는 것, 그게 어떠어떠하다는 것은 점점 더 뚜렷이 알게 되는데, 그게 도대체 왜 그런지는 점점 더 알 수가 없다. 그럴 때는 그저 다소곳이 옷깃을 여밀 수밖에 없다. 그런 것 중의 하나로 저 '인연'이란 게 있다.

나는 기회 있을 때마다 사람과 사람의 인연이란 게 얼마나 소중한 것인지를 강조하면서 그것을 아름답게 가꾸어가야 한다고 호소하는데, 그러면서 꼭 소개하는 문구가 두 가지 있다. 둘 다 불교의 한 토막이다.

하나는 "우리가 인간으로 이 세상에 태어난다는 것은 망망대해에서 눈먼 거북이가 헤엄쳐 다니다가 우연히 구멍 뚫린 통나무를 만나는 것보다 더 희한한 일이다"(이른바 맹귀우목)라는 것이고, 또 하나는 "사람이 오다가다 길거리에서 옷깃이라도 한 번 스치려면 다섯 겁 이전부터의 인연이 있어야 한다"는 것이다. 한 겁이라는 것은 사방 천 리 되는 바위를 천 년에 한 번씩 천으로 닦아 그게 다 닳아 없어지는 것보다 더 긴 시간이라고 하니 그 만남의 인연이 얼마나 엄청난 것인지를 강조하기에 더 이상의 수사는 없을 것 같다.

그런 인연으로 태어나 그런 인연으로 사람과 사람이 만나게 된다. 그러니 이 만남의 인연을 어떻게 함부로 소홀히 할 수가 있겠는가. 황당한 과장인 줄이야 누가 모르랴만, 세상의 이야기들을 들어보면 그게 그냥 단순한 과장이 아니라는 것을 실감하게 하는 사례도 적지가 않다.

그중 하나. 내 고등학교 선배인 NS는 재학 시절 영어회화반이었다. 당시 우리 학교엔 이른바 평화봉사단 일원으로 와 있던 R이라는 원어민 교사가 수업뿐만 아니라 이 동아리도 지도해주고 있었다. 말이 선생님이지 젊은 청년이라 NS와 R은 형 동생 하는 사이로 친하게 지냈다. 졸업 후 그는 서울 모 대학을 나와 타이완으로 유학을 갔다. 중국 철학이 전공이었다. 그런데 그는 석사를 마친 후 박사를 미국에 가서 하고 싶은 생각이 들어 풀브라이트 장학생 모집에 지원했다. 현지 학생이 대상이라 유학생인 그는 거의 가능성이 없었지만 경험 삼아 지원해본 것이었다. 그런데… 긴장하며 들어간 면접장에서 그는 너무나 뜻밖의 인물과 얼굴을 마주했다. 고교 시절의 바로 그 R이었다. "어, 형!" "어, 니가 왜 여기…" 그들은 진한 허그를 하며 고교 시절처럼 신나는 영어로 그동안의 회포를 풀었다. 다른 면접관들도 흐뭇하게 팔짱을 끼고 그들의 그 대화를 지켜봤다. 면접은 따로 할 필요도 없었다. 세상일이 그렇다. 정실인지도 모르겠지만 그 선배는 장학금을 받고 바로 이곳 하버드로 왔고 박사학위를 받은 후 귀국, 서울 모 대학의 교수가 되었다. 만남의 인연이란 게 이런 것이다.

또 다른 하나. 최근에 우연히 보스턴의 한 지역신문에서 '월든 호수(Walden Pond)'를 소개하는 기사를 읽었다. 그 기사를 쓴 기자가 우연히도 내가 아는 분의 부인이었던 관계로 나는 그것을 읽게 되었고 그 덕분에 그 호수의 존재를 알게 되었다. 알고 보니 그곳은 자연주의자 헨리 소로(Henry David Thoreau)가 2년여 동안 오두막을 짓고 홀로 살았던 일로 이미 이름이 나 있는 곳이었다. 주말에 일부러 시간을 내어 그곳을 찾아가봤다. 그림처럼 아름답고 호젓한 곳이었다. 그곳은 단박에 나를 매료했다. 호수를 한 바퀴 돌았고 소로의 그 아담한 오두막에도 들어가봤다.

그 기사에는 국내의 한 저명 시인 R씨의 글이 소개돼 있었는데, 이게 또 예사롭지가 않다. 간단히 소개하자면 대략 이렇다.

그는 월든 호수를 꼭 보고 싶어서 뉴욕에서 보스턴 행 기차를 탔는데 초행길이라 옆자리의 사람에게 물어봤더니 친절하게 가는 법을 가르쳐줬다. 그가 가르쳐준 대로 역에 바로 붙은 터미널에서 호수 인근 콩코드 시로 가는 버스를 탔는데 30분 거리라던 그곳에 3시간도 넘게 걸려 도착을 했다. 눈보라가 심해서 그런가 보다 했다. 그런데 알고 보니 그곳은 우연히도 이름이 같은 이웃 뉴햄프셔 주의 큰 도시였다. 할 수 없이 다시 버스를 타고 보스턴으로 돌아와 택시를 탔다. 늦은 시간이었지만 이번에는 제대로 도착을 했다. 감동적인 설경이 눈앞에 있었다. 그 어스름 속에서 그는 혼자 호수를 돌았는데, 도중에 어떤 남자와 마주쳐 서로가 놀랐고 그래서 자연스레 이야기를 나누게 됐다. 그 남자는 소로에게 감명 받아 그처럼 호숫가에 집을 짓고 자연주의적 삶을 산다고 했다. 둘은 이내 죽이 맞아서 그는 며칠간 그 남자의 그 오두막에서 신세를 졌고 둘도 없는 벗이 되었고 그 우정은 최근에 그가 노환으로 세상을 떠날 때까지 이어졌다. … 그러면서 그는 그 우연한 실수로 그가 먼 길을 돌아가지 않았더라면 그를 결코 만나지 못했을 거라며 그 우회는 결코 먼 길이 아니라 그를 만나러 가기 위한 최단의 지름길이었고 또한 필연이었다고 그 글을 마무리했다.

감동적인 이야기가 아닐 수 없다.

"돌아서 늦게 갔기에 비로소 그를 만날 수 있었다. 그게 최단의 지름길이었고 필연이었다."라는 그의 글은 나에게 깊은 감명으로 와닿았다. 생각해보면 인간 세상에, 그리고 우리 인생에 그런 경우가 어디 한둘인가. 어쩌면 내가 조금 늦은 나이에 켈리 교수와 인연이 닿아 지금 이렇게 이곳 하버드에 와 있는 것도 그런 경우인지 모르겠다. 10년 전만 해도 그는 아직 여기 없었고 나도 아마 여기에 올 수 없었을 것이다. 조금 늦는다고, 조금 돌아간다고 조급해할 일은 아닌 것 같다. 사람이든 일이든, 만날 인연은 어차피 어디선가 기다리고 있다. 지긋이 그 만남을 위해 준비하며 기다릴 일이다.

모든 일에는 다 '때'가 있다. 진정한 인연은 그 '때'가 왔을 때 비로소 그 반가운 손을 내민다. 그리고 아무리 애태워도 아닌 인연은 어차피 이어지지 않는다. 그게 왜 그렇게 되는지는 도무지 모르겠지만.

월든 호수 정경

어느 파티에서

따뜻한 마음 몇 조각이면 누군가의 천 가닥 상처 중 적어도 몇 가닥은 보듬을 수 있다.

하버드의 9월은 이런저런 파티들로 시작된다. 학과나 연구소나 각 단위기관별로 새로운 식구들을 맞아 환영 리셉션을 여는 것이다. 이때면 교수회관 격인 패컬티 클럽(Faculty Club)이 손님을 치르느라 바빠진다. 하버드 야드에서 철학과 건물인 에머슨 홀과 휴턴 도서관 사이를 지나 좁은 퀸시 스트리트를 건너면 아담하고 고풍스러운 패컬티 클럽이 있다. 나도 소속 학과의 초대를 받아 그곳을 다녀왔다.

행사를 준비한 이른바 '주최 측' 호스트들은 입구에서 말쑥한 차림으로 손님들을 맞아 환한 얼굴로 담소를 하고, 이윽고 모인 손님들이 삼삼오오 반가운 재회 인사 혹은 초면 인사를 나누느라 장내가 시끌벅적해질 무렵, 누군가가 와인 잔을 두드리며 주의를 끈다. 손님들은 조용해지며 주인은 "굿 이브닝 레이디스 앤 젠틀맨…" 차분한 목소리로 인사말을 시작한다. 복장도 분위기도 비교적 자유로운 것이 유럽이나 일본과는 다른 미국의 한 특징이다. 인사말이 끝나면, 한두 사람 손님 중에서 스피치를 보태기도 한다. 연주나 노래 등 음악회가 중간에 모임을 장식한다. 그 음악들이 그윽한 실내 분위기와 어울려 제법 멋지다. 손님들은 다시 담소를 계속하고 웨이터들은 끊임없이 손님들 사이를 다니며 음식과 음료를 권한다. 제법 영화 속의 한 장면 같은 시간들이 두어 시간 이어진다. 이런 데서 이를테면 '뜻밖의 만남' 같은 것이 이루어지기도 한다.

나는 그 한 연회에서 D라고 하는 한 한국계 교수를 우연히 만났다. 젊은 친구다. 아마도 동양인인 나의 외모 때문이었을 것이다. 그가 먼저 다가와 말을 걸었다. "익스큐즈 미." 네이티브 수준의 영어였다. 딱 봐도 한국인 얼굴인데 그는 한국말을 잘 못했다. 이른바 교포 3세나 그런 건 아니었다. 완전한 미국 이름을 가진 그가 자기소개를 하며 더듬거리는 한국말로 들려준 것이 '입양아'라는 것이었다. 그 말을 듣는 순간 나는 체질적으로 뭔가 긴장했다. 어떤 미안함 같은 것이 속으로 옷깃을 여미게 했다. 그런 이야기 뭐 한두 번 듣나? 하지만 실제로 내 눈 앞에 마주하기는 처음이다. 그가 지난 세월 겪었을 수많은 고충들, 가슴에 담았을 복잡한 감정들, 그런 것이 그의 표정과 몸짓을 통해 전파처럼 전해지면서 나를 긴장시킨 것이다.

하지만 그는 뭔가 단단했고 그리고 당당했다. 우연이지만 그는 나와 마찬가지로 일본 유학과 독일 유학의 경험도 갖고 있었다. 아주 유창한 일본어와 독일어를 구사했다. 미국에 입양된 한국인이 왜 하필 일본 유학과 독일 유학을? 하는 생각도 들었지만 그건 개인적인 사정이 있을 테니까 초면에 자세하게 물어볼 수는 없었다. 어쨌거나 그는 미국 대학의 교수가 되었다. 나는 긴장의 한편으로 그가 자랑스러웠다. 기묘한 미안함의 한편으로 어떤 고마움 같은 것이 중첩되었다. '잘 살아줘서 고맙소. 사연은 모르겠지만 당신을 품어주지 못한 부모와 나라도 이런 당신을 보면 조금은 덜 미안할 거요. 그렇게 앞으로의 세월도 더욱 열심히 살아주면 좋겠소.' 그런 마음이었지만 그것이 입 밖으로 나오지는 않았다.

간단한 만남이 있은 며칠 후 그에게서 인사차 메일이 왔다. 나는 회신을 하며 그에게 다시 만나기를 제안했다. 답이 왔다. 나는 조만간 그를 다시 만날 것이다. 그렇게 교류하면서 조금 거리가 좁혀진다면 나는 그 젊은 친구의 친구가 되어주고 싶다는 희망을 가지고 있다. 아무리 좋은 양부모를 만났다 해도 그의 깊은 가슴속에 일종의 상처가 없을 리 없다. 나는 가능만 하다면 그 천 가닥 상처 중의 다만 한 가닥이라도 보듬어주고 싶은 것이다. 따뜻한 마음 몇 조각이면 그것이 어느 정도는 가능하지 않을까 기대해본다.

사람이 자식을 낳고 기른다는 것, 사람이 누군가의 자식으로 태어나 자란다는 것, 그것은 우리가 인생이라고 말하는 것의 적어도 절반 정도를 차지하는 것은 아닐까, 그런 생각이 든다. 거기에 부모의 의무, 자식의 권리, 그런 것이 있는 것은 아닐까. 우리 대부분은 알게 모르게 그런 권리를 누리면서 자라났고, 그런 의무를 수행하면서 자식을 길러온건 아니었을까. 그러나 이렇게, 아닌 경우도 있는 것이다. 그래도 인생이라는 것은 어떻게든 살아진다. 부모의 의무와 자식의 권리가 실종된 인생, 거기서도 인생의 희망과 성공, 그리고 행복은 가능한 것이다. 예전에는 장성한 자식들의 의무라는 것도 있었다지만 요사이는 대부분의 부모들이 그것을 포기한 지 오래인 것 같다. 시대가 그렇다면 뭐 그럴수도 있지. 부모의 효도 받을 권리, 자식의 봉양할 의무, 그런 것이 실종된 인생에서도 인생의 희망과 행복은 또 다른 모습으로 주어질 테니까.

D와의 재회를 앞둔 나는 그에게서 그런 좀 엉뚱한 교훈을 얻고 있다. 이래저래 그가 고맙다. 따뜻한 말 몇 마디라도 준비해 가서 맛있는 밥이라도 사줘야겠다. 차가운 손으로 어린 그를 비행기에 실어 내보낸 저 '한국'의 한 대표로서.

*

그 후 나는 그를 다시 만났다. 장소는 하버드 사람들에게는 비교적 잘 알려져 인기가 있는 케임브리지 브래틀 스트리트의 '하비스트(Harvest)'라는 레스토랑이었다. 하버드 스퀘어 쪽 교문에서 만나 '하비스트'까지 함께 걸으며 많은 이야기를 나누었다. 레스토랑은 이미 저녁 불이 켜져 고즈넉한 분위기를 연출했다. 제법 괜찮은 메뉴를 그에게 권했다. 우리는 그 밥을 맛있게 먹었다. 그러나 그 밥보다 훨씬 더 맛있는 것은 그날의 그 분위기였다. 밥을 먹으며 우리는 정말 많은 이야기를 나누었다. 영어뿐 아니라 일어와 독어도 간간이 동원되었다. 그는 프랑스어도 가끔 인용했다. 철학자 중에서는 메를로퐁티와 가다머를 특히 좋아한다고 했다.

담담히 풀어놓는 그의 사연은 눈물겨웠다. 5세 때 부산역 근처에서 그는 버려진 채 발견되었다. 남겨진 단서는 조○○라는 이름뿐이었다. 고아원에 보내졌고 자세한 상황은 알 수 없지만 헤리티지 재단을 통해 미국으로 입양되어 D시에서 자랐다. 처음에 친절했던 양부는 뜻밖에 인종주의자였고 성장 과정 내내 심한 학대에 시달렸다고 했다. 그들이 인생을 완전히 망쳐놓았다는 느낌이었고 16세 때 이후 단교했다. 명문 P대학을 나온 후 뿌리를 찾고 싶은 마음에 한국행을 결심했고 서울 Y대학 한국어학당을 다니며 친부모의 행방을 알아보았으나 아무런 단서도 찾지 못했다. 그 시절 교류했던 몇몇 한국 교수도 좋은 인상으로 기억하고 있었다. 그리고 일본으로 유학, 코베에서 수년을 지냈다고 했다. 그 시절 그는 운명처럼 한 여성을 만나 사랑을 했고 결혼을 했다. 관서 지방 출신의 일본인이었다. 그 인연으로 지금도 1년에 3개월가량은 처가가 있는 도쿄에서 지낸다고 했다. 우연이지만 내가 살았던 미나토구의 미타에서 거주한 적도 있었다고 했다. "어쩌면 동네 길거리에서 스쳐 지나간 적이 있었을지도 모르겠네." 하면서 서로 웃었다. 정말 묘한 인연인지 독일 유학 시절엔 역시 내가 살았던 프라이부르크에 그도 살았으며 내가 자주 놀러 가기도 했던 교외 란트바써(Landwasser)에 거주했다고 해서 또 한 번 놀랐다. S1 전차의 종점이었다. 그는 나의 지인이기도 했던 현지의 몇몇 일본 친구들도 알고 있었고 한국인 친구도 여럿 있었다고 했다. 내가 자주 놀러 갔던 프랑스의 콜마와 스트라스부르에도 자주 갔었다고 했다. 묘한 인연을 느끼지 않을 수 없었다. 현재는 학교 근처에 거주하고 있다고 주소까지 스스럼없이 알려주었다. 5년 내에 메를로퐁티에 관한 책을 내는 것이 현재의 목표라고 했다.

한 끼의 저녁밥이었지만 그것을 함께하며 우리의 우정은 돈독해졌다. 그날처럼 영어와 독어와 일어 대신, "언젠가는 한국어로 깊은 대화를 나눌 수 있도록 한국어를 더 열심히 공부하겠습니다"라며 그는 웃었다. 늦은 밤 손 흔들고 헤어져 멀어지는 그의 뒷모습을 나는 한참 동안 선 채로 물끄러미 바라보았다. 뭔가 단단해 보이는 그의 등이 참 보기 좋았다.

*

해를 넘긴 1월, 눈이 내렸다가 화창하게 갠 어느 겨울날 나는 그의 초대로 그가 근무하는 B대학을 방문했다. 12시 경 눈 쌓인 정문에서 그를 만났다. 하늘은 눈이 시릴 만큼 푸르렀다. 교수회관에서 뷔페로 점심을 먹은 후 그는 캠퍼스를 안내해주었다. 메인 빌딩, 구 도서관, 새 도서관, 인문관, 행정동(박물관) 등을 둘러보았다. 멋진 그 캠퍼스도 캠퍼스지만 그의 자랑스러운 표정이 참 보기 좋았다. 도서관 식당에 앉아 서너 시간 긴 대화를 나누었다. 보스턴 지역 철학과에 대해, 가다머, 리처드슨에 대해, 학비에 대해, 특히 일본, 중국, 그리고 한국 역사 등에 대해, 공유하는 부분이 많은 만큼 화제도 다양했다. 어설펐겠지만 아마 내 생애에서 가장 길게 영어를 지껄인 기록이었을 것이다.

5시경 따뜻한 허그로 헤어지며 "지나간 고통은 다 잊고 꼭 행복하세요." 그의 등을 토닥여주었다. 내가 할 수 있는 소박한 격려였다.

그는 자신의 존재를 확실하게 내 뇌리에 아니 가슴속에 각인시켰다. 그는 승리자였다. 가혹한 삶의 현실을 꿋꿋이 견디며 극복해낸 쉽지 않은 전쟁의 승리자였다. 나는 그에게 보이지 않는, 그러나 빛나는 황금빛 월계관, 혹은 훈장, 혹은 트로피를 수여해주고 싶다.

하늘의 눈물

저 바다는 모두 하늘이 인간의 슬픔을 대신해 흘려준 눈물.
하늘은 오늘도 세계 구석구석에서 바쁘게 운다.
보라. 지금도 어디선가 비가 내린다.

　요즘 같은 자본 만능의 시대에 좀 바보처럼 들릴지도 모르겠지만, 시인이라는 사람들은 단어 하나에 그날의 기분이 왔다 갔다 한다. 마음에 드는 표현을 떠올리거나 만났을 때의 기쁨은 어쩌면 젊은 아가씨가 마음에 드는 구두나 가방을 발견했을 때의 기쁨 같은 것보다 훨씬 더 클지도 모르겠다. 단어 하나가 때로는 진리 내지 예술을 담고 있는 경우도 적지 않기 때문이다.

　그런 기쁨을 오늘 만났다. 저녁에 〈초원의 집(Little House on the Prairie)〉[*]이라는 TV 드라마를 보고 있는데, 소제목이 '하늘의 눈물(Heaven's Tear)'이라고 되어 있었다. 솔깃해졌고 그리고 이내 몰입되었다. 재미있었다. 주인

---

[*] 1974년부터 1983년까지 방영된 로라 잉걸스 와일더 원작의 시리즈로 한국에서도 방영돼 큰 인기를 끌었던 드라마.

공인 소녀가 어린 동생을 잃은 슬픔 때문에 하늘이 가깝다는 산에 올라가 기도를 하다가 탈진해 정신을 잃었는데, 깨어나 보니 어떤 산사나이가 소녀를 돌봐주고 있었다. 산사나이는 소녀의 이야기를 듣고서 이렇게 위로를 해준다. "너는 동생을 다시 살려달라고 간절히 기도하지만, 세상에는 하늘도 어떻게 할 수 없는 일이 많이 있단다. 비가 왜 오는지 아니? 그건 하늘이 눈물을 흘리기 때문이란다. 그 눈물에는 이런 누나의 모습을 슬퍼하는 네 죽은 동생의 눈물도 함께 흐를지 모른다. 그러니 동생을 더 슬프지 않게 하기 위해서라도 너무 슬퍼하지는 않는 게 좋겠다." 대충 그런 내용이었다. 소녀는 마음을 추스르고 산을 내려가 다시 엄마 아빠의 품에 안긴다. 옛날 드라마라 그런지 좀 상투적이기는 했지만 나는 감동했고 그런 따뜻한 마음과 언어가 잠시나마 이 미국 생활의 한순간을 행복하게 만들어줬다.

아닌 게 아니라 하늘이 눈물을 흘린다는 이 황당한 이야기는 얼마간 깊은 삶의 진실을 은연중에 반영한다. 나는 속으로 그 소녀에게 이런 이야기를 더 들려주고 싶었다. "동생을 잃은 너의 슬픔은 말할 수 없이 크겠지만, 이 세상에는 그런 크고 작은 슬픔들이 너무나도 많이 있단다. 너만 슬픈 게 아닌 거지. 그 모든 슬픔들이 다 하늘의 눈물로 내린단다. 비가 얼마나 많이 오는지 보렴. 그 비들이 모여 시내가 되고 강물이 되고 그리고는 마침내 바다가 된단다. 저 넓고 깊은 바다가 다 하늘이 흘린 슬픔의 눈물이란다." 나는 문득 〈바다는 왜 넓고 깊은가〉라는 제목으로 시라도 한 편 써보고 싶어졌다.

바다는 넓고 그리고 깊다
그것은 모두 하늘이 흘린 눈물
오늘도 비가 온다
하늘이 또 운다

우리 때문에
운다

어설프지만 이것만으로도 한 편의 시가 되고도 남는다.

인생을 바다에 비유하는 것은 그것을 괴로움의 바다(苦海)로 규정하는 불교로 인해 그다지 우리에게 낯설지 않다. 그 바다가 온통 눈물의 바다라는 것은 사실 조금만 깊이 통찰해보면 결코 과장이 아니라는 사실을 이내 깨닫게 된다. 우리의 인생은 울음으로 시작해 울음 속에서 끝나게 된다. 참으로 묘한 현상이 아닌가. 현재의 인간이 77억이라면 최소한 77억 × 2 = 154억 번의 눈물을 하늘이 흘렸고 그것이 지나온 과거의 인간 1,082억의 모든 눈물들과 함께 바다로 출렁대고 있을 것이다. 그 출생과 죽음 사이의 삶은 또 어떤가. 이 세상의 인간 치고 삶의 과정을 눈물 없이 보내는 사람이 과연 있을까. 남자는 울지 않는 법이라고 예전에는 곧잘 이야기했지만, 그것은 새빨간 거짓말이다. 설혹 눈물을 보이지 않는 이가 있을지는 모르겠지만, 그렇다고 그가 속으로 삼킨 눈물이 없는 것은 아니다. 그런 눈물도 다 하늘이 대신 흘려주는 것이다.

생로병사로 인한 눈물, 애별리고로 인한 눈물, 원증회고로 인한 눈물, 구부득고로 인한 눈물, 오온성고로 인한 눈물, 온갖 실패와 좌절과 패배로 인한 눈물 …. 이 모든 일들을 '나 자신의 일'로서 감당할 때, 우리 인간들은 속절없이 눈물을 흘릴 수밖에 도리가 없는 것이다. 부모 형제를 잃어본 자들은 안다. 늙고 병들어본 자는 안다. '웬수' 같은 인간들에게 시달려본 자는 안다. 사랑하는 이와 이런저런 사정으로 헤어져본 자들은 안다. 뭔가를 간구하고 좌절해본 자들은 안다. 스스로도 통제되지 않는 자기에 부딪쳐본 자들은 안다. 인간의 삶이라고 하는 것이 얼마나 많은 눈물을 그 대가로서 요구하는지를.

그러나 그 많은 눈물들을 하늘이 대신 흘려준다니 참 고맙고도 든든한 일이 아닌가. 오늘도 보스턴의 하늘에는 비가 내린다. 하버드 야드에도 가을비가 촉촉했다. 세계 제일의 선진국이라지만 이곳 미국에서도 울어야 할 일들은 많은 모양이다. 하버드라고 어찌 울 일이 없겠는가. 하버드 학생이었던 〈러브 스토리〉의 올리버도 제니퍼를 잃고서 울었다. 할리우드 영화에도 그런 이야기들이 넘쳐난다. 눈물은 어디에서나 공평하다. 하기야 보스턴 테러가 일어난 것도 얼마 전이다. 그 피와 함께 얼마나 많은 눈물이 뿌려졌을까. 허리케인이 오클라호마를 할퀴고 간 것도 얼마 전이다. 뉴욕의 9·11 테러는? 토네이도는? 다 눈물거리다. 이래저래 하늘은 참 바쁘시겠다.

테러의 현장 보일스턴 스트리트

세계와 세상

세상이란, 우리가 온몸으로 그리고 온갖 희로애락으로 경험하는 치열한 삶의 현장, 생로병사의 무대, 행복과 불행이 숨바꼭질하는 숲속과 같다.

대학교수, 특히 국립대 교수의 삶에는 아닌 게 아니라 여러 장점들이 참 많은데 그중에서도 가장 좋은 것 중 하나가 몇 년에 한 번씩 해외 파견 연구년을 가질 수 있다는 것이다. 일상 잡무에서 벗어나 자유롭게 하고 싶은 일을 할 수 있을 뿐 아니라 다양한 경험을 하며 재충전이 가능해진다. 사람에 따라 이 시간을 보내는 양상은 조금씩 다르겠지만 나의 경우는 꼭 파견 대학의 '강의'를 들어가본다. 수십 년 강단에 서서 자기 말만 하던 사람이 다시 학생이 되어 앉아 남의 말을 들어보는 재미는 참으로 쏠쏠한 바가 없지 않다.

이번 학기에는 나의 초청자인 켈리 교수가 마침 나의 전공 분야이기도 한 하이데거의 《존재와 시간》을 강독하기에 나는 매주 두 번 90분씩 이어지는 그 강의를 지각 한 번 없이 들어가고 있다. 한국, 일본, 독일, 그리고 지금 미국에서 나는 하이데거 연구의 최고봉이라는 분들(소광희, 와타나베 지로, 프리드리히-빌헬름 폰 헤르만, 숀 켈리 교수)의 강의 내지 가르침을 직접 다 들어보았으니 이것도 드문 행운임에는 틀림없겠다. 나 자신도 하이데거에 관한 두툼한 연구서를 세 권씩이나 내놓은 바이긴 하지만 배움에 있어 한계나 형식 같은 건 있을 수 없다.

내가 경험한 일본, 독일, 미국의 수업에서 한 가지 공통된 것은 적어도 그 수업에 관한 한 담당 교수에게 전권이 있다는 것이다. 예컨대 과목명은 그냥 '철학연습'이거나 아니면 'Phil139x' 하는 식으로 아예 기호로만 제시된다. 내용은 교수가 하고 싶은 것을 알아서 한다. 이를테면 칸트의 《순수이성비판》을 강독하고 싶다면 그렇게 하면 된다. 그것을 처음부터 읽어나간다. 이번 학기에 100쪽까지 읽었다면 다음 학기에는 101쪽부터 200쪽까지, 또 다음에는 그다음부터 읽어나간다. 이러니 학생들은 죽을 판이다. 201쪽부터 듣기 시작한 학생은 그 전의 200쪽을 혼자 알아서 공부하고 와야만 수업을 제대로 따라갈 수 있다. 하기야 그런 게 대학 공부다. 수업이야 서로가 공부한 바를 토론하면서 확인하는 자리로 충분한 의미가 있는 것이다.

켈리 교수는 이번 학기에 하이데거의 저 유명한 '세계-내-존재' 관련 부분을, 놀라운 실력을 과시하면서, 강독하고 있다. 후기 철학을 조금 더 선호하는 나로서는 그동안 상대적으로 좀 경시했던 이 부분을 다시 읽는 소중한 기회가 되고 있다. 게다가 '존재'라는 것을 '자인(Sein)'도 '에트르(Être)'도 '춘짜이(存在)'도 '손자이(存在)'도 아닌, '비잉(Being)'으로, 즉 영어로 사유해보는 것은 흥미롭다. 언어를 초월한 현상 그 자체의 보편성을 확인하는 하나의 방식이기도 하다. 언어별 특징과 한계 같은 것도 흥미롭다. 나는 하이데거를 경외하며 그와 철학적인 문제의식을 전적으로 공유한다. 하지만 그렇다고 그의 폐쇄 회로에 완전히 갇혀 한 치도 벗어나지 못하는 그런 입장도 아니다. 윤리의 부재 등 그에 대해 아쉬움도 불만도 없지는 않다. 세상의 수많은 철학자들도 각자 자신의 입장에서 하이데거에 대한 비판의 말들을 쏟아냈으니 나라고 그 자격이 없는 것은 아니리라.

내가 아쉬워하는 것 중의 하나는 그가 현존재 즉 인간 존재의 존재 구조를 분석하면서 인간의 '삶' 내지 '인생'이라는 것을 제대로 주제화하지 않았다는 점이다. 누구보다도 그것을 잘할 수 있는 능력자요 거물이었기에 그만큼 아쉬움도 큰 것이다. 물론 그가 '세계'라는 것을 언급하면서, 인간 현존재가 그 안에서 함께 '살고 있는' '그곳'으로서의 세계라는 것을 언급해주기는 했다. 그리고 이른바 '세인'을 언급하면서 우리 인간들의 일상적인 차원에서의 퇴락적 삶의 양상, 예컨대 수다, 호기심, 애매성 같은 것도 치밀하게 분석해 보여주기는 했다. 하지만 그럼에도 불구하고, 그것이 우리가 온몸으로 그리고 온갖 희로애락으로 경험하는 이 땀내 나는 혹은 때로 피비린내 나는 치열한 삶의 현장, 삶의 무대로서의 '세상'을 제대로 지시해 보여주었다고 하기에는 턱없는 모자람이 있는 게 사실이었다.

'세상'이란, 우리 인간들이 태어나면서 그 안에 내던져지는, 거기서 자라고 성숙하고 별의별 현실적 인간관계와 이해관계 속에서 치열하게 경쟁하면서 이기고 지고 뺏고 뺏기고 이루고 놓치고 그러면서 온갖 희로애락을 겪으며 살아가다가 이윽고 거기서 떠나게 되는, 생로병사의 현장 혹은 무대, 삭막하면서도 살벌한 곳이다. 그러나 때로는 그 어디보다도 따뜻하고 아름다울 수 있는 곳, 가정과 학교와 직장과 국가들을 품고 있는 곳, 친구와 적들이 함께 있는 곳, 기막히게 아름다운 자연과 너저분한 쓰레기장이 함께 있는 곳, 재미있고도 따분한 곳, 여기저기 온갖 종류의 보물 같은 행복들이 '숨은 그림'처럼 흩어져 있고 또한 온갖 종류의 불행들이 지뢰처럼 도사리고 있는 곳, 바로 그런 곳이 우리가 그 속에서 '살고 있는' 진정한 의미의 '세상'인 것이다. 하이데거 식으로 말하자면, 그는 비록 그것을 언급하기는 했으나 '인생론적인' 의미에서 충분히 명시적으로 전개하지는 않은 채 머무르고 말았다. 우리는 그 진짜 '세상'에서 전개되는 우리의 진짜 '인생'에 학문적─철학적으로 접근하지 않으면 안 된다. 하이데거의 '존재'는 철학의 초창기에 빛났다가

묻혀 있었고 그것을 하이데거가 되살려냈지만, '인생'과 '세상'이라는 이 주제는 그 최고의 중요성에도 불구하고 아직 제대로 학문적—철학적 대상이 되는 기회를 얻지 못했다. 누군가 그것을 해주지 않는다면 나라도 그 작업을 해야겠다고 나는 이곳 하버드에서 마음을 다잡고 있다.

오늘의 수업에서 켈리 교수는 며칠 전 에머슨 홀 305호에서 있었던 컬럼비아 대학 철학과 테일러 카맨(Taylor Carman) 교수의 초청 강연 "… 사람의 존재"를 소개하면서 그가 말한 '삶의 길'을 통해 하이데거가 말한 '현존재'를 넘어서야 할 어떤 가능성을 언급했다. 그 말을 들으며 나는 고개를 끄덕였고 혼자 조용히 미소 지었다.

수업이 끝나고 다른 일로 그와 잠시 대화를 나눴는데, 그는 뜻밖에 "항상 열심히 수업에 나와 미소 띤 얼굴을 보여주시는 게 너무 고맙다"고 인사를 했다. 그는 나보다도 더 환하게 웃고 있었다. 그의 덕분에 여기서 이런 수업을 듣고 이런 글을 쓸 수 있으니 당연히 내가 더 고마운데. 실력뿐만 아니라 인품도 느껴지는 그가 이 하버드의 철학 강단을 지키고 있다는 건 그만의 복은 아닐 것이다. 하버드의 교정에는 지금 단풍이 너무 예쁘다. 그러고 보니 여기도 '세상'의 한 조각이다. 여기서 나는 지금 그 희로애락의 희락을 경험하는 중이다.

채우기와 비우기

마음이 세상을 헤쳐 나가며 이런저런 상황에 부딪치는 것, 그것이 곧 삶이다.
때로는 채우고 때로는 비우며 저울의 균형을 맞춰가는 것, 그것이 곧 삶의 지혜다.

사실, 전혀 모르고 있었다. 아무도 말해준 사람이 없었
다. 동네를 산책하다가 그야말로 우연히 내가 사는 집 바로
맞은편 골목길에서 영어로 'Cambridge Zen Center'라고
쓴 입간판을 목격했다. 크기도 모양도 소박했다. 그 아래에
는 'Taegak Sa'라고 병기돼 있고 가운데 윗부분 둥근 원 안
에는 '대각(大覺)'이라는 한자가 병기돼 있다. "어, 이거 혹
시… 그 대각사?" 아니나 다를까. 숭산 스님이 세웠다는 그
유명한 한국계 사찰이었다. 마당에 한국식 석불이 있긴 하
지만 절간 느낌은 전혀 없다. 창문이 12개인 3층 건물이지
만 아주 큰 규모는 아니다. 평범한 주택가의 평범한 단독주
택이다. 그것을 그냥 선방으로 사용하고 있는 것이다. 바로
옆에 있는 거대한 케임브리지 한인교회에 비하면 좀 초라할
정도로 아담하다. 호기심에 그냥 지나칠 수가 없어 다짜고

짜 들어가봤다. 불상을 모신 제법 넓직한 한국식 법당이 있다. 한국인으로 보이는 몇 분과 현지인들이 고요히 참선 중이라 방해하지 않으려 숨소리도 죽인 채 잠시 분위기를 둘러보고 안내 데스크의 담당자와 간단한 대화를 나누며 연락처만 주고받은 뒤 조용히 나왔다. (그 후 행사 안내도 꾸준히 받고 있다.)

좀 감개무량했다. 숭산 스님의 그림자가 언뜻 지나치는 듯한 착각이 들기도 했다. "니는 누고?" 하는 소리가 들릴 듯도 했다. "바로 여기서 저 현각 스님과 혜민 스님이 삶의 전기를 만났었구나…." 뭔가 살짝 역사적 현장에 있는 듯한 느낌도 없지 않았다. 하버드 교정을 처음 둘러봤을 때 프랜시스 애비뉴의 디비니티 스쿨(신학대학원) 앞에서도 그런 생각이 잠시 들었었다. 《하버드에서 화계사까지》, 《멈추면, 비로소 보이는 것들》 등으로 한국 사회에서 큰 화제를 불러일으킨 저 스타 스님들, "그들이 여기서 석사를 했었구나…." "불교가 이곳 하버드와도 무관하지 않구나…." "여기에 한국도 인연이 있었구나…." 여러 가지 상념이 스쳐갔다.

한국에서 제법 인문학을 한다는 분들의 이야기를 듣다 보면 한 가지 특이한 점이 눈에 띈다. 그것은 이분들이 한때 어떤 형태로든 '불교'에 매료돼 나름대로 이것과 씨름한 이력이 조금씩은 다 있다는 것이다. 불교에 대한 그런 인문학적 관심은 이곳 미국에서도 이렇듯 심심치 않게 눈에 띄어 색다른 느낌으로 다가온다. (아직 가보진 않았지만 뉴욕에도 원각사와 백림사라는 한국계 사찰이 있다고 들었다.)

그것은 기복을 위해 절간을 찾는 것과는 좀 다른 일로, 그 밑바탕에는 부처의 깨달음에 대한 일종의 공감 내지 지향이 깔려 있다. 내용적으로 보자면 우리의 삶이 생로병사를 위시해 온갖 괴로움들로 가득 차 있다는 것, 그 괴로움들은 자아를 위시해 대개 헛된 것에 대한 헛된 집착에서 말미암는다는 것, 그것을 제대로 알고 제대로 힘써서 그 괴로움으로부터 벗어나야겠다는 것, 그러니까 부처가 말한 저 4성제에 대한 공감과 지향인 것이다. 고집멸도, 이 네 가지에 사실상 3법인, 8정도, 12연기가 다 압축돼 있다고 해도 과언이 아니다. 그게 이른바 초전법륜, 부처가 행한 첫 설법의 핵심 내용이기도 했다. 일반에게도 잘 알려져 있지만, 이러한 가르침은 비우기-떠나기-지우기-끄기-건너기 같은 말들과 연결이 된다. 이 단어들 중 어느 하나만 제대로 실천해도 그 사람은 사실상 '부처'가 된다. 하지만 말이 그렇지, 그게 그렇게 간단치 않다. 말로야 팔만대장경을 다 외울 수도 있겠지만, 그리고 그것을 기막힌 솜씨로 강론할 수도 있겠지만, 정작 본인의 그 '마음' 한 조각을 비우는 일은 절대로 만만치가 않다. 그것은, 좀 과장법을 쓰자면, 저

남산을 강남으로 옮기는 것보다도 그리고 한강물을 다 마셔버리는 것보다도 더 어려운 일이다. 그래서 이 세상에는 넘칠 만큼의 불교적 담론이 존재하지만, 정작 부처라 할 수 있는 사람은 저 석가모니 이후 2천 수백 년의 긴 세월이 지났건만 아직도 그 이름이 들리지 않는 것이다. 실상을 보면 조그만 지식이 곧바로 오만으로 연결돼 오히려 부처의 이름에 누를 끼치는 경우가 더 많을지도 모른다.

세상에 '고(苦)'가 존재하는 한, 불교의 철학은 분명히 의미가 있다. 그것은 크나큰 가르침이다. 그러나 그 가르침은 우리가 다른 누구도 아닌 자기 자신의 마음을 비우고 어떤 고요의 경지를 얻었을 때, 오직 그때만 의미가 있다는 것을 우리는 새기고 또 새기지 않으면 안 된다.

한편 이러한 이론의 대극에 있는 것이 이른바 '성공론'이다. 자본주의의 불가결한 동반자인 이 이론들은 끝도 없이 다양하게 그 모습을 바꾸어가며 시중의 서점가를 장식해준다. 그중의 몇몇은 실제로 상업적인 '성공'을 거두기도 한다. 이 이론들의 공통점은 인간의 욕망을 기본적으로 인정하고 (혹은 부추기며) 그 욕망의 충족 내지 실현을 위한 나름대로의 '길들' 혹은 요령들을 제시한다는 것이다. 그 길의 목적지가 바로 '성공'인 것이다. 그 구체적인 모습은 사람마다 조금씩은 다 다르다. 하지만 대체로는 이른바 '부귀공명'

을 크게 벗어나지 않는다. 다소 진부한 듯도 한 이 말을 현대식으로 번역하자면 그것이 다름 아닌 '권력'과 '재산' 그리고 '업적'과 '명성'이 된다. 좀 다른 각도에서 보면 '일'과 '사랑'이라는 것이 그 자리를 차지하기도 한다. 인간사라는 것이 결국 빤한지라 세상 돌아가는 것을 보면 대체로 이것들을 서로 차지하려고 박 터지게 싸우는 것이 진실인 것이다. 바로 거기서 인간의 온갖 희로애락들이 자라 나온다.

특별한 성자가 아니라면 이 싸움에서 자유로울 수 있는 사람은 그다지 없다. 한때 불교에 빠졌던 이들도 대부분은 결국 이 전장으로 되돌아온다. (때로는 절간 자체가 전장이 되기도 한다.) 그리고 때로는 멋진 전사가 되기도 한다. 이 싸움에서의 기본적인 진실은 끝도 없이 샘솟는 저 욕망들을 하나씩 하나씩 채워나가는 것이다. '채우기-얻기-만들기-이루기'가 그 핵심인 것이다. 관련된 이론은 넘쳐나지만, 특히 이곳 미국이 그렇다지만, 이것도 참 만만치가 않아 이 단어들 중의 어느 하나를 나 자신이 직접 실행하기란 너무너무 어려운 것이 실상이다.

삶이라는 것은 이론 이전의 실체다. 태어난 이상 우리는 어쨌거나 이 길을 가지 않으면 안 된다. 그 핵심에 '마음'이 있다. 마음이라는 것이 옷을 입고 신발을 신고 세상을 돌아다니며 이런저런 상황에 부딪치는 것, 그게 인생인 것이다. 바로 그 마음을 채울 것인지 비울 것인지를 우리는 그때그때 결단하지 않으면 안 된다.

무슨 '성공론'은 아니지만 그 엇비슷한 소리를 한마디 하자면, 인생을 성공에 가까운 쪽으로 가져가려면 이 채우기와 비우기를 그때그때 적절히 잘 버무려야 한다는 것, 그것이 인생의 진정한 성공을 위한 요령이라는 것이다. 길이 트이면 채우고, 길이 막히면 비우고. 그렇게 마음의 균형을 잡아가는 것이다. 살다가 보면 길은 트이기도 하고 막히기도 한다. 한편 생각해보면 그것이 우리네 삶의 묘미 내지 재미일지도 모르겠다.

케임브리지 대각사(Cambridge Zen Center)

'최고'라는 것

진정한 '최고'는 채찍과 당근으로는 만들 수 없다. 그것은 자신의 본분을
최고의 즐거움으로 수행하는 자에게 자연스럽게 주어지는 선물과 같다.

"아~ 그건 모르겠네. 정말 모르겠어."

오늘 수업 시간에 켈리 교수는 '개별적 인간의 탄생과 죽
음'과 무관한 '존재 이전'과 '존재 이후'를 묻는 한 학생의 질
문에 대답하다가 무언가에 걸려 한동안 이 말만 되풀이했
다. 아니, 소위 세계 최고라는 하버드 대학에서 교수라는
사람이 그런 말을 그렇게 쉽게 해도 되는 거야? 누군가는
그렇게 생각할지도 모르겠지만 그 자리에 앉아 있는 학생이
나 나를 포함한 객원들 및 일반인들의 표정에서 그 말에 대
한 동요의 눈빛은 눈곱만큼도 찾아볼 수가 없었다. 나의 경
우는 오히려 가끔씩 경탄의 한숨을 내뱉기도 했다.

많은 철학교수들조차 어렵다고 혀를 내두르는 저 하이데
거의 《존재와 시간》을 강의하면서 그는 한 학기 내내 거의
막힘이 없었다. 나도 그것에 대해 논문과 책을 쓴 바가 있

고 강의도 한 바 있지만 그는 내가 '전체의 맥락'을 위해 종종 건너뛰었던 소위 '디테일'한 부분들까지 건드려 마치 멸치잡이 저인망 어선처럼 강의를 끌어 나갔다. 그 이해의 폭과 깊이, 정확도, 그리고 설명의 스킬 등은 '하버드'라는 명성에 충분히 걸맞고도 남음이 있었다. 방향은 좀 달랐지만 수준은 독일의 저 프라이부르크에 결코 뒤지지 않았다. 오늘만 하더라도 그는 학생들의 날카로운 질문 공세를 헤쳐 나가며 프레게, 메를로퐁티, 후설, 칸트, 아리스토텔레스, 비트겐슈타인, 키에케고, 니체, 심지어는 도스토옙스키와 허만 멜빌까지 동원했는데, 이야기를 들어보면 그들에 대한 이해가 '완전히 소화된 상태'임을 인정하지 않을 수가 없었다. 누군가가 썼던 '읽지 않은 책에 대해서 말하는 법', 뭐 그런 것과는 정말 거리가 먼 '진짜배기'였다.

그래, 솔직히 고백해두자. 내가 애당초 하버드에서 연구년을 보내겠다고 그에게 메일을 쓴 것은 그에 대해서 내가 뭘 알았기 때문이라기보다 세계 최고라는 하버드는 도대체 어떤 곳일까 하는 호기심 때문이었다. 여기에 온 사람 치고 그게 없었다면 거짓이리라. 한국에서 태어나 한국인으로 인생을 살아온 사람이라면 이 '최고'라는 말에 대한 구속과 지향이 없을 수 없다. 학교 성적을 비롯한 삶의 모든 분야가 각각 이 최고라는 것을 정점으로 하는 수치상의 줄 세우기에 지배되면서 수십 년의 세월이 흘러온 거니까. K고-S

고-K고, S대-K대-Y대, 삼성-엘지-현대 …, 우리를 실질적으로 지배한 현실이었다. 그것이 한국을 띄우기도 했고 그것이 한국을 망치기도 했다. 초등학교 이래 박사과정까지 나도 몇 번은 이 '최고'라는 것을 경험해봤고 어떨 때는 거기서 굴러떨어져보기도 했다.

그렇게 시소를 타면서 내가 느낀 것은, '최고'라고 하는 것에는 반드시 그만한 무언가가 있다는 것이다. 거저 되는 최고는 절대로 없다. 누군가가 무언가 특별하여 그 최고를 최고이도록 만드는 것이다. 내가 겪어본 바로는 이 켈리 교수도 그중의 한 사람임이 분명해 보인다. 물론 내가 그 당사자 본인이 아니니까 그 깊은 속까지야 모르겠지만 적어도 겉으로 드러난 면만 보자면 그는 최소한 자기 분야에서의 책무에 '최대한' 충실한 인사임이 틀림없다. 무엇보다도 그는 연구와 강의를 '즐기는' 것 같다. 그의 표정과 태도가 그것을 말해준다. 지난 시간에는 저 《존재와 시간》이 정식으로 출판되기 전 후설이 주관하던 《철학 및 현상학적 연구 연보》의 별책부록으로 나왔던 그 초판을 들고 와 재미난 듯이 학생들에게 '구경'시켜줬는데, 그 표정에 재미있어 하는 기색이 역력했다. 그가 나를 만나면 하는 인사도 "즐기고 계신가요(… enjoy?)", "많이 즐기십시오(… enjoy!)"였다. 설마하니 여기서 먹고 노는 것을 즐기라는 말은 아닐 것이다. 연구를 하겠다고 왔으니 연구를 즐기라는 말일 것이다.

본질에 충실한 것, 그 본연의 이름값을 하는 것, 내가 평소에 강조해 마지않았던 바로 그것을 그는 몸으로 실천해 보여주고 있는 것이다. 바로 거기서 '최고'라고 하는 것은 자연스럽게 만들어진다. 그런 것은 결코 채찍과 당근으로는 만들어지지 않는다.

20세기 '최고'의 철학자 중 하나로 공인되는 하이데거는 프라이부르크로 가기 전 한때 마르부르크 대학의 조교수로 근무했는데 마침 니콜라이 하르트만이 자리를 옮기면서 정교수 자리가 비어 학장이 하이데거를 추천했다. 그런데 한참이 지난 후 이 추천은 반려되었다. 지난 십 년 간 업적이 없다는 것이 그 이유였다. 그런데 바로 그 십 년 간 하이데거는 20세기 최고의 고전이 될 《존재와 시간》을 쓰고 있던 것이다. 학장이 아무래도 실적이 좀 필요할 것 같다고 설득을 해서 하이데거는 그 《존재와 시간》을 미완성인 채로 서둘러 저 《연보》에 실어 별책으로 출간한 뒤 서류를 다시 올렸다. 그런데 그것도 한참 후 '불충분'이라는 딱지가 붙어 반려되었다. 그 사정을 알고 당시에 이미 유명인사의 반열에 올라 있었던 막스 셸러가 베를린으로 쳐들어가 장관에게 직접 항의를 했고 장관은 마지못해 하이데거를 승진시켰다고 한다. 유명한 이야기다.

업적이니 실적이니 성과니 하면서 그것을 돈과 연결시키며 지금도 관료들은 학자들을 채근해댄다. 언론과 정치가들도 덩달아 부채질이다. 그 와중에서 연구와 강의를 '즐기는' 학자들은 사라져간다. 교수들의 표정은 냉소적이다. 그냥 좀 내버려둘 수는 없는 것일까? 알아서 즐겁게 하도록 그냥 맡겨두면 안 되는 걸까? 그러면 수치가 낮아지니까? 그 수치의 철학적 의미를 생각해본 적은 있는 것일까? 정치와 행정을 하는 분들께 저 하이데거의 이야기를 꼭 들려주고 싶다. 장관의 그 짓 때문에 하이데거의 그 《존재와 시간》은 결국 지금까지도 '미완의 대작'으로 남아 있다. 그 일이 없었더라면 그것은 지금 또 다른 모습으로 우리에게 주어져 있을 것이다. 역사에 이름을 뚜렷이 새긴 저 하이데거와 흔적도 없이 지워진 당시 그 장관의 이름을 지금 비교해보면 '알아서, 즐겨서 하는 일'과 소위 '채찍과 당근' 중 어느 것이 정답인지는 저절로 드러난다. 소위 '평가'라고 하는 것은 결국 '세상'과 '세월'이라는 것이 자연히 알아서 하게 된다. 아니, 그 이전에 이미 본인이 그 결과를 알고 있다.

우리나라에서도 좀 제대로 된 '최고'가 자라나 언젠가 이 하버드를 능가하는 '최고의 대학'이 우뚝 서고 거기에 세계의 여러 학자들이 다투어 모여드는 그런 모습을 꼭 한 번 보고 싶다. 언젠가 저 구름 위에서라도.

질문 있습니다

모든 물음은 어떤 '답'을 기대한다. 그 답은 오직 묻는 자만이 얻을 수 있다.
물음이 없는 자에게는 대답도 없다.

"질문 있습니다! 당신네들은 도대체 왜 그렇게 질문이 많은지 좀 답변해주시겠습니까?"

정말이지 나는 이 질문에 대한 답을 좀 들어봤으면 좋겠다. 미국 생활이 날수를 늘려가면서 내게 깊은 인상을 남긴 것 중의 하나가 이 '질문'이라는 것이다. 이들은 정말이지 질문이 많다. 어떨 때 보면 경쟁적으로 서로 손을 드는데, 질문을 하고 싶어 안달이 난 것 같은 느낌이 들 때도 있다. 대학의 강의에서도 그렇고, 세미나, 강연 등 행사에서도 마찬가지다. 그리고 교수들은 그 질문에 대해 연신 "excellent(훌륭해)"와 "good question(좋은 질문이야)"을 남발한다.

이곳이 '하버드'라는 좀 특별한 곳이라서 그럴까? 꼭 그런 것도 아니다. 내가 다녀보았던 인근 MIT나 보스턴 대학도 그런 점에서는 마찬가지다. 그리고 강의나 행사에 참석한 이들을 보면 그다지 특별할 것 없는 일반인들도 적지가 않은데, 그들도 질문 공세의 대열에서는 결코 빠지지 않는다. 비교라는 것이 꼭 바람직하지는 않겠지만, 그동안 내가 한국에서 겪어보았던 저 수많은 '질문 없는 침묵'의 곤경을 함께 떠올리지 않을 수 없었다.

생각해보니 이런 활발한 문답은 내가 예전에 독일의 하이델베르크와 프라이부르크에 머물렀을 때도 인상적으로 느꼈던 것 같다. 약간 뉘앙스의 차이는 있지만 그들이 가장 좋아하던 것이 '토론'이었다. 나는 이런 '질문 현상', '설명', '대화', '토론'이 왠지 '선진국'이라는 단어와 일부 연결되는 것 같은 생각이 들기도 했다. 그것은 '선진'의 한 핵심인 이른바 공론을 위한 기본 풍경이 될 수도 있을 테니까.

(단, 영국의 옥스퍼드나 케임브리지에서는 그 양상이 또 좀 다르다고 한다. 그곳으로 유학 간 미국 학생들은 교수들의 반응이 미국과 달라 몇 달 후에는 기가 죽고 좌절하고 이윽고는 침묵에 빠지는 경우가 많다고도 한다. 그곳의 교수들은 꼭 필요한 것이 아닌, 자기과시를 위한 질문에는 "왜 그런 질문을 하는 거지?" 하는 반응을 보이고 제법 쓸 만한 질문을 해도 "not bad(나쁘지 않군)"라는 정도의 반응을 보인다고, 그곳 출신인 지인 K교수가 알려주었다. 그러니 질문이 선진의 무조건적 기준이 될 수는 없겠다. 하지만 질문

자체의 철학적 의미는 분명히 있다.)

사람이 무언가를 궁금해 한다는 것은 '앎' 내지 '이해'라는 것을 전제 또는 목표로 한다. 바로 거기에서 저 위대한 철학이라는 것도, 그리고 저 대단한 과학이라는 것도 유래되었음을 상기해보자. (하이데거 같은 이는 이 '물음(Frage)'이라는 현상 자체를 아예 그의 한 철학적 개념으로 다루기도 한다. 《존재와 시간》의 제2절을 참조해보라. 시인 요한 페터 헤벨은 "사람들이 그런 무언가를 매일매일 보고서도 그게 무엇을 의미하는지 전혀 묻지 않는다는 것, 그것은 칭찬할 일이 아니다."라고 말하기도 했다.) 그런 점에서 이 의문 내지 질문이라는 것은 인류 전체의 발전 내지 진보와 무관하지 않다. 좀 과장해서 말하자면 그것은 우리 인간을 다른 모든 존재자들과 구별해주는 결정적 차이의 한 핵심일 수도 있다. 인간은 만유 중 유일하게 '묻는 존재'다. 그러니 우리가 제대로 인간이려면 우리는 끊임없이 무언가를 물어보지 않으면 안 된다.

물론 중요한 것은 그 물음의 내용이다. 이를테면 "서울 강남에서 가장 맛있는 피자집이 어딘가요?" "앞으로 어떤 종목의 주식이 유망할까요?" "지금 부동산을 사는 게 좋을까요, 아니면 현금을 보유하는 게 좋을까요?" "○○암을 극복하려면 어떤 음식이 좋은가요?" 기타 등등, 우리 생활에 직접 맞닿아 있는 호기심과 질문들도 나름 충분한 의미와 중요성을 지니고 있다. 그런 종류의 질문들은 그것을 특화시킨 하나의 IT 대기업을 만들어낼 정도로 그 엄청난 규모를 과시하기도 한다. 하지만 인간의 질문 보따리가 그런 것들로만 가득하다면, 그것은 좀 서글픈 일이다.

굳이 저 초창기의 철학자들처럼 "존재하는 것들의 근원은 무엇일까?" 혹은 라이프니츠나 하이데거처럼 "도대체 왜 무가 아니고 존재가 있는 것일까?" 같은 머리에 쥐가 날 질문을 꼭 해야 한다고 강권할 생각은 없다. 칸트처럼 "선천적 종합 판단이 어떻게 가능한가?" 하는 물음을 가지라는 건 더욱 아니다. "이 뭐꼬?" 같은 선문답을 기대하는 것도 아니다.

우리는 적어도 한 사람, 인류사에 길이 빛나는 저 질문의 거장 소크라테스를 기억해낼 필요는 있지 않을까? 한평생 질문을 인생 그 자체로 삼았던 그는 사람들이 돈이나 명성이나 평판에만 관심이 있는 것을 한탄하고 준엄하게 경계했다. 죽음이 결정된 순간에도 그는 자기 자식들이 부디 그런 인간이 되지 않도록 사람들에게 부탁을 했다. 그 대신에 그는 진정한 덕이나 정의, 진-선-미, 지혜, 사랑, 행복 그런 것이 무엇인지, 그리고 어떻게 하면 우리의 영혼을 최고로 고양시킬 수 있는지, 그것을 물어보라고 권유했다. 소크라테스의 말을 전하는 플라톤의 대화편들을 보면 그런 물음표들로 가득하다. 잘 알려져 있듯이 그는 진정한 문제의 진정한 답을 구하기 위한 그런 질문의 대가로 죽음이라는 선물을 받아야 했다. 질문은 때로 그렇게 목숨을 건 행위가 될 수도 있다. 극단적인 사례이긴 하지만, 그런 것이 지금의 인류를 그나마 이런 수준의 인격적—지성적 집단으로 유지시키는 데 기여했음을 우리는 잊지 말아야겠다.

아마 내일도 모레도 하버드를 비롯한 미국 보스턴의 어느 공간에서는 또 무수히 많은 사람들이 마치 하나의 문화 행위처럼 질문을 위한 손을 치켜들 것이 틀림없다. 침묵보다는 백번 좋은 일임에 틀림이 없다. 다만 나는 질문을 위해 들어 올린 그 손들에게 내심 한 번쯤은 이런 질문도 해보고 싶다.

"당신의 그 질문의 사정거리는 대략 어디까지인가요? 그것은 단순한 지적 호기심 내지 지적 과시를 넘어 인간의 진정한 삶의 향상이라는 것과 연결될 수는 있는 건가요? 이른바 삶의 질을 확보하는 데 얼마만큼 기여할 수 있는 건가요? 이 자리에서 한순간 반짝거리고 마는 것이 아니라, 10년, 20년, 100년이 지난 후에도 여전히 유효할 수 있는 그런 종류의 질문인가요?"

이런 질문은 여기서는 별로 들어본 적이 없는 것 같다. 소크라테스라면 어쩌면 "excellent!"나 "good question!" 하고 말해줄지도 모르겠다.

언어 클리닉

언어가 살아야 정신이 살고 정신이 살아야 세상이 산다.
언어가 지금 병상에 있다. 증세로 보면 거의 말기다.

"학위 논문이 끝나고 여유가 생기면 한국어를 꼭 한번 배
워보고 싶어요."

신학년도 철학과 웰컴 리셉션에서 만나 친하게 된 중국
창사 출신의 유학생 TL양이 대화 중 그런 말을 했다. 그녀
는 드라마 〈별에서 온 그대〉를 보고 한류 팬이 되었다고 했
다. 반가운 말이라 격려를 해줬다. 그녀의 유창한 영어를
보면 그 말에도 충분한 현실성이 느껴진다. 하지만 솔직히
좀 걱정스런 바가 없지 않았다. 가나다라야 그렇다 치더라
도 그녀가 한국어를 좀 배운 후 요즘 한국 사회에서 통용되
고 있는 '실제 한국어'를 알게 된다면 과연 어떤 느낌을 받
게 될지, 가슴이 묵직해졌기 때문이다. 미국에 온 후 인터
넷을 통해 접하고 있는 작금의 한국어는 심히 아름답지 못
하다. SNS에 도배되는 글들은 더욱 그렇다. 거칠고 험하기

가 거의 질병 수준이다.

  그래서다. 진단서를 한 장 쓰기로 한다. 처방전도 함께 쓰기로 한다. 이런 것이 이른바 '불법 의료 행위'에 해당하지는 않을 것이다. 왜냐하면 환자명이 '언어'라는 것이고 나는 공인된 철학자로서, 철학에는 현실에 대한 일종의 의료적 역할이 기대되고 있는 만큼, 어떤 점에서는 이런 종류의 진단과 처방을 할 수 있는 '의료 면허'가 있는 셈이다.

  별로 소문이 나지는 못했지만 나는 '언어의 건강'이라는 것을 거의 20여 년 전부터 강조해왔다. 이 '의학적 언어철학'의 기본은 대략 이렇다. 인간은 언어적 동물(zoon logon echon)이다. 그리고 동시에 사회적 동물(zoon politikon)이다. 사회적 동물인 인간은 그 사회의 대기를 이루고 있는 특유의 언어들을 마치 공기처럼 호흡하면서 그 영혼의 건강을 유지해간다. 따라서 언어라는 공기가 맑으면 영혼도 맑아지고 언어라는 공기가 탁하면 영혼도 탁해진다. 언어와 영혼 사이에는 그런 인과관계가 성립한다. 대충 그런 것이다. 듣고 말하는 언어들이 파라면 영혼도 파랗게 물이 들고 언어가 빨가면 영혼도 빨갛게 물이 든다. 이렇게 시각적으로 말하면 좀 더 이해가 빠를지 모르겠다. 언어라는 것은 책, 강의, 신문, TV 등등 그야말로 온갖 형태로 우리의 눈과 귀를 통해 정신 안에 들어와 혈관을 타고 떠돌다가 시간이 지나면서 차츰 자신의 피와 살과 뼈의 세포에 스며 알게 모르게 자신의 일부로 자리 잡는다. 그것을 우리는 '교양의 메커니즘'이라고도 부를 수 있다.

아무튼 언어란 그런 점에서 인간의 의식 내지 영혼의 재료인 셈이다. 그 언어가 지금 우리 사회의 여기저기서 거의 손쓸 수 없을 정도의 병증을 보이고 있다. 암으로 치면 거의 말기다. 정신병으로 치면 거의 발광의 단계에 접어들었다. 완전히 다 망가져간다. 좀 너무 과격한가? 아니, 지금 우리의 언어 현실을 감안하면 이 정도 표현은 점잖은 편이다. 청소년들은 지금 욕이 없이는 아예 대화가 불가능하다고 보도되었다. 인터넷에 떠돌아다니는 저 괴상한 외계어들과 살벌한 언어들을 보면, 그리고 그것들이 발휘하는 막강한 위력을 보면, 특별히 많은 증거 제시가 따로 필요할 것같지도 않아 보인다. 무엇보다도 책들과 신문의 언어들이다 죽어간다. (심지어 어떤 인터넷 판 신문들은 사람들의 시선을 끌기 위해 '경악', '의외', '충격', '무려', '그만' 등과같은 사기성 짙은 단어들로 제목을 달며 스스로 천박한 언어의 대열에 합류한다.) 이 모든 것이 다 이른바 '독자'가 사라져간 탓이다. 이따금씩 아주 괜찮은 글들이 없지 않지만그 사회적 반향이 너무나 작다. 그 파문이 번지기에는 연못이 너무 좁고 그 메아리가 울리기에는 산들이 너무 낮다.

나는 감히 선언하건대 이 병이 자라난 환경은 지금 우리를, 아니 세계를 완전히 장악해버린 저 인터넷과 휴대폰이다. 그리고 저 삭막하고 살벌한 경쟁판이다. 언어는 그 '소리'의 체온을 잃고 오직 싸늘한 '전파'를 통해서만 전달이 된다. 그리고 오직 '돈'을 타고서만 돌아다닌다. 세균이 번식하기에 너무 좋은 환경이 거기 조성돼 있다. 화면은 언어의 온갖 따뜻함을 다 잘라먹고, 익명성은 그 어떤 비겁함도 다 숨겨준다. 면전에서라면 차마 말하지 못할 그 '차마'도 슬그머니 사라져갔다. 증오와 저주의 언어도 거침이 없다. 자극적인 비난과 천박한 막말은 바로 그 때문에 오히려 인기를 끈다. 참으로 요상한 세계가 아닐 수 없다.

물론 이 모든 증세의 진짜 원인균은 따로 있다. 그것은 사회 구석구석에 산재하는 저 '모순'들이다. 그 모순들이 시정되지 않고는 이 언어의 질환은 절대로 낫지 않는다. 철학이 나서야 할 이유가 바로 거기에 있다. 그 모순들의 밑바탕에는 결국 개인과 집단의 추악한 '욕망'들이 웅크려 있다. 그것을 다스려나가지 않으면 증세는 더욱 악화될 뿐 치유의 가능성은 점점 더 멀어져간다.

어쩔 것인가? 방법은 없는가? 아예 없지는 않다. 언어의 병은 우선은 언어로 치료하는 것이 정석이다. 마치 피 갈이를 하듯 우리 사회의 언어들을 갈아야 한다. 고약한 언어들을 걷어내고서 훌륭한 언어들로 그 자리를 채워야 한다. 마치 죽어버렸던 템스 강을 살려내듯이, 썩어버렸던 청계천을 살려내듯이, 그런 자세, 그런 끈기와 지혜로 임해야 한다. 그것은 거의 전쟁과도 다를 바 없다. 철저한 전략도 짜내야 한다. 그런 작업을 만만하게 본다면 백전백패다. 종국에는 인간의 파멸로 가게 된다.

그러니 처방을 생각해보자. 인터넷과 휴대폰에 언어 필터를 설치하는 것은 어떨까? 특정 단어에 대해 과태료나 벌점을 부과해보는 것은 또 어떨까? 마치 교통 범칙의 벌점처럼. 그 벌점이 모이면 의무적으로 고전을 읽도록 '독서 명령'을 내리는 법을 만들면 또 어떨까? 아니, 시나 에세이를 한 백 편쯤 쓰게 하는 것은 또 어떨까? 그런 것을 관리하는 관청을 만들어 그 벌금으로 월급을 주면 일자리 창출에도 조금은 도움 되지 않을까? 더 확실한 방법도 없지는 않다. 수능 시험에 '읽기와 쓰기'를 한 50퍼센트 정도 반영하는 것이다. 그래, 그것 참 괜찮은 방법이겠다.

장난이 아니다. 온갖 지혜를 다 짜내야 한다. "미꾸라지 한 마리가 물을 흐리게 하기는 쉽다. 그러나 나무 한 그루가 공기를 맑게 하기는 정말 어렵다."고 나는 말한 바 있다. 공기를 맑게 하기란 그렇게 어려운 일이다. 그러니 온갖 지혜를 모아 건강한 언어의 숲을 조성하지 않으면 저 빈사의 언어를 살려내는 것은 난망인 것이다. 일단은 각자가 한 그루의 나무가 되자. 그래서 맑은 산소 같은 언어를 저 혼탁한 대기 중으로 내뿜어보자. 그것만 해도 5천만이 모이면 엄청난 숲을 이룰 수 있다. 나의 이 글도 그런 한 그루의 나무가 되기를 소망해본다. 묘목이지만 언젠가는 거목으로 자랄 수도 있는 거니까. 새끼를 칠 수도 있는 거니까.

우선은 TL양에게 직접 질 높은 한국어를 가르쳐주는 것도 하나의 방법이 될지 모르겠다. 전지현이나 김수현이 함께해준다면 더할 나위 없을 텐데…. 아, 그전에 먼저 메디컬 스쿨의 C박사에게 고견을 한번 들어봐야겠다. 언어 교정도 일종의 의료 행위니까.

하버드 메디컬 스쿨

무대는 정직하다

"무대는 정직하다." 그것은 박수나 갈채, 냉담이나 야유로 대답해준다.
인생이라는 작품도 마찬가지다. 세상이라는 무대가 대답해준다.

"꼭 오세요." "예, 꼭 가겠습니다." 그래서 나는 그날 거기에 갔다. 길거리에 단풍이 노랑과 빨강으로 아름다웠다.

10월 6일 일요일 저녁 7시. 케임브리지 한인교회에서 가을 음악회가 열렸다. 매거진 스트리트 35, 우리 집 바로 대각선 맞은편이다. 교회는 장소만 제공했을 뿐, 행사는 장수인 선생이 이끄는 화음 보스턴 챔버 오케스트라의 기획이었다. 보스턴 한인회의 부회장이기도 한 장 선생은 며칠 전 보스턴 시내에서 열렸던 공관장 리셉션에서 만났을 때 이런저런 이야기 끝에 손을 꼭 잡으며 참석을 권유했다.

음악회는 원래 좋아했었다. 하늘이 만일 인생을 다시 살게 해주신다면 꼭 해보고 싶은 것 중의 하나가 음악이다. 그런데 다룰 줄 아는 악기라고는 하모니카 정도가 거의 전부다. 나는 저 1970년대를 거쳐 오면서 젊은이라면 누구나가 다 하던 기타도 제대로 배우지 못했던 터라 악기를 잘 다루는 사람들을 보면 사실 여간 부러운 것이 아니다. '연주를 못한다면 듣기라도 해야지….' 그래서 음악회를 좋아했다. 내가 근무하는 대학에 음악과가 있어 이런저런 행사가 많았다. 성악이든 기악이든 독주든 협연이든, 그 수준이 만만치 않아 나의 아마추어적 감성에는 충분하고도 남음이 있었다.

미국답게 교회의 시설은 훌륭했다. 웬만한 콘서트홀 못지않았다. 단원들은 대부분 명문 버클리 음대 등 이곳 음악대학에서 공부하는 한국 학생들이었는데, 미국인 몇 명과 함께 중국인, 일본인도 섞여 있었다. 늦은 저녁 시간이고 조금씩 비가 내리는 날씨였음에도 청중들은 자리를 거의 가득 채웠다. 이윽고 시간이 되고 막이 오르고 지휘자가 등장한 후 '음악'이 곧바로 공간과 시간을 장악해갔다. 레퍼토리는 베토벤의 'Egmont Overture, Op. 84'로 시작되었다. 기대 이상이었다. 특히 이어지는 'Violin Concerto in D Major, Op. 61'은 이곳 뉴잉글랜드 컨서버토리에서 박사과정 중인 장유진 양이 연주했는데, 놀라웠다. 나는 젊은 그녀의 그 신들린 듯한 솜씨에 거의 숨이 멎을 뻔했다. 비록 나의 눈과 귀가 아마추어의 그것이기는 하나, 그 솜씨는 영락없는 '천재'의 그것이었다. 현을 희롱하는 그녀의 손가락은 적어도 보통 사람보다 열 배 이상의 속도로 움직였다. 그녀 앞에는 악보도 없었고 모든 음률은 그녀의 머릿속에 있었다.

아니, 그 표정으로 보아 그것은 머릿속이 아니라 그녀의 영혼 속에 들어 있는 느낌이었다. 연주가 끝난 후 청중들은 손바닥이 아플 정도의 기립박수를 아끼지 않았다.

짧은 인터미션 후 'Symphony No. 6 in F Major, Op. 68'이 어떻게 흘러갔는지도 모를 만큼 나는 연주에 몰입되었다. 나는 음악이 흐르는 내내 독일의 어느 '전원'에 베토벤과 함께 있었다. 지휘자 박진욱 선생은 앙코르 곡으로 'Happy Birthday to You'를 들려줬는데, 놀랍게도 이 간단한 노래를 바흐, 베토벤, 모차르트, 비엔나 왈츠, 바그너, 집시 등 수많은 버전으로 편곡해 청중들을 즐겁게 해주었다.

하여간 대만족이었다. 그런데 음악도 음악이지만 나는 '무대' 위의 그들이 보여준 그 '태도'에도 작지 않은 감명을 받았다. 수많은 음악회를 가보았지만 이처럼 '가까이서' 연주자의 모습을 볼 수 있었던 것은 사실 처음이었다. 나는 그 '음악'과 그것을 연주하는 그 '사람'을 구별할 수 없었다. '혼연일체'라는 고등학교 국어시간에 배웠던 그 말이 고스란히 이해되었다. 청중들은 그것에 정직하게 반응했다. 그들의 박수는 그냥 그런 하나의 '형식적 인사치레'가 아니었다. 나 또한 손바닥이 아프도록 박수를 치며 그 박수가 '들은 만큼의 반응'이라는 것을 스스로 느낄 수 있었다.

세상의 일들이란 이런 것이다. 이런 것이어야만 한다. 사람들은 열심히 해서 뭔가를 세상에 내놓아야 하고 세상은 그것에 합당한 반응을 해야 한다. 그런 점에서 세상은 그 자체로 하나의 거대한 무대다. 그 무대에 자신은 어떤 '작품'을 올릴 것인지 우리는 진지하게 고민하고 모진 연습을 감내하지 않으면 안 된다. "무대는 정직하다."(KBS 드라마 〈드림 하이〉) 그것은 갈채나 야유로써 대답한다.

물론 세상이라는 건 또 묘해서 때로는 엉터리 같은 작품에 "브라보!"를 외치는 청중도 있고, 때로는 기막힌 작품임에도 불구하고 조는 사람 또한 없지는 않다. 끼리끼리 자화자찬도 있는가 하면 의도적인 외면과 무시도 있다. 하지만 그렇다고 너무 실망은 말자. 세상이라는 무대는 공간과 시간을 초월한다. 여기서 야유인 것이 저기서 갈채가 될 수도 있고, 지금 갈채인 것이 후에 야유가 될 수도 있다. 그러니 기다려볼 일이다. 10년 후의 반응을, 혹은 100년 후의 반응을. 일단 제대로 된 작품 하나를 피땀으로 만들어, 거기에 날개를 달고 세상 하늘로 날려 보낸 후.

철학에는
왜 그렇게 여자가 적은 것일까?

'지금까지'와 '지금부터'는 다를 수 있다. 그녀들 중 누군가가 '남을 만한 작품'
하나만 내놓는다면, 그것이 새로운 '지금부터'를 열어준다.

'Ladies and Gentlemen'과 '신사 숙녀 여러분'의 차이를 생각해본 적이 있는가? 엉뚱한 말 같지만 여기엔 먼저와 나중이라고 하는 아주 예민한 철학적 문제가 있다. 남녀는 왜 '남'이 먼저이고 암수는 왜 '암'이 먼저일까?

'남자와 여자', '여자와 남자'라고 하는 것은 이렇게 그 순서를 말하는 것부터가 조심스럽다. 나는 개인적으로, '여자'를 '인간의 절반'으로 인정하고 존중하므로, 그리고 그동안의 역사에서 여자들이 일종의 '중심' 바깥에 있었다는 점을 인정하므로, 여자를 남자 앞에다 배치하는 것에 대해 특별한 거부감이 없다. 하지만 그것에 대해서도 어떤 남자들은 "응?" 하고서 눈을 치켜뜨는 경우가 없지 않을 것이다. 한국에서는 소위 '젠더 갈등'이라는 것이 사회적 문제로 부각되기도 한다. 어쨌거나 간단치 않은 화제임에는 틀림없다.

고맙게도 최근 인근에 있는 보스턴 대학이 이런저런 공개강좌들을 안내해주고 있어서 가끔 그쪽으로 발걸음을 하고 있는데, 이번에는 '철학에는 왜 그렇게 여자가 적은 것일까?(Why are there so few women in philosophy?)'라는 솔깃한 제목이 눈에 띄었다. 호기심에서라도 이건 안 가볼 수 없었다.

하버드의 교실을 뜨겁게 달구었던 지난번 한손(Sven Ove Hansson)의 특강 '철학에서의 여성과 소수자(Women and minorities in philosophy)' 그리고 하스랭어(Sally Haslanger)의 특강 '상아천장 깨기(Breaking the Ivory Ceiling)'와 무엇이 다르고 무엇이 같을지도 궁금했다. 거목이 우거진 공원 길을 지나고 요트가 여유로운 찰스 강을 건너서 보스턴 대학을 찾아가는 것은 이제 이곳 생활의 제법 쏠쏠한 즐거움 중 하나다.

이번에도 강단에 선 분은 여자였는데, 우선 그 인상이나 발표 내용이 '전투적인' 페미니즘과는 거리가 있어서 일단은 긴장을 풀고 이야기를 들었다. (대학이 제공해준 맛있는 티라미수 케이크와 트로피컬 주스에 감사한다.) 다만, 미국의 대학에서 전공자나 학위, 교수직 등에 여성이 극히 적다는 자료 제시와 '여자니까…' 하는 선입견 내지 고정관념이 이런 현상의 배후에서 크게 작용하고 있다는 것 등 재미있는 이야깃거리가 많기는 했지만, 특기할 만한 어떤 진단이나 획기적인 처방 같은 것은 그다지 눈에 띄지 않았다. 우수한 여성 철학자가 토론 등에서 어떤 멋진 견해를 이야기하더라도 그 훌륭함 자체보다는 "오우, 아주 섹시한데?" 하는 반응이 먼저라는 예시에서는 좌중에서 웃음이 터지기도 했다. 좌중의 한 금발 여성은 "그건 남자도 마찬가지!"라고 거들었다. 물론 칭찬과 격려 등을 통한 조건의 개선이 구체적인 수치의 상승으로 이어지더라는 조사 결과에는 수긍이 갔다.

발표와 토론을 듣는 동안, 그리고 다시 찰스 강을 건너 집으로 돌아오는 동안, 나는 나대로 이 주제를 한번 생각해봤다. 아닌 게 아니라 철학의 역사를 공부해보면 거기서 등장하는 이름들이 모조리 다 남자인 것은 틀림이 없다. 고대에서 현대까지 거물 철학자 100명을 추려 '철학사'를 쓴 적이 있는 터라 나도 누구보다 그 사실을 잘 안다. 여자는 단한 명도 없다. 물론 질의응답 시간에 어떤 한 수강자가 "시몬 드 보부아르나 한나 아렌트 같은 여성 철학자도 있지 않느냐"고 지적했듯이 그 사례가 전무한 건 아니다. 나도 그걸 말하려 했는데 쑥스러워 손을 들지 못하고 머뭇거리는 사이에 선수를 뺏겼다. 하긴 중세 때의 힐데가르트 폰 빙엔도 여성이었고, 지금 세계적인 명성을 얻고 있는 쥘리아 크리스테바도 여성이다. 내가 독일에 있을 때 알고 지내던 여성 철학자 우테 구쪼니나 파올라-루도비카 코리안도 역시 대단한 지성의 소유자였다. 또 나는 웬만한 남성 철학자 몇 사람분의 지성을 체현하고 있는 뛰어난 한 한국 여성 철학자를 개인적으로 잘 알고 있다. 하지만 그 어떤 예시에도 불구하고 여성이 '철학에서의 마이너리티'라는 이 특이한 현실은 부인할 수 없다.

하지만 이런 현상이 앞으로 어떻게 달라질지는 지켜볼 일이다. 사실 생각해보면 철학뿐만 아니라 다른 모든 분야에서도 여성이 가정 외부적 활동의 전면에 등장한 것은 긴 역사의 과정을 보면 '거의 최근의 일'이라고 해도 과언은 아니다. 그동안은 이른바 '여성적인 것', '여자가 할 일'에 여자들이 '갇혀' 살아왔던 것만은 부인할 수 없는 현실이다. (몇십 년 전의 드라마나 영화들을 보면 이런 사실은 금방 확인된다.) 그것이 지금 변하고 있는 것이다. 아주 무서운 속도로. 미국과는 달리 지금 한국의 철학과에는 여학생의 수가 절반을 훨씬 넘는 곳이 적지 않다. 여박사도 여교수도 앞으로 어떻게 될지는 역시 지켜볼 일이다. 그녀들의 지성이나 지혜가 남성보다 열등하다고 주장하는 것은 어불성설이다. 우리는 예컨대 '어머니'로부터 결정적인 영향을 받은 무수한 남성들의 이야기와 '아내'의 결정적인 내조로 인생의 난제를 해결한 무수한 남편들의 이야기를 얼마든지 알고 있지 않은가. (무엇보다, 수렵시대도 농경시대도 다 지난 지금, 남성이 여성보다 특별히 더 나을 것도 없다는 사실은 남성 자신들이 이미 잘 알고 있다.)

다만 한 가지, 나는 '현상학적 존재론자'로서 인간이라는 존재자가 '여자와 남자'라는 '서로 다른 두 종류로 되어 있다'는 이 아프리오리한 현상만은 특기하고 싶다. 태초에 조물주가 인간을 창조했을 때 하나의 인간이 아닌 '두 개의 인간'을 만든 것은 그 둘이 절대적인 하나보다는 '더 좋은 일'이기 때문이었을 것이다. 거기에 남녀의 '다름'이 따로 있을 수 있다는 사실은 오히려 우리 인간을 위한 '축복'이 아니었을까. 그것을 인정한다고 해서 양자의 공통된 '인간다움'이 훼손되는 것은 절대 아닌 것이다. (여성에게서 그 공통된 '인간임'을 인정하지 않는 이른바 '남성중심주의'에 대해서는 나는 물론 단호하게 반대한다.) 존재론적으로 보면 일체 존재의 모든 '다름'은 존중과 조화의 대상이지 결코 차별과 배제의 대상은 아닌 것이다. (20세기의 프랑스 철학은 지겹도록 이것을 강조했다.) 거기에는 어떠한 '더'도 없고 '덜'도 없으며, 어떠한 '먼저'도 없고 '나중'도 없다.

철학에서의 남과 여도 다를 바 없다. 그 양자 사이에는 어떠한 '더'도 없고 '덜'도 없다. 그러니 철학과 여자의 관계도 그냥 '선택'의 문제로 내버려두자. 남자든 여자든, 좋아하는 자들이 해나가면 되는 것이다. 다만 울타리를 치지는 말고. 그러니 한번 지켜볼 일이다. 여자들이 철학이라는 저 '여자'를(독일어와 프랑스어에서는 '철학'과 '진리'와 '학문'이 다 여성 명사다) 과연 좋아하게 될지 어떨지. 이제 그 철학의 문을 열 수 있는 열쇠는 여자들도 다 똑같이 쥐고 있는 거니까. 그녀들 중 누군가가 역사에 남을 만한 작품 하나만 내놓는다면 철학과 여자를 둘러싼 온갖 논란은 일거에 해소된다. 이 점은 아마 예일에서 미국 최초로 Ph.D를 딴 흑인 여성 쿡(Joyce Mitchell Cook) 박사도 인정할 것이다.

신사임당이나 허난설헌, 혹은 박경리 같은 크기의 여성 철학자가 등장하기를 나는 기다려볼 것이다. 그녀 혹은 그녀들이 지금까지는 없었던, 지금까지와는 다른 어떤 '여성적 철학' 같은 것을 혹시 세상에 선보인다면 그 또한 철학의 발전, 철학의 즐거움이 아닐 수 없겠다. 기대해보자. 여성에 의한 그 '여성적 철학'이 조만간 아름다운 모습으로 등장하기를. 나는 그녀(들)에게 박수 쳐줄 준비가 되어 있다.

보스턴 대학교 찰스 하이든 기념관

신은 '어떻게' 존재하는가?

참새가 인간의 모든 것을 알 수 없듯이 인간도 신의 모든 것을 알 수는 없다.
신은 애당초 신앙의 대상이지 증명의 대상은 아닌 것이다.

맥도너(Jeffrey K. McDonough) 교수의 주도로 꾸준히 진행되는 '하버드 철학사 워크숍'의 일환으로 이번 주는 '신의 존재 증명' 등 중세철학이 다루어졌다. 내 전공 분야는 아니지만 관심이 아주 없는 것도 아니라 경험 삼아 참석해봤다. 주제도 주제지만 참석자의 열띤 질의응답도 흥미로웠다. 물론 새로운 획기적 증명이 제시되지는 않았다.

나는 대학 1학년 때 교수가 되겠다는 꿈을 품은 후 '철학'이라는 것을 나름 열심히 공부하면서 40년 가까이를 살아왔는데, 그 과정에서 '철학의 추억'이라고 부를 만한 인상적인 장면들도 적지 않았다. 그중의 하나. 저 중세의 이른바 '신의 존재 증명'과 '보편 논쟁'을 둘러싼 추억이 있다. 2학년 때던가? 문과대 2층 복도에서 창밖의 무성한 나뭇잎과 그것을 흔드는 바람을 보고 '신의 존재 방식'이라는 것을 사유하게 된 게 한 계기이기도 했다.

아직 나의 모든 것이 파릇파릇하던 그 학부생 시절, 내 주변에는 목회자를 꿈꾸며 철학과를 다니던 친구들이 몇 있었다. 그들과의 우정 있는 대화 사이사이에 이 주제들을 둘러싼 그다지 보편적이지 못했던 논쟁도 있었는데, 그 기억들이 어렴풋이, 이제는 가을날의 낙엽처럼 메마른 갈색 빛으로 남아 있다.

검은 뿔테 안경에 얼굴빛이 흰 KH는 착하고 성실한 학생이었다. 그는 독실한 크리스천이었다. 철학사 시간에 이 '신의 존재 증명'과 '보편 논쟁'을 처음 배우던 날 그는 그 당시 우리들 사이에서 유행했던 수업 후의 '잔디밭 세미나'에서 함께 점심을 먹으며 평소의 모습과는 좀 다르게 소위 '실재론'을 열렬히 옹호했다. 그도 그럴 것이, '보편자는 과연 실재하는가?' 하는 물음을 둘러싼 이 논쟁의 핵심은 '신'이라고 하는 최고 보편자의 존재와 관련된 문제였기에 실재론이 무너지면 곧 신앙의 근거가 위협받는 그런 주제이기도 했기 때문이다. 나는 그때 좀 학문적 장난기가 발동해 보편은 이름뿐이라는 소위 '유명론'과 개념으로서만 실재한다는 소위 '개념 실재론'뿐만 아니라 내가 아는 기타 최대한의 '회의론'을 그의 코앞에 들이밀며 좀 약을 올렸다. 아마 저 유명한 요한복음 14장에 나오는 빌립의 회의, "주여, 아버지를 우리에게 보여주옵소서. 그리하면 족하겠나이다."를 원용하기도 했던 것 같다. 그에 대한 예수의 대답 "내가 이렇게 오래 너희와 함께 있으되 나를 알지 못하느냐. 나를 본 자는 아버지를 보았거늘 어찌하여 아버지를 보이라 하느냐. 나는 아버지 안에 있고 아버지는 내 안에 계신 것을 네가 믿지 아니하느냐. 내가 너희에게 이르는 말이 스스로 하는 것이 아니라 아버지께서 내 안에 계셔 그의 일을 하시는 것이라 내가 아버지 안에 있고 아버지께서 내 안에 계심을 믿으라. 그렇지 못하겠거든 행하는 그 일을 인하여 나를 믿으라."라는 것이 애매한 문학적 수사로 인해 구체성을 결여하고 있다는 '불경스러운'(?) 발언도 곁들여 그를 곤란하게 했던 것 같기도 하다.

이 문제는 사실 오늘날까지도 그 결론을 내기가 수월치 않은 난제임에 틀림없다. 물론 '입장'에 따라서는 그 결론이 처음부터 너무나 명백하게 갈라져 있기는 하다. 지금의 나는 예수의 이 '말씀'에 상당히 가까이 다가가 있다. 특히 그 마지막 말 "그 일을 인하여…"는 공자의 저 "천하언재(하늘은 어떻게 말하는가)"와 함께 깊은 시사를 간직한 말로서 받아들인다. 명백한 결과로서의 현상이 예사롭지 않으니 역시 예사롭지 않은 그 어떤 원인이 간접적으로 그 현상에 얼굴을 내비친다는 해석은 충분히 가능한 것이다. 다만 그 존재가 사물들의 존재처럼 '감각적'인 것이 아니라는 점은 인정할 수밖에 없다. 애당초 그 존재의 방식이 다른 것이다. 그게 바로 내가 나뭇잎을 통해 자신의 존재를 알리는 바람의 존재 방식에서 깨달은 바이기도 했다. 나뭇잎이든 연기든 머리카락이든 옷자락이든, 흔들리는 그 무언가를 통하지 않고서는 우리는 바람의 존재를 알 수가 없다. 오직 무언가를 통해서만 바람은 자신의 존재를 알린다. '통해서 알린다'는 것은 사람들이 잘 몰라서 그렇지 실은 예수의 "그 일을 인하여…"와 더불어 저 토마스 아퀴나스의 신의 존재 증명이 근거하는 핵심이기도 하다.

아무튼 그런 과정을 거치면서 나는 무릇 '존재한다'는 것의 그 '존재성'이라는 것이 내용에 따라 다양하게 다를 수 있음을 깨닫게 되었다. 돌멩이나 물처럼 감각적으로 존재하는 것도 있고, 무지개나 오로라처럼 시각적으로만 존재하는 것도 있고, 음악이나 천둥처럼 청각적으로만 존재하는 것도 있고, 맛, 향기 등등 그 존재성은 대상에 따라 각각 다른 것이다. 내가 내린 잠정적인 결론은, 모든 존재하는 것들은 각각 '어떠어떠한 것으로서' 존재한다는 것이다. 애매모호한 것은 그런 '애매모호한 것으로서' '그런 상태로' 존재하는 것이다. (현상학은 그것을 '의식의 지향적 상관자' 내지 '이데아적 존재자'로 설명한다.) 그런 것도 일종의 존재는 존재인 것이다. 이를테면 전생도 내세도 그런 것이고 업도 인연도 그런 것이고 천사나 악마 같은 것도 그런 것이다. 인간의 지적 능력에 한계가 있는 만큼 모든 것을 다 알 수는 없는 것이다. 참새가 인간의 모든 것을 알 수 없듯이 인간도

신의 모든 것을 알 수가 없다.

신의 존재에 대한 인간의 지적 논쟁, 예컨대 안셀무스나 토마스 아퀴나스, 데카르트 등의 증명이 나름 그럴듯하면서도 우리를 감복시키지 못하는 것은 신의 존재가 애당초 인간 이성 내지 이지의 한계를 넘은 곳에 있기 때문은 아닐까, 그런 생각이 든다. "불합리하기 때문에 나는 믿는다(credo quia absurdum)"고 했던 저 테르툴리아누스의 말처럼 신은 애당초 신앙의 대상이지 증명의 대상은 아닌 것이다. "신이 너에게로 와 '나는 존재한다'고 말할 때까지 너는 기다려서는 안 된다. 자신의 힘을 스스로 밝히는 그런 신은 아무런 의미가 없다. 너는 알아야 한다. 태초부터 신이 너를 꿰뚫어 바람 불고 있음을."이라고 한 저 릴케의 시구도 그런 취지가 아니었을까?

워크숍이 끝나고 나와 하버드 건너편 매사추세츠 애비뉴의 헌책방 '하버드 북 스토어'에서 책 구경을 하다가 《신의 존재에 관한 논의의 역사(History of the Arguments for the Existence of God)》라는 한 책의 제목이 눈에 띄었다. 그 제목이 오늘 워크숍의 여운 속에서 잠시 나를 저 학부 시절의 추억 속으로 데려가줬다. 미안하지만 그 책을 사지는 않고 그냥 나왔다. 졸업 후 목사님이 되었다는 KH는 혹시 저 책을 읽었으려나? 그를 본 지도 참 오래되었다.

하버드 북 스토어

영혼의 성형

얼굴을 뜯어고치는 성형외과가 저토록 성업 중이건만
오호라 영혼의 얼굴에 대해서는 누구 한 사람 관심이 없네.

　가을도 깊어가는 주말이라 집에서 좀 멀기는 하지만 낙
엽 쌓인 거리를 천천히 걸어 보스턴 미술관을 다녀왔다. 집
이 있는 센트럴 스퀘어에서 하버드와 반대 방향, MIT를 지
나고 찰스 강의 하버드 브리지를 건너 매사추세츠 애비뉴를
한참 가다가 헌팅턴 애비뉴에서 오른쪽으로, 노스이스턴 대
학을 지나 미술관까지, 한 시간 남짓 걸리지만 거리의 풍광
도 이젠 정겹다.

　나는 개인적으로 '제 눈에 안경'이라는 미학, 즉 "제 눈에
좋은 것이야말로 제대로 좋은 것이고 제 눈에 좋은 것만큼
그것은 좋은 것"이라는 소위 '안경의 미학'을 내 이론적 토
대로 삼고 있는지라 그냥 보고서 끌리는 대로 감상을 하는
편이다. 그런데 이 보스턴 미술관에서 가장 내 마음이 끌리
는 것은 (한국실을 제외하고는) 단연 새하얀 대리석으로 만

든 아프로디테다. 날개 달린 어린 에로스도 함께 조각돼 있다. (로마신화에서라면 비너스와 큐피드겠다.) 여신께 이런 표현이 불경일지 모르나 정말 예쁘다. 나는 한참을 그 앞에 머물렀다.

나는 '아름다움'이라는 것이 이 험난한 세상에 주어진 결코 작지 않은 구원이라 믿고 있다. 나무, 풀, 꽃, 강, 산 등 자연도 당연히 아름답지만, 그 아름다움 중의 백미가 사람이고, 그중에서도 특히 아름다운 것이 여인과 어린아이다. 아마도 여성의 입장에서는 '남자'가 그 자리에 놓일 거라고 짐작이 된다.

그런데 미술관을 나와 낙엽 지는 펜웨이 공원 길을 걸어 돌아오면서 문득 좀 엉뚱한 생각이 스쳐갔다. 저 비너스와 큐피드에게 영혼이 있다면, 그래서 저들이 살아 움직인다면 어떤 느낌으로 내게 다가올까? 예전에 읽은 그리스-로마 신화를 이것저것 떠올려봤으나 솔직히 오래전이라 다 잊어버렸다. 때로 화도 내고 저주를 내리기도 하는 등, 그냥 고요히 아름답지만은 않았던 것 같다. 아무튼, 그렇다면 저 아름다운 조각도 느낌이 좀 달라졌을지 모르겠다. (자신이 만든 아름다운 상아 조각을 너무나도 사랑해 아프로디테를 감동케 하고 마침내 영혼을 얻어 사람이 된 그녀(갈라테이아)와 결혼까지 한 피그말리온 이야기는 그 반대의 경우를 보여주는지도 모르겠다.)

집에 돌아와 딸에게 그런 이야기를 들려주었다. 성인이 된 딸과 이런저런 대화를 나누는 것은 즐거운 일이다. 그런데 딸이 맞장구치며 뜻밖에 자기에게는 사람들의 '영혼의 모습'이 보인다면서 이야기를 끄집어낸다. 무슨 '신기(神氣)'인가, 싶었는데 그런 이야기는 아닌 것 같다. 딸의 이야긴 즉슨, 어떤 사람은 허우대가 멀쩡하지만 그 영혼을 보면 '괴물'인 자들도 있고, 어떤 사람은 몰골이 빈약하지만 영혼이 수려한 경우도 많다고 한다. 생긴 만큼 영혼도 아름다운 사람 역시 많다며 누구는 어떻고 누구는 어떻고 구체적인 사례까지도 짚어준다. 아닌 게 아니라 수긍이 갔다. 영혼이 아름다운 사람들이 많은 사회에서는 그만큼 사람들이 편안해지고 삶의 행복도는 올라가리라. 그 반대의 경우는 관계가 불편할 수밖에 없고 삶은 당연히 힘겨워진다.

우리 한국 사회는 과연 어느 쪽일까? 거리를 지나가는 사람들의 표정을 보면, 혹은 인터넷에 떠다니는 언어들을 보면, 답은 이미 나와 있다. 이곳 미국과 어쩔 수 없이 비교가 된다.

바다 건너 한국에서는 최근 〈관상〉이라는 영화가 인기를 끌면서 기괴한 현상들이 일어나고 있는 모양이다. 소위 관상을 고치겠다며 가뜩이나 성행하던 성형이 더욱 과도해지고, 점집과 사주 카페 같은 곳도 문전성시란다. 하버드의 한국 유학생들도 이것을 화제 삼는다.

때마침 한 신문의 칼럼에 이와 관련된 아주 잘 쓴 글 하나가 올라왔다. 그 글에서 기자는 이렇게 썼다.

"겉모습으로 사람을 판단하는 것이 얼마나 우매한지는, 기자 생활 20년간 1천 명이 넘는 사람들을 인터뷰하면서 체득했다. 소도둑처럼 생긴 사람이 어린아이의 심성이라 놀랐고, 성자(聖者)의 얼굴을 한 이가 비열하기 짝이 없어 당황한 적 여러 번이다. 감춰진 '마음 바탕'을 알아보는 것은 그래서 어렵다.

102세로 장수한 서울 부암동 손만두집 윤순이 할머니에게 '역대 대통령 중 누가 제일 좋았느냐?' 물은 적 있다. 그 답이 단호했다. '사람을 가까이서 겪어봐야 알지 겉만 보고 어찌 아누?' 고관대작의 시신을 단골로 성형하던 리위찬도 비웃었다. '껍데기만 고우면 뭐해? 속은 다 썩었는걸.'"(C일보 김윤덕)

공감 또 공감이다. 사람에게는 껍데기가 있고 알맹이가 있다. 그 질이 제각기 다르다. 저 기자는 그것을 겉모습과 심성이라고 표현했다. 껍데기보다 알맹이가 중요하다는 말인데 정작 현실은 그 반대라는 지적이다. 물론 이해는 된다. 세상이 오죽 힘들면 사람들이, 특히나 젊은 청춘들이 저렇게까지 하고 살까 가슴이 무거워졌다. 아마도 심상은 괴물인 자들이 관상을 적당히 꾸며 좋은 자리들을 차지한 뒤, 그 힘을 가지고 세상을 잘못 이끌어온 결과가 이게 아닐까 싶기도 했다.

정작 성형을 해야 할 것은 관상이 아니라 심상, 즉 영혼의 모습이다. 그것을 해야 할 성형외과가 곧 학교고 그 집도를 해야 할 이들이 곧 교육자다. (작가, 예술가, 인문학자, 언론인 등도 넓은 의미에서 교육자에 포함되리라. '영혼의 향상'을 부르짖었던 소크라테스는 그 전형적인 사례다.) 그렇다면 어떻게? 구체적인 방식은 결국 언어다. 이곳 하버드에서도 그런 류의 언어들을 비교적 자주 접한다. '삶의 길', '삶의 안내', '정의', '존중', '배려', '나눔' 등도 그중 하나다. 물론 한국이라고 노력이 아주 없는 것도 아니다. 누군가는 사람의 영혼을 향해 보석 같은 언어의 화살을 쏘기도 한다. 하지만 세상은 그런 노력에 너무 무관심하다. 영혼의 모습 따위는 남의 일이다. 넘치는 욕망은 오직 이익과 출세만을 바라다보고, 그나마 남는 시간은 모조리 피상적 재미에 갖다 바친다.

욕망에 지쳐가는 이 시대의 피로(疲勞)…. "이제는 돌아와 거울 앞에 선 내 누님"처럼, 사람들은 이제 제 영혼의 모습을 비춰볼 수 있는 거울 앞으로 발길을 돌려야 한다. 내가 쓰는 이 글들도 그런 거울의 하나가 될 수 있다면 좋겠다. 과연 몇 명이나 이 거울의 존재를 알고 그 앞에 서게 될지는 모르겠지만.

보스턴 미술관의 아프로디테 상

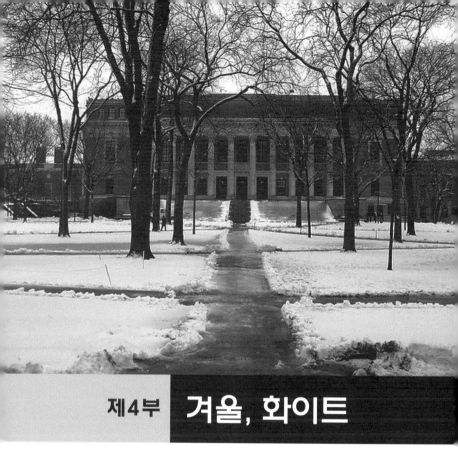

제4부 **겨울, 화이트**

하버드의 느릅나무

서로 다른 개체들의 조화가 전체를, 그리고 결국은 그 전체 속의 개체를 건강하게
지켜준다. 타(他)의 인정과 공존이 아(我)의 건전을 담보한다. 저 숲처럼.

고왔던 단풍이 어느샌가 낙엽으로 떨어져 거리에 나뒹군
다. "시몬, 너는 좋으냐. 낙엽 밟는 소리가…"라는 저 유명
한 구르몽의 시 〈낙엽〉이 자연스럽게 떠오른다. 일기예보를
보니 내일은 최저 기온이 영하 1도란다. 이제 곧 그렇게 길
고 길다는 보스턴의 겨울이 시작될 모양이다. 아니, 바람은
이미 겨울이다. 처음 도착한 것이 겨울이었으니 봄, 여름,
가을을 지나 거의 한 바퀴를 돌아온 셈이다. 보스턴−케임
브리지의 사계절, 특히 하버드 캠퍼스와 찰스 강의 사계절
은 새하얀 눈빛, 화사한 꽃빛, 싱싱한 녹음, 화려한 단풍으
로 각각 아름다웠다.

하버드의 좋은 점들이야 하나둘이 아니겠지만, 나는 개인
적으로 하버드 야드(유니버시티 홀을 중심으로 올드 야드와
뉴 야드 두 군데가 있다)의 나무숲이 가장 마음에 들었다.

'숲'이라고 하면 좀 과장일지는 모르겠으나 그 나무 그늘들이 충분히 햇빛을 가릴 정도는 되니 숲이 아니라고도 할 수 없겠다. 푸른 잔디로 뒤덮인 그 숲 그늘에는 일곱 빛깔 무지개 색으로 알록달록한 플라스틱 의자들이 무수히 아주 자유분방하게 놓여 있는데, 사람들은 혼자서 혹은 여럿이 그 의자를 차지하고 앉아 책을 보거나 토론을 하거나 혹은 식사를 하거나 하면서 그 특유의 아카데믹하고도 낭만적인 분위기를 즐기곤 한다.

얼마 전 한국연구소의 김선주 교수와 그곳을 지나며 "이 숲이 너무너무 좋다"고 했더니, 역시 터줏대감답게 그 숲에 얽힌 내력을 들려주었다. 처음에 이 야드에는 느릅나무(elm) 한 가지 수종만이 심어져 있었다고 한다. 상상해보면 그 우람한 모습이 제법 멋있게 머리에 그려진다. 그런데 어찌된 영문인지 그중 하나가 병이 들었는데, 옆에 있던 나무들도 하나둘 같은 병이 들더니 모조리 말라죽게 되었단다. 우수한 전문가들이 다 모여 있는 곳이니 아마도 원인 규명을 위한 과학적인 분석이 있었으리라. 그래서 이번에는 느릅나무뿐만이 아니라 다른 여러 수종들을 사이사이에 골고루 배치해 심었다고 한다. 그랬더니 이번에는 병이 그렇게 번지지 않으면서 지금처럼 잘 성장하게 되었다는 이야기였다.

생물학, 식물학 쪽은 문외한이라 그게 왜 그렇게 되는지는 모르겠으나, 뭔가 의미 있는 현상이라는 느낌이 바로 들었다. "서로 다른 개체들의 조화가 전체를, 그리고 결국은 그 전체 속의 개체를 건강하게 유지해준다." 그게 내가 느낀 그 의미의 핵심이었다. 이건 그대로 하나의 철학이라고 해도 되지 않을까? 그동안 내가 제시해왔던 '낙엽의 논리', '빙산의 논리', '안경의 논리'에 이어 나는 "타(他)의 인정과 공존이 아(我)의 건전을 담보한다"는 '숲의 논리'를 새롭게 하나 더 얻어낸 셈이다. 김 교수께 감사해야겠다.

나는 그분의 그 이야기가 왠지 미국적인 가치를 상징하는 것처럼 느껴지기도 했다. 미국이라는 이 나라는 다인종 이민사회라 어떤 점에서는 다양한 수종이 어울려 하나의 전체를 이루는 숲과 같은 곳이다. 원래 숲이 워낙 많은 나라이니 이런 비유도 제법 현실성이 없지 않을 것이다. 역시 언젠가 어디선가 들은 (혹은 읽은) 이야기지만 김대중 전 대통령이 처음 미국을 경험해보고 그런 소감을 피력했다고 한다. "미국이라는 나라는 그야말로 세계의 모든 인종과 문화적 배경이 다른 국민들이 모여서 살고 있는 사회인데 어떻게 그것이 이렇게 조화와 균형을 이루면서 원만히 굴러가고 있는지 참 신기하다"는 취지였다. 백번 공감한다.

참 신기하고도 흥미롭다. 처음 왔을 때는 다른 인종들이 뭔가 좀 서먹하기도 했는데, 이젠 너무나 자연스럽다. 내가 사는 아파트만 해도, 그리고 내가 들어가는 수업의 강의실만 해도, 별의별 인종들이 다 있다. 나도 그중의 하나로서 너무나 자연스럽게 거리를 활보한다. 가끔씩은 흑인들도 백인들도 길거리에서 내게 길을 묻는다. 나는 자연스럽게 길을 가르쳐준다. 내가 아마 한 몇 년만 더 여기 산다면, 그들은 내게 그냥 동네의 길을 물을 뿐만 아니라 어쩌면 철학적인 의미에서의 '삶의 길(the way of life)' 같은 것을 물을지도 모르겠다. 그들은 '삶의 길'이라는 이 말을 너무나 좋아한다. 나는 그 물음에 답해줄 준비가 되어 있다. 다만 시간이 없는 게 좀 안타깝다. 하지만 뭐, 너무 아쉬워는 말자. 내가 다시 한국으로 떠나도 여기엔 김 교수도 있고, 또 다른 한국인 선생님들도 많으니까. 누군가는 나 대신 그들의 물음에 답해주겠지. 나는 그때 그분들 중 누군가가 나의 이 '숲의 논리'를 '삶의 길' 중 하나로서 답해주었으면 좋겠다. 이분법에 기초해 '다름' 혹은 '타자'를 배제하고 '동일자'만을 중심에 두는 온갖 '○○중심주의'는, 저 프랑스의 레비-스트로스나 푸코나 데리다가 외쳤던 것처럼, 넘어서고 해체해야 할 위험한 그 무엇이라고. 그러니 함께 어우러져 서로 도우며 조화롭게 살아가야 한다고. 그게 인간이고자 하는 인간이 걸어야 할 '삶의 길'이라고.

하버드 야드의 저 단풍이 끝나기 전에 내일은 느릅나무 아래의 그 무지개 의자에 앉아 구르몽 비슷한 시라도 한 편 써봐야겠다. 아니, 내일은 영하 1도라고 했던가? 음, 어쩌지?

식탁에서

인간의 최우선적 진실은 '음식을 향한 존재'이다.
한 사흘만 굶으면 누구든 이것을 부인할 수 없다.

"따로 한 번 뵐까요?" "그러지요." "언제 어디가 좋을까요?" "모레 점심 때 어떨까요? 식사라도 같이하면서." "네, 그때 괜찮을 거 같습니다. 혹시 장소는…." "선생님 연구소에서 가까운 로스쿨 식당은 어떨까요?" "네, 좋습니다. 그럼, 그때 거기서….'

학년도가 바뀌면서 얼떨결에 하버드 한인연구자협회(HKFS)의 회장을 맡게 된 이후 매달 이런저런 행사를 치르게 됐다. 이번 달 행사 준비를 위해 발표를 해주기로 한 K교수와 만났다. 지난번 집행부의 관례에 따라 로스쿨의 구내식당(Caspersen Student Center)에서 만나 식사를 하면서 의견을 조율했다. 이야기는 잘되었고 행사도 잘 끝났다. 행사 후에는 학교 바로 앞의 H레스토랑으로 이동해 이른바 뒤풀이를 했다. 다들 맛있게 음식을 먹으며 즐거운 대화를 나눴다.

어두운 하버드 스트리트, 그 밤거리를 걸어 집으로 돌아오면서 반주로 곁들인 와인 덕분인지 알딸딸한 취기 속에서 한 가지 엉뚱한 생각이 스쳐갔다. 생각해보니 이 행사가 근엄한 하버드의 세미나실에서 진행되었지만 실상 그 시작과 마무리는 '식당'이었다는 사실이다. 세미나실의 테이블 위에는 간단한 다과도 놓여 있었다. 내가 보스턴에 온 후 나름 부지런히 다녀보았던 하버드와 MIT와 보스턴 대학의 각종 행사에도 대부분 다과가 제공되었다. 그렇다. '먹는다는 것'이 갖는 철학적인 의미가 있지 않을까? 너무나 기본적이고 당연하고 흔한 일이라 보통은 잘 주목받거나 강조되지 않지만 사실 '결여 가정'이라는 나의 방법론을 적용해보면 그 너무나도 중요한 의미가 곧바로 드러난다. 만일 우리의 삶에서 음식과 식사가 없다면…, 그렇다면 '인간적인 인간 관계'를 포함해 사는 재미의 절반 이상이 사라질 뿐 아니라 당장 생명을 유지할 수가 없게 된다. 철학은 바로 이런 것들로 시선을 향하지 않으면 안 된다.

따지고 보면 우리 인간들이 하루 세 끼를 먹고 90년을 산다고 칠 때 우리는 대충 98,550끼를 먹는 셈이다. 그 밥그릇을 한꺼번에 눈앞에 늘어놓는다고 가정해보면 실로 경악할 규모가 아닐 수 없다. 특히 '곱하기 77억'을 해보면 그 경악조차도 넘어선다. 그 중간 중간에 먹는 간식, 군것질, 주

전부리들은 또 어떤가. 그 '양'을 한번 생각해보라. 아니, 그 이전에 우리 모든 인간에게 애당초 입이라고 하는 '먹는 기관'이 아프리오리하게 갖추어져 있다는 근본 사실을 한번 생각해보라. 하이데거는 인간을 '세계-내-존재'니 '죽음을 향한 존재'니 하는 말들로 규정했지만, 그 이전에 우리가 알아야 할 더욱 중요한 진리는 인간이 '음식을 향한 존재(Sein zum Essen, Being to Food)'라는 것이다.

보스턴에 와서 나는 이 엄중한 진리를 온몸으로 체험하고 있다. 거의 매일 시장을 보고 식단을 준비해야 하는 외기러기의 자취 생활에서도 느끼는 바지만, 거의 모든 행사에도 '먹기'가 꼭 따라다닌다. 앞서 말했듯이 행사 준비를 위해서도, 뒤풀이를 위해서도 '먹기'가 그것을 도와준다. 지난 9월에는 신학년도가 시작되면서 이런저런 환영 리셉션이 있었는데, 그것도 기본적으로는 '먹는' 행사였고, 공관에서 주최한 개천절 축하연도 마찬가지였고, 새로 사귄 여러 인사들과의 친분도 대부분 '식사'를 함께하면서 쌓아나갔다. 지난 11월엔 총영사도 외국에서 고생하는 우리 연구자들을 관저로 불러 만찬을 베풀며 그 노고를 격려해줬다. 이렇듯 '식사'가 없으면 일이 되지를 않는 것이다. 그런 점에서 식사는 사회적 삶의 결코 무시할 수 없는 절차의 하나인 셈이다.

그래서인지 이 먹는다는 것은 우리가 알고 있는 무수한 명작들에서도 알게 모르게 등장해 그 작품의 양념 구실을 톡톡히 한다. 내가 좋아하는 〈사운드 오브 뮤직〉에도 마리아가 폰 트라프가의 가정교사로 가던 첫날, 만찬에서 아이들이 놓아둔 솔방울을 깔고 앉는 장면이 나오고, 〈닥터 지바고〉에도 유리가 먹을 것을 구하려고 유리아틴에서 바리키노로 나가다가 빨치산에게 납치되는 장면이 나오고, 〈벤허〉에도 나병에 걸린 어머니와 누이동생에게 에스더가 음식을 전해 주는 장면이 있고, 〈쇼생크 탈출〉에도 앤디가 탈출에 성공한 뒤 남은 사람들이 식사를 하며 그를 회상하는 장면이 등장한다.

또, 국가 원수들의 정상회담에서도 오찬이나 만찬은 필수적이고, 심지어는 저 거룩하신 분들, 예수 그리스도도 무화과나 포도 등을 자주 언급했을 뿐 아니라 직접 최후의 만찬도 드신 바 있고, 부처님의 법구경에도 배고픔은 가장 무서운 질병이라는 언급이 있고, 공자도 '소(韶)'라는 음악을 듣고 고기 맛을 잊었다는 이야기로 그가 평소 고기를 즐겼음을 알려주고, 소크라테스의 경우는 아예 '향연'을 배경으로 한 대화편도 있다.

이렇듯 우리 인간은 '먹는 존재'인 것이다. 그것이 실은 진리의 일부임을 우리는 새삼 돌아보지 않으면 안 된다. 그러니 또한 먹어야 하고, 제대로 먹어야 하고, 잘 먹어야 한다. 먹는 일은 '인생의 질'을 위한 성스러운 생적 행위의 하나임을 인정해야 하는 것이다.

내가 굳이 이런 것을 화제로 삼는 것은 최근에 두 가지를 좀 무겁게 느꼈기 때문이다.

하나는 일본이다. 미국에 와서 일본의 친한 친구들이 인터넷으로 올려주는 소식을 보며 재차 절감하는 바인데 일본인의 삶에서는 '식(食)'이라고 하는 것이 '생(生)'의 큰 부분이며, 그것이 '문화'가 되어 일본인들 자신뿐만 아니라 전 세계인의 애호의 대상이 되어 있다는 것이다. 스시, 텐뿌라, 스키야키 등 십 년 가까이 그것을 먹으며 살아봤지만, 솔직히 그 맛있고 멋있는 음식들이 좀 부러웠다. 일본의 식당들은 비단 일식뿐만 아니라 그 종류와 질에서 엄청나게 발달되어 있다. 이노카시라 고로(井の頭五郎)가 주인공인 유명한 만화/드라마 〈고독한 미식가(孤独のグルメ)〉가 그것을 잘 보여준다. 특히 보스턴 시내 곳곳의 한국 식당들조차 'Japanese-Korean Restaurant'라는 간판을 내걸고 있는 현실이 언제나 가슴을 무겁게 만들었다. 나는 《식객》 같은 우리의 문화적 관심이 더욱더 그 수준을 높여 한국의 식문화가 세계인의 식탁에서 '스시'보다 더 사랑받는 날이 오게 되기를 기대한다.

또 하나는 북한이다. 한 종교단체에서 꾸준히 이메일을 보내오는데, 굶주리고 있는 북한 어린이들에게 먹을 것을 보내주자는 운동을 펼치고 있는 모양이다. 한두 번 듣는 이야기도 아니지만, 바다 건너 일본에서는 꽃보다 더 예쁘게 장식한 온갖 음식들이 '문화'를 운운하는데, 임진강 건너 저편에서는 우리의 어린아이들이 더러는 굶어서 죽고 있다니 가슴이 미어질 판이다. 그나마 올해는 감자 농사라도 잘되었다니 그것으로 허기는 면하고 목숨은 부지해주었으면 제발 좋겠다. 언감생심, '옥류관' 같은 데는 못 가더라도.

지금 옆에는 세계 최고의 선진국 미국답게 맛있는 과일과 나초칩 등 과자가 잔뜩 놓여 있지만 저 아이들을 생각하면 이걸 집어 들기도 편치가 않다. 이걸 도대체 먹어야 하나 말아야 하나. 슬슬 배도 좀 고파오는데….

하버드 로스쿨의 카스퍼슨 스튜던트 센터 구내식당

옷이 날개

옷의 진정한 가치는 그것이 누구의 몸에 걸쳐지는가에 따라 결정된다.
비단옷도 악인이 걸치면 빛이 바래고 누더기 옷도 성자가 걸치면 보배가 된다.

학교에서 하버드 야드를 지나가다가 금발의 멋진 여학생
하나가 가슴팍에 'Lee'라는 브랜드가 크게 새겨진 흰색 티셔
츠와 역시 같은 브랜드의 청바지를 입고 지나가는 것을 보
았다. 나의 이름이기도 해 눈길이 갔다. 금발과 노랑색 카디
건도 잘 어울렸다. 딸바보인지 그걸 보고 딸 생각이 났다.

저 꿈 많았던 청춘 시절에 어쩌면 그다지 청춘답지 않을
지도 모를, 아니 어쩌면 너무나 청춘다울지도 모를 꿈이 하
나 있었다. "언젠가 나도 결혼이라는 것을 하게 되겠지. 그
럼 아이들도 있겠지. 만일 그중에 딸이 있다면 나중에 큰
뒤 같이 백화점을 돌아다니며 그 녀석의 옷을 골라주며 좋
아하는 모습을 보고 싶다." 그런 것이었다.

지난 주말, 보스턴 다운타운의 한 백화점 '메이시스
(Macy's)'에서 딸과 옷을 골랐다. 어쩌면 딸보다 아빠인 내

가 더 신이 났었던 것도 같다. 결국 아무것도 '건지지'는 못했다. 숫자는 엄청나게 많았지만 손이 갈 만한 것은 거의 없었다. "무슨 미국이 뭐 이래…." 하면서 누구나 할 듯한 말로 투덜거리며 딸과 나는 다른 한 고급 매장으로 발길을 돌렸다. 괜찮은 것이 몇 개 있기는 했다. 그런데… 당연할지도 모르겠다. 엄청난 가격표가 붙어 있었다. 재벌이 아니라서가 아니라 이건 좀 너무하다 싶어 '다음'을 기약하기로 했다.

미국 아줌마들도 아가씨들도 옷 고르는 모양새는 하나도 다를 바가 없었다. 계산대에도 긴 줄이 있었다. 그것을 보고 또 철학자의 직업병이 발동했다. "도대체 옷이란 무엇인가? 입는다는 것은 어떤 의미인가?" 하는 철학적인 질문이 연기처럼 모락모락 피어올랐다.

생각해보면 참 묘하다. 이 지상에 존재하는 저 무수한 생명체 중에 오로지 우리 인간들만이 저 자신의 가죽이나 털이나 깃털이 아닌 제3의 무언가로 제 몸을 감싸고 있는 것이다. 초등학교 때 읽은 어떤 책에 따르면 자연 상태로는 제 몸도 지키지 못하는 인간의 그 못남, 모자람이 역으로 '문화'나 '문명'을 가능케 했다고 되어 있었다. 그럴싸했다. 언제부터 그리고 어떻게 인간들이 몸에다 옷을 걸치기 시작했는지는 분명치 않다. '이른바' 최초로서 알려져 있는 것은 저 에덴동산에서 이브와 아담이 선악과를 몰래 따 먹고 부끄러움을 안 뒤 부끄러운 곳을 가리기 위해 걸쳤다는 저 무화과 잎이 옷의 시초라는 것이다. 성경이라는 것은 이런 이야기까지 들려주고 있으니 참 대단한 책임에 틀림이 없다. 그리스 신화에는 뭐 그런 이야기가 없었던가? 잘 기억이 나지 않는다. 나중에 의류학과 교수님들께 한번 물어봐야겠다. 아무튼 과학자들은 옷니의 화석 등을 근거로 최소 8만 3천 년 전, 최대 17만 년 전부터 인간들은 옷을 입기 시작했을 것이라고 추정한다. 하버드의 박물관에도 바늘, 가위 등 의류와 관련된 고대의 유물들이 보관돼 있다.

시작은 하여간에 옷이라는 것은 그 후 언젠가부터 단순한 '가림'이나 '보온'의 기능을 넘어 '꾸밈' 즉 '문화'의 경지에 들어섰다. 신분사회에서는 옷이, 특히 그 색깔까지 신분의 상징이 되기도 했다. 김춘추 시대의 신라가 고유의 복식을 버리고 중국의 그것을 공식적으로 채택한 이야기는 유명하다. 그것은 이미 옷이라는 것에 국제정치의 역학관계마저 개입되었다는 것을 의미한다. 지금 동양인인 우리가, 특히 한국의 대통령, 중국의 주석, 일본의 텐노가 양복을 입고 있는 것도 마찬가지다. 이른바 의관을 정제하는 것은 유교의 한 덕목이 되기도 했다.

지금의 우리에게 옷의 의미는 과연 무엇일까? 아마도 패션이 그 답 중 하나에서 빠질 수는 없을 것 같다. 기능은 패션에 가려 오히려 부차적인 것도 같다. 몇 년 전 아내와 함께 〈패션 70's〉라는 이요원의 드라마를 재미있게 본 기억이

난다. 그리고 나나 무스꾸리의 음악회에서 관객으로 왔던 청중석의 앙드레 김 디자이너를 둘러싸고 사람들이 사진을 찍겠다며 난리법석을 치르던 일도 생각이 난다. '패션'이라는 것이 우리네 삶의 만만치 않은 큰 부분이 되었음을 증명하는 사례이리라. 버버리, 에르메스, 프라다 등 어떤 명품 옷들은 아예 예술의 경지에까지 올라가 있다. 한복, 한푸, 키모노 등은 민족적 자존심과도 연관된다.

그런데 패션도 패션, 예술도 예술이지만, 나는 때로 유명한 누군가가 몸에 걸쳤던 옷이 소더비 같은 데 나와 엄청난 고가에 경매되는 것을 흥미롭게 지켜본다. 그 옷 자체야 사실 금실은실로 짠 것이 아닌 이상 뭐가 그렇게 다르겠는가. 하지만 그런 옷들이 금실은실로 짠 옷들보다 더 비싸게 팔리기도 한다. 그 '가격'이 말해주는 '가치'는 무엇일까? 그것은 그것을 입었던 그 '사람'의 가치인 것이다.

소위 '예수의 수의'라는 것이 거듭 세상의 관심이 되기도 한다. 신의 아들이라는 예수도 일단 사람의 몸으로 사람의 삶을 살았으니 당연히 옷을 입었을 것이다. 성경에 보면 예수가 십자가에 못 박히기 전 그 옷을 벗기고 자색 옷을 입혀 온갖 모욕을 주고 다시 본인의 옷을 입혀 십자가에 못 박는데 사람들이 그 옷을 서로 차지하려고 제비를 뽑고 하는 장면이 전해진다. 기가 찰 일이지만, 그게 실제로 있었던 것이다. 그런데 그의 그 보잘것없는 옷이 소더비에 나온다면…, 과연 얼마만큼의 황금으로 그 옷을 살 수 있을지….

옷의 진정한 가치는 그것이 누군가의 몸에 걸쳐지는 그 순간 비로소 결정된다. 가격표의 가격은 제 아무리 길어야 십 년을 가지 못한다. 하지만 누군가의 옷은 썩어 누더기가 되어도, 피로 얼룩져 더러워져도, 결코 그 가치를 잃지 않는다.

사람들은 '옷이 날개'라고들 한다. 그래, 그건 그렇다. 철학자라고 굳이 그것까지 트집 잡을 생각은 없다. 하지만 그 날개를 달고 우리가 과연 어떤 하늘을 날아야 할지는 한 번쯤 생각해볼 필요가 있지 않을까. 부디 그 예쁜 날개를 쓰레기통에서 퍼덕거리지 말고 저 아름다운, 우아한 무지개를 향해 날기 바란다.

보스턴 메이시스 백화점

잠들기 전에

잠들기 전에 자연스럽게 손을 뻗게 되는 그것, 그것의 가치를 바로
그 손이 인증한다. 그것은 인생의 3분의 1을 위한 쏠쏠한 축복이다.

오늘 학교에서 있었던 일.

평소에는 늘 철학과 건물 에머슨 홀 2층의 로빈스 도서관
을 이용했는데, 오늘은 자료를 좀 보기 위해 학교 담장 쪽
에 가까운 라몬트 도서관에 가 자리 잡고 앉았다. 그런데
내 옆자리에 소위 '하버드 대학의 공부벌레들' 중 한 명인
지, 금발의 한 남학생이 공부하다 지친 몰골로 엎드려 있더
니 이내 코골이까지는 아니더라도 색색 숨소리를 내며 잠에
떨어졌다. 꿀잠? 그 모습이 뭔가 영화의 한 장면 같아 귀여
워 보였다. 하버드라는 배경 효과 때문인지도 모르겠다.

〈어느 구순(90)의 인생론〉이라는 제목으로 시를 쓴 적이
있다. 이런 거였다.

돌아보니 나,

고달픈 육신 추스르면서
하루 세끼, 한 평생 98,550끼
먹고 살았고
하루 여덟 시간, 한평생 무려 30년
자고 살았고
최소 하루 두 번, 한평생 65,700번
입고 벗으며 살아왔네

먹고 자고 입는 일
인생이었네

한평생 읽고 쓴 육중한 철학책들
문득
깃털처럼 가볍네
진실은 늘
가까워서 멀었네

요즘 감각으로는 어떨지 모르겠지만 나는 젊은 학생들에
게 이런 이야기를 꼭 해주고 싶었다. 인생의 실상이니까.
  숫자의 마력이라는 게 있어서 어떤 이야기든 숫자를 갖다
대면 뭔가 설득력이 높아지고 고개를 끄덕이게 된다. (요사
이 통계가 인기를 끄는 것도 그 때문이다. 나는 이런 철학

용 수학을 '양화'라고 부른다. '결여 가정', '변경 가정', '빙의', '원점 회귀' 등과 더불어 내가 개발한 철학적 방법론의 하나다.) 그러니 조금은 실감이 날 것이다. 생각해보자. 사실 '먹고 자고 입는 일'(의식주)이라는 건 얼마나 흔하고 뻔한 일인가. 그런데 이렇게 양화를 해놓고 보면 뻔함을 대변하는 이 숫자들이 실은 오히려 그 뻔하지 않음을 역설적으로 알려준다. 이 뻔하고 뻔한 일들이 우리네 인생에서 저토록 엄청난 부분을 '차지하고' 있는 것이다.

이 중 '잔다'는 것에 한번 철학적 돋보기를 들이대보기로 하자. 하루 평균 여덟 시간을 자면서 90년을 살았다고 할 경우, 그 여덟 시간이라는 게 하루의 3분의 1이니 우리는 결국 전체 인생의 3분의 1인 30년을 잠으로 보내는 셈이다. 객관적인 수치가 이러할진대 만일 인생을 소중히 하고 싶다면 잠이라는 것을 허투루 볼 수가 없을 것이다. 그러니 잠을 잘 자야 한다.

누군들 그러고 싶지 않겠는가. 그래서 우리는 실제로 좋은 잠을 자기 위해 이런저런 문화적인 노력을 하기도 한다. (이불, 베개 등 좋은 침구를 마련하는 일은 수면의 양과 질에 관한 의학적 논의와 함께 너무 기본이므로 일단 논외로 하자.) 잠들고 나서야 좋은 꿈 말고는 어쩔 도리가 없으니까 우리의 애씀은 주로 '잠들기 전에' 이루어진다. 그럼 우리는 보통 잠들기 전에 어떻게 하지? 뭔가를 듣거나 읽거나 한다. 어린 시절에는 보통 엄마나 아빠가 자장가를 불러주거나 이야기를 들려준다. 나이가 들면? 엄마 아빠가 언제까지나 그렇게 해줄 수는 없으므로 혼자서 음악을 듣거나 책을 읽기도 한다. 요즘은 많은 사람들이 TV나 폰을 보다가 잠들기도 한다. 물론 어떤 사람들은 잠들기 직전까지 주가의 동향을 분석하거나 표의 향방을 따져보거나 혹은 인기 순위를 검색하다가 잠드는지도 모르겠다.

하지만 어린 시절을 생각해보자. 이마와 어깨에 계급장을 주렁주렁 달고 있는 권력자라도 어린 자기 자식의 머리맡에서 자장가 대신 선거 구호를 들려주지는 않을 것이고, 글로벌 기업을 여러 개 거느린 대부호라도 동화책 대신 광고 카피나 회계 장부를 읽어주지는 않을 것이다. 어떤 정신 나간 부모가 설혹 그렇게 한다 치더라도 그것을 즐겨하는 어린 아이는 결코 없을 것이다. 거기에 어떤 '바람직한 잠들기 전'의 원형이 있다.

잠은 만인에게 공통된 '신비로운 어떤 좋은 것'이다. 그 좋은 잠에는 노래나 음악이나 이야기 같은 것이 아주 자연스럽게 '어울린다'. 그래서 우리는 그렇게 잘 어울리는 노래, 음악, 이야기 같은 것을 확보할 필요가 있다. 그런 좋은 것들로 '잠들기 전'이라고 하는 저 특별한 존재론적—인생본적 공간을 채워 그것을 '좋은 것'으로 만들어야 하는 것이다.

그런데 막상 '손이 가는' 좋은 것들이 그렇게 많지는 않은 것 같다. 누군가 그런 좋은 것들을 좀 많이 만들어주었으면 좋겠다. 이미 있다면 누군가 좀 알려주었으면 좋겠다. 어린 시절에 엄마 아빠가 들려준 자장가나 읽어준 이야기를 대체할 수 있는 그런 좋은 것들. 그것이 '진정으로 좋은 것'의 한 '기준'이 될 수가 있을 것이다.

글을 쓰다 보니 이제 나도 슬슬 졸음이 온다. 오늘은 잠들기 전에 무슨 음악을 들으며 무슨 책을 읽을까? 여기는 미국이니 포스터의 노래를 들으며 O. 헨리라도 읽을까? 아니면 한국이 그리우니 〈가고파〉를 들으며 하버드 연구원 선배인 피천득의 〈인연〉이라도 읽을까? 요즘 것 중에는 뭐가 없을까? 고민하다가 잠이 달아나지나 않으려나 모르겠다.

라몬트 도서관

'그분들'의 의식주

위인도 성인도 그 기본은 우리와 똑같은 인간이었다. 그럼에도 그 삶은 그렇게도
달랐다. 같지만 다른 그 '다름'이 그들의 '인간 이상'임을 돋보여준다.

귀국을 앞두고 '하버드 한인연구자협회'의 회장직을 로스
쿨의 B교수에게 넘겨준 뒤 신구 임원진이 어울려 로스쿨 식
당에서 회식을 했다. 식사 후 카페로 자리를 옮겨 환담을
나누었는데, 전임 회장이라 그런지 혹은 유일한 인문학자
라 그런지 혹은 제일 연장자라 그런지 나에게 자꾸 말을 시
켰다. 말을 하다 보니 나의 철학적 도달점이자 평소의 지론
이기도 했던 소위 '궁극의 철학'을 또 건드렸다. 공자, 부처,
소크라테스, 예수의 철학이다. 눈빛을 반짝이며 들어주는
게 여간 고마운 게 아니다.

나는 여러 기회를 통해 이분들, 즉 이른바 인류의 4대 성
인을 어지간히 선전해왔다. 그런데 그때마다 느끼는 것이지
만 사람들은 이들의 이야기를 들으면서 나름 수긍을 한다든
지 감명을 받는다든지 하면서도, 어딘가 모르게 그들을 마

치 '딴 세상'의 사람들처럼 간주하면서 그 세상은 자기와는 다른 어떤 세상인 듯이 생각하는 경향이 있다. "그분들이니까…" 하면서 선을 그어버린다는 것이다. 그러면서 자기는 그들이 안은 그 모든 무게들을 면제받는다.

하지만 우리가 분명히 알아야 할 것은, 세상이란 언제나 어디서나 오직 '하나'이며 그 세상은 다름 아닌 지금 우리가 살고 있는 바로 '이' 세상이라는 것이다. 우리가 알고 있는, 그리고 살고 있는 바로 '이 세상'에 공자, 부처, 소크라테스, 예수 같은 그분들도 와서 우리와 똑같은 '인간의 삶'을 살다가 갔던 것이다. (곡부, 붓다가야, 아테네, 갈릴리 등등, 그 흔적은 지금이라도 우리가 거기에 가서 확인할 수가 있다.) 그 점을 우리가 확고히 인식할 때, 그때 비로소 저들의 '위대함'이 고스란히 드러나 그 제대로 된 빛을 발할 수 있게 되는 것이다. 그들은 그 기본에 있어 우리와 똑같은 한 사람의 인간이었다. 엄마의 뱃속에서 태어나 먹고 입고 자고, 보고 듣고 말하고 그렇게 한동안 이 지상을 걸어 다니다가 죽어 흙으로 되돌아갔다. 그럼에도 불구하고 그 삶은 그토록이나 보통의 우리와 달랐던 것이다. 그러한 '같으면서 다름'을 인식할 때, 그들의 '초인간성' 혹은 '신성', 즉 그저 그런 인간이 아닌 '인간 이상의 인간'이었다고 하는 성격이 드러나게 된다.

내가 이런 생각을 하게 된 계기 중의 하나는 '공자의 고기'였다. (점심 메뉴가 스테이크였기에 이게 화제가 된 것이다.) 공자가 주유열국 중 제(齊)나라에 갔을 때 '소(韶)'라는 음악을 듣고 석 달 동안 고기 맛을 잊어버렸다고 하는 《논어》술이(述而)편의 이야기는 유명하다. 그런데 나는 어느 날 문득 이런 생각이 들었던 것이다. "아하, 공자는 평소에 고기를 먹었다는 이야기로군. 그 석 달이 지난 후에는 다시 고기 맛을 알았다는 거고." 좀 엉뚱한가? 하지만 저 위대한 공자가 입을 오물거리며 고기를 씹고 있는 모습을 상상해 보는 것은 결코 불경이 아니며 그것이 그의 가치를 손상시키지도 않는다. 오히려 그 반대임을 나는 말하고 싶은 것이다. 하여간에 그는 80 평생을 하루 세 끼 꼬박꼬박 무언가를 먹으며 그의 인생을 살았을 것이다. 한때(헤어지기 전) 그의 아내 올관(兀官)은 그 식사를 준비했을 것이고(비록 맛은 없었다지만)….

부처와 예수의 경우 또한 마찬가지다. 특히 이 두 분은 역사의 과정에서 철저하게 신성화되어 있기에 더욱 그 인간적 측면이 가려져버렸다. 하지만 우리는 한 번쯤 생각해봐야 한다. 고행 끝에 쓰러진 청년 싯다르타가 수자타로부터 우유죽을 받아먹는 모습뿐만 아니라 아름다운 아내 야수다라와 함께 맛있는 저녁을 먹고 이윽고 그녀를 안고 잠자리에 들어 코를 고는 혹은 새근거리는 모습. 그 또한 그 아닌 것은 아니었으니까. 그리고 역시 제자들과의 저 '최후의 만찬'을 먹는 예수뿐만 아니라, 마리아와 요셉 그리고 동생들과 함께

후식으로 무화과나 포도를 입에 넣고 있는 예수. 혹은, 목수 일을 끝내고 땀에 젖은 옷을 갈아입는 예수와 그 옷을 빨고 있는 어머니 마리아의 모습도 우리는 머릿속에 그려볼 필요가 있다. 예수도 이따금씩은 재채기를 했을 것이고 부처도 어쩌면 딸꾹질을 했을 것이다. 이런 모습들은 조금도 그분들의 신성함을 훼손하지 않는다. (오히려 우리가 이런 방향에서 그분들에게 접근한다면 저 볼썽사납고 끔찍했던 종교전쟁 혹은 살벌하기까지 한 종파 대립의 적어도 절반 이상은 피할 수 있지 않았을까 하고 나는 상상해본다.)

소크라테스의 경우는 그의 아내 크산티페의 저 유명한 바가지 때문에 상대적으로 인간적인 면모가 좀 부각돼 있긴 하지만, 그에 대해서도 우리는 이를테면 아침에 일어나 세수를 하고 있는 혹은 이를 닦고 있는 모습이라든가 신발을 신고 있는 모습이라든가 또는 목욕을 하고 있는 모습, 심지어는 화장실에서 용변을 보고 있는 모습도 상상해볼 필요가 있다.

요컨대 기본적으로는 모든 것이 우리와 똑같았다는 것이다. 그분들 또한 한 사람의 인간으로서 이런저런 음식들을 먹고 이런저런 옷들을 입고 밤이면 잠자리에 들고 아침이면 자리에서 일어나 기지개를 켰던 것이다. 그분들도 햇빛이 쨍쨍한 여름에는 더웠을 것이고 땀을 흘렸을 것이고, 목이 마르면 물을 찾았을 것이다. 겨울에는 두꺼운 옷을 껴입고 따뜻한 불가를 찾았을 것이다.

중요한 것은 '그다음'이다. 그렇게 모든 것이 같았음에도 불구하고, 그들은 달랐던 것이다. 도대체 무엇이 그 차이를 만들었던가? 그것이 바로 생각과 말과 그리고 삶이었다. 그것이 바로 그들의 '철학'이었다. 사람들은 그런 것을 잘 모른다. "선지자는 그 고향에서 머리 둘 곳이 없다"고 예수가 한탄했던 것은 사람들이 그런 같음 속에서의 다름을 잘 보지 못했기 때문이었다. 아니, 보려고 하지 않았기 때문이었다.

그래서 우리는 잘 살펴봐야 한다. 오늘 이 식당에서 함께 밥을 먹고 있는 사람들 중에, 오늘 이 의류 매장에서 옷을 고르고 있는 사람들 중에, 혹은 이불 가게에서 베개를 고르는 사람들 중에 혹시라도 다시 온 예수나 부처가 있는 것은 아닌지, 혹은 종로의 한 책방에서 철학책이나 역사서나 시집을 뒤적이고 있는 사람들 중에 새로운 공자가 있는 것은 아닌지, 혹은 대학 캠퍼스의 잔디밭에서 젊은이들과 둘러앉아 막걸리를 마시며 야외 수업을 하고 있는 사람들 중에 혹시나 제2의 소크라테스가 있는 것은 아닌지. 혹시나 내가 그 사람은 아닌지.

원고 작업을 하다가 배가 출출해 며칠 전 '홀푸드(Whole Foods Market)'에서 사온 '무화과'에 손이 갔다. 그러다가 문득 '무화과'를 언급한 적이 있는 예수가 연상되었다. 뭔가 한마디 써두어야겠다는 생각이 들었다. 그래서 한마디 적어보았다. 예수님과 책상 위의 무화과에게 감사한다.

'어떤' 인간?

인간이란 자기와 세상 그리고 운명의 합작품이다.
'어떤'을 제대로 묻고 걱정하지 않으면 걱정스러운 인간과 세상은 필연이 된다.

"당신~은 누구십니까?" "나~는 ○○○" "그 이~름 아름
답구나."

내 어릴 적 희미한 기억으로 여자 아이들은 곧잘 두 줄로
편을 나눠 같은 편끼리 손을 잡고 앞뒤로 왔다 갔다 하며 친
구들의 이름 익히기를 했던 것 같다. 인터넷에서 누군가의
이름을 검색하다가 문득 이 노래가 머릿속을 스쳐갔다.

미국에서 생활하다가 보면 생활 주변 곳곳에 '남아 있는'
혹은 '새겨져 있는' 무수한 이름들을 접하게 된다. 이를테면
도서관을 비롯한 건물들, 거리들, 공원들 등등에도 사람들
의 이름이 붙어 있다. 내가 머물고 있는 하버드 대학만 하더
라도 와이드너 도서관, 로빈스 도서관, 라몬트 도서관, 휴턴
도서관, 랭델 도서관 … 같은 것이 있고, 케임브리지 시내의
유명한 공원들만 보더라도 존 F. 케네디 공원, 롱펠로 공원,

링컨 공원 … 하는 식이다. 케임브리지 우체국도 클리프틴 메리맨 빌딩(Clifton Merriman Building)이다. 아, 그리고 유명한 퀸시 마켓도 있다. 무엇보다도 사람들의 '가슴속'에 새겨져 있는 이 이름들은 나름의 '향기'를 지니고 있다.

우리 속담에 "호랑이는 죽어서 가죽을 남기고 사람은 죽어서 이름을 남긴다"라는 말도 있듯이 인생을 사는 우리 인간들에게 '이름'이라고 하는 것은 하나의 궁극적인 과제가 아닐까 하는 생각이 든다. 이 과제는 결코 가볍지 않다. 우리는 자신의 이름에 대해 무한 책임을 지지 않으면 안 된다. 그 책임이란 그 이름이 '어떤' 이름이냐 하는 데로 집약이 된다. '어떤 이름이냐'란, 곧 '어떤 사람이냐'라는 뜻이다. 그래서 나는 물어본다. 나는 도대체 어떤 사람인가? 당신은 도대체 어떤 사람인가? 파란 사람인가 빨간 사람인가, 넓은 사람인가 좁은 사람인가, 깊은 사람인가 얕은 사람인가, 따뜻한 사람인가 차가운 사람인가 ….

나는 학생 시절에 소위 '철학적 인간학'이라는 과목을 통해서 "인간이란 무엇(Was)인가?"라는 물음을 접했다. 막스 셸러나 에른스트 카시러, 미햐엘 란트만 등이 이런 물음을 진지하게 물었다. 마르틴 하이데거는 이런 물음을 "인간이란 누구(Wer)인가?"라는 실존적인 물음으로 변환했다. 각각 나름의 의의가 있었음을 지금의 나는 존경스럽게 인정한다. 그런데 나는 이제 이런 물음들을 "나는/당신은 어떤 인간인가?" 하는 물음으로 다시 한 번 변환할 철학적인 필요성을 강하게 느낀다. '어떤' 인간인가 하는 그것이 곧 삶의 조건인 '세상'의 성격을 규정하기 때문이다.

한 인간이 어떤 인간인가 하는 것은 사실 상당 부분 운명적으로 타고나는 측면이 없지 않다. 이를테면 남자 여자, 건강한 사람 허약한 사람, 잘생긴 사람 못생긴 사람 기타등등. 하지만 적어도 50퍼센트 이상은 살아가면서 세상과 자기 자신에 의해 '만들어진다'는 것을 우리는 또한 부인할수 없다. 인간은 '가소적(可塑的) 존재'이기 때문이다. '어떤 사람'이라는 것은 삶의 여러 구조들, 조건들, 노력들에 의해서 만들어지는, 형성되는 것이다. 바로 그러하기에 '교육'이라는 것이 의미를 갖는 것이다.

우리의 교육은 (가정교육, 학교교육, 사회교육 3대 채널을 통틀어서) 도대체 '어떤 인간'을 목표로 설정하고 있는가? 나는 무엇보다도 정책 담당자들에게 이러한 물음을 심각하게 물어보고 싶다. 외국에 나와 조국을 건너다보면 그거리로 인해 전체상이 상대적으로 잘 조망될 수 있다. 만나는 한국인들은 한결같이 한국을 걱정한다. 우리의 운명, 우리의 사랑하는 조국은 도대체 지금 '어떤 인간'들을 만들고 있는가? 지난 수십 년간 그리고 지금도 여전히 우리의 교육은 '점수'에 의한 '줄 세우기'에서 벗어난 적이 없다. 거기서 소위 '잉여'가 양산된다. 그 위험성을 정책 담당자들은 전혀 의식하지 못한다. 그들이 요구하는 공부가 도대체 '어떤 공부'인가에 대해 근본적인 재검토가 필요하다.

'사람다운 사람', '수준 있는 사람'이 최우선적인, 그리고 최종적인 목표가 되지 않으면 안 된다. 모든 기능 내지 실력들은 '훌륭한 사람'과 '그렇지 못한 사람', 오직 그 '사이'에서만 의미가 있다. 그것을 위해, 최소한 백 권쯤의 '좋은 책(良書)'을 읽어야만 대학에 입학하고 졸업할 수 있도록 그리고 취업이 가능하도록 틀을 만드는 것은 어떨까? 단순한 영어나 수학책이 아니다. 공무원 시험 참고서도 아니다. 그런 류의 지식들이 인간을 결정하고 인생을 결정하고 나아가 '세상'을 결정한다는 것은 참으로 걱정스러운 일이 아닐 수 없다. 요령 있게 점수를 잘 따는 사람들이 세상을 차지하고 세상을 움직이게 되면 그런 세상에서의 인생이 어떤 것이 될지를 우려해본 적은 없는가?

지금 세상을 둘러보면 바야흐로 '인문학적 혁명'이 필요한 시점이 아닌가 하는 생각이 든다. 지금 우리는 이미 상당히 '괴상한' 세상을 목격하고 있는 것이다. 사람다운 사람을 만드는 문학과 역사와 철학은 지금 어디에 있는가? 삶의 질을 높여주는 문화와 예술, 그리고 윤리와 체육(오락으로서의 스포츠가 아닌 진정한 몸 단련)은 지금 어디에 있는가? 지금 우리의 교육이 과연 젊은이들에게 (단순한 개인의 출세가 아닌) 꿈과 희망이라는 길을 열어주고 있는 것인가?

지금 젊은이들이 품고 있는 꿈의 크기는 얼마만 한가? 그들의 가슴속은 얼마나 따뜻하고 얼마나 깊은가? 그들의 시야는 얼마나 넓은가? 그들의 눈은 어디까지를 내다보고 있는가? 우리는 한 인간에 대해, 삶의 주체인 인간에 대해, 그 크기와 넓이, 깊이와 높이 같은 것을 묻지 않으면 안 된다. 왜냐고? 답은 너무나 간단하다. 그게 인간이니까. 그래야만 비로소 인간이니까. 그것이 곧 진정한 행복을 결정하고 그 행복의 조건인 세상을 결정하니까.

나는 묻는다. "당신은 어떤 인간인가?" 타인의 평판이라는 거울 앞에 서보기를 권한다. 거기서 시작이다. 자기와 세상을 뒤집는 위대한 진짜 역모는.

존 F. 케네디 공원

표정과 윤리의 상관성

저 싫은 것을 남에게 하지 않는 게 곧 윤리다. 저 좋은 것을 남에게도 해주면 그건
더욱 윤리다. '서(恕)'라는 글자 하나만 살아 있어도 세상은 거의 천국이 된다.

나는 오랜 기간 철학에 종사하면서도 정작 그 가장 중요
한 분과인 '윤리'에 대해서는 좀 거리를 유지해왔다. 그것
을 제대로 말하기 위해서는 스스로의 삶 자체가 곧 '윤리'이
지 않으면 안 된다는 게 내 생각이었고, 그것은 아무나 쉽
게 할 수 있는 일이 아니라 믿었기 때문이다. 이를테면 공
자, 부처, 소크라테스, 예수 같은 분들이 그런 의미의 윤리
학자였고 그들의 삶이 곧 윤리였다. 물론 세상에는 스스로
의 삶의 모습과 완전히 별개로 전혀 거리낌 없이 너무나 쉽
게 소위 학문으로서의 윤리를 운운하는 이들이 얼마든지 있
다. 나는 그런 이들의 언어를 그다지 신뢰하지 않는다. (사
실 불신까지는 아니지만 MIT의 강좌에서 윤리를 논할 때도
나는 약간 그런 거리감을 느끼곤 했다. 그들은 윤리 그 자
체의 내용보다 주로 논리의 지평에서 윤리를 다루는 경향이

있다.)

소위 윤리에는 그리 많은 언어들이 필요치 않다. 《논어》, 《불경》, 《소크라테스의 변론》, 《성경》, 이 네 권만 해도 윤리는 넘칠 정도다. 아니, 아니, 그중의 한두 마디만 제대로 실천해도 인간은 충분히 윤리적 인간이 되고 세계는 충분히 윤리적 세계가 된다. 그중에서도 내가 행위의 황금률이라 부르는 것이 있다. "네가 남에게 대접받고자 하는 대로 남을 대하라"는 예수의 말과 "너에게 내키지 않는 바를 남에게 베풀지 말라"는 공자의 말이 그것이다. 이 둘은 사실 표현만 다를 뿐 같은 말이다. 자기가 자기 자신을 생각해보면 남을 어떻게 대해야 할지 자기 안에 그 기준이 있다는 말이다. '역지사지' 즉 입장 바꿔 생각해보라는 것도 같은 말이다. 그런데 사람들은 대개 자기만을 생각할 뿐, 혹은 자기를 먼저 생각할 뿐, 쉽게 남의 입장을 고려하지 않는다. '남을 나처럼 생각한다'는 것, '같은 마음이 되어본다'는 것, 여기에 윤리의 핵이 있다. 나는 그것을 '빙의'라는 말로 개념화한다. 남 속에 들어가 그 사람이 되어보는 것이다. 공자는 그것을 서(恕)라고 불렀다. 이 글자 하나를 실천하기가 그렇게도 어려운 일인 것이다. 세상이 온통 개판인 것은 오직 이 글자 한마디가 개밥에 도토리처럼 내돌림을 당하기 때문인 것이다.

오늘 수업 시간에 켈리 교수는 하이데거의 소위 정황성

(Befindlichkeit: 일반적으로 말하는 기분과 유사)이라는 저 특유의 개념을 'mood'라는 말과 견주어 설명하면서 좀 뜻밖에 일본의 다도를 예로 들었다. 아마도 그 고요라든지 집중이라든지 하는 다도 특유의 분위기가 미국인으로서는 몹시도 인상적이었던 모양이다. 미국에서 일본에 관한 이야기를 들으면 언제나 긴장과 불편을 느끼게 된다. 그게 하버드라면 더욱 그렇다. 그래서 수업이 끝난 후 교수를 찾아가 그 다도의 정신에서 고요나 집중보다 더욱 기본적으로 중요한 것은 '사람을 대하는 사람의 마음가짐', '손님을 맞이하고 대접한다는 것', '그 손님에게 최선을 다한다는 것', '최선의 것을 주고 싶어 한다는 것'이며, 한국에서는 그것을 '대접'이라 부르고 일본에서는 그것을 '모테나시'라 부른다는 것을 이야기해줬다. 그리고 거기엔 반드시 '상대방'이라는 것이 전제돼 있기에 하이데거의 정황성 및 기분과 관련지을 때는 주의가 필요하다는 것도 이야기해줬다. 그는 "바로 그런 것을 듣고 싶었다"며 감사를 표시했다. 나는 그렇게 은근히 '한국'의 존재를 알려주고 싶기도 했다.

나도 일본에 살고 있을 때, 그리고 한국의 한 산사에서 몇 번 그 손님의 자리에 앉아본 적이 있어 그 '무드'를 잘 알고 있다. 보통 소중한 사람을 맞을 때는 방을 치운다고 한다. 손님은 그렇게 함부로 할 수 없는 어떤 특별한 존재인 것이다. 사람이 사람을 대할 때는 그런 조심스러운, 그런 정성스러운 마음가짐이 필요한 것이다. 바로 그런 대접의 마음에 '윤리'가 있다.

무슨 손님까지는 아니더라도, 대접까지는 아니더라도, 우리는 사람이 과연 사람을 사람으로나 대하고 있는지 심각하게 자문해보지 않으면 안 된다. '함부로, 되는 대로, 닥치는 대로, 아무렇게나, 마구잡이로' 그렇게 사람을 대하는 게 우리의 가슴 아픈 현실이 아닐까. 실은 바로 그런 '사람 대하기'에서 지금의 저 '엉망진창'이, '삶의 힘겨움'이 유래되었음을 우리는 깨달아야 한다. 아무도 남을 나처럼 생각하지 않는다. 하물며 '이타주의'야 말해 무엇 하겠는가. (하버드에 와서 바로 이 주제로 강연했던 저 프린스턴의 피터 싱어가 한국에서도 과연 '이타(altruism)'를 입에 올릴 수 있을지 궁금했다. '이타'는커녕 '이기주의'가, 아니 나만 좋으면 그만이라는 '나만주의'나 갑질이 판치고 있는 한국에서.)

사람이란 수동적으로 만들어지는 가소적인 존재다. 우리가 지금 어떠어떠하게 되어 있다는 것은 누군가가 우리를 그러그러하게 만들었다는 것이다. 무엇보다도 그것은 사람의 표정에서 드러난다. 알고 있는가. 외국에 나와 보면 우리 한국인들의 표정이 뭔가 다름을 느끼게 된다. 우리의 표정은 어딘가 힘들어 보이고 경직돼 있고 어딘가 일그러져 있다. 많은 경우에 고생한 흔적이 역력히 드러난다. 그렇게 대접받으며 살아온 결과다. (물론 그렇지 않은 한국인들도 당연히 많다. 문제는 그런 경향이 강하다는 것이다.)

세상 어디나 꼭 그런 것은 아니다. 미국의 거리를 다니다 보면 개들이 그렇게 많이 눈에 띈다. 그런데 참 이상하다. 이 개들의 표정이 대체로 순하다. 덩치는 커도 그 눈빛이 전혀 위협적이지 않다. 지나치면서 그 개 주인들은 살짝 미소를 지어 보이기도 한다. 겁낼 것 없다는 그런 신호다. 그 개들이 보살핌을 받고 사랑을 받지 않는다면 그런 순한 표정이 나올 수 없다. 개들의 저 순한 표정이 윤리란 무릇 어떤 것이어야 하는지를 가르쳐준다.

세상 어디선가는 저렇게 개들도 사람처럼 대접받는데 또 어디선가는 사람이 개만도 못한 취급을 받기도 한다. 윤리란 사람이 사람을 사람으로 대하는 그 마음이다. 동학의 최제우처럼 사람이 곧 하늘(人乃天)이니 사람을 하늘로 대하라고까지는 말 못하겠다. (독일의 포이어바흐도 "사람은 사람에게 신이다(homo homini deus est)"라고 말했다.) 최소한 사람을 사람답게. 저 싫은 것을 함부로 하지나 말았으면 좋겠다.

어젯밤 꿈에 내가 다른 사람 몸속에 들어가 있는 이상한 꿈을 꾸었다. 이제 슬슬 윤리를 말해보라는 신의 계시인지도 모르겠다.

진리의 인기 순위

인간이 진리에게 '꼴찌'를 매기는 순간, 그 인간은 진리 앞에서 꼴찌가 된다.

산산이 부서진 이름이여!
허공중(虛空中)에 헤어진 이름이여!
불러도 주인(主人) 없는 이름이여!
부르다가 내가 죽을 이름이여!

김소월 시집 《꿈으로 오는 한 사람》에 나오는 시 〈초혼(招魂)〉의 일부분이다. 진리에 관한 자료를 정리하다가 문득 소월의 이 시가 떠올랐다. 이 시를 저 '진리'라는 것과 연결시키는 것은 오버일까? 아니, 적어도 철학에 종사하는 분들 중 상당수는 아마 깊은 한숨을 내쉬며 고개를 끄덕일 것이다.

아는지 모르겠다. 소위 학문의 전당, 진리의 전당이라는 대학에는 교표라는 게 있는데 이 마크들 중 상당수가 거기에 '진리'라는 말을 내걸고 있다. 한국에서 가장 인기 있는 한 대학의 마크에도 "진리는 나의 빛(veritas lux mea)"이라는 말이 들어가 있고, 지금 내가 머물고 있는 미국 하버드 대학의 문장에도 거기에 '진리(veritas)'라는 라틴어가 새겨져 있다. 종종 하버드와 쌍벽을 이루는 예일 대학도 마찬가지다.[*] 그만큼 이 말은 숭고한 그 무엇이다. 아니, 적어도 우리 주변에서는 '이었다'라고 말하는 것이 정확하겠다. 오늘날의 대학에서 이 말이 아직도 과연 살아 있는지 의심스러우니까.

물론 "대학에 진리가 왜 없어? 도대체 진리라는 게 뭐 어떤 건데?" 하고 따지고 든다면 이야기가 간단하지는 않다. 그런 말에 제대로 답변하자면 적어도 논문 몇 편이나 책 한 권은 필요할 것이다. 내가 전공한 하이데거만 해도 진리에 관해 쓴 글이 여러 개 있다. 그는 '존재'라는 것 그 자체를 진리와 엮어서 설명한다. "감추어져 있지 않고 드러나 있는 것, 그리고 인간이 그것을 드러낸다는 것, 아니 그 이전에 근본적으로 열려 있다는 것", 그런 것을 그는 진리라고 불렀다. 엄청 복잡하지만 기본은 대충 그런 것이다. 그는 이런 생각을 저 2,600년 전의 고대 철학자 파르메니데스와 공유한다. 젊은 청년 파르메니데스는 신비한 마차 여행 끝

---

[*] 비슷한 최상위권의 프린스턴과 스탠퍼드는 좀 다르다. 프린스턴은 "Dei Sub Numine Viget(하느님의 권능하에 번성할지어다)", 스탠퍼드는 "Die Luft der Freiheit weht(자유의 바람이 분다)"를 내세운다.

에 '진리(aletheia)'의 여신을 만나게 되고, 그녀로부터 '존재(estin)'에 관한 진리를 직접 들은 뒤 그것을 아름다운 시의 형태로 남겨주었다. 존재가 진리라는 건 황당한 이야기가 절대 아니다. 엄청난 존재의 세상이 이렇게 열려 있고, 그 안의 만유가 지닌 오묘한 존재 질서들을 눈여겨보면 우리는 그저 경탄에 경탄을 금할 수 없다. 그 신비는 어쩌면 진리라는 말로도 부족할지 모를 정도다. 소크라테스, 플라톤, 아리스토텔레스는 인간의 지성을 확고히 그쪽 방향으로 이끌었다. 2천 년의 주제가 된 진리. 대학은 바로 그런 존재의 진리를 탐구해 그것을 각 분야의 언어로 풀어내던 숭고한 곳이었다.

물론 진리란 그것만도 아니다. 진리는 다양한 방향에서 외쳐졌다. 알다시피 예수 그리스도는 스스로를 "길이요 진리요 생명"이라고 규정했고 "진리가 너희를 자유케 하리라"고 했다. '신에 대한 사랑과 이웃에 대한 사랑'이 그 진리의 틀 안에서 함께 울렸고 대학은 그런 진리의 체현도 그 책무의 일부로 생각해왔다. 근세 이후의 과학들도 기본적으로는 그 진리 탐구의 일부로 스스로를 인식했다.

사람들은 그런 모든 것을 뭉뚱그려서 진리라는 말로 우러러봤다. 적어도 그런 '시선'이라는 게 존재했었다. 저 암울했다고 하는 1970년대만 해도 그래도 적지 않은 사람들이 그런 시선을 공유하면서 세상과 삶을 바라보았고, 그 연장

선에서 뭔가 의미 있는 언어들을 생산해냈다. 그런 시선이 어느샌가 빛을 잃고서 허공중으로 사라져버린 것이다. 진리라는 그 이름은 거의 산산이 부서졌다. 몇몇 사람들이 애타게 그 이름을 다시 불러보지만 빈사 상태인 그에게서는 신음 소리만이 가늘게 들려온다.

세상에는 그저 지독할 정도의 이익 추구와 거기에 편승한 엔터테인먼트가 판을 친다. 그 '판'이 어떤 판인지에 대한 자각도 그다지 없다. 한가하게 진리 운운하다가는 그 거대한 물살에 휩쓸려 어디로 떠내려갈지 알 수도 없다. 일단 아무도 쳐다보지 않는다. 나도 그렇게 '투명인간'으로 이 시대를 살고 있다. 어떤 소리를 외쳐도 메아리가 없다. 그런 와중에서 온갖 존재는 오직 이익을 기준으로 수량화되고 일등부터 꼴등까지 줄 세워진다. 소위 '순위'는 무소불위의 권력이 되어 이익의 노예가 된 인간들에게 가차 없이 채찍을 휘둘러댄다. 진리를 내다버린 인간들에게는 이제 저 숫자의 신만이 경배의 대상으로 남아 있다. 소위 진리의 인기 순위는 거의 저 바닥, 아니 그 바닥도 되지 못하고 아예 차트에서 밀려나 있다. 진리에 대한 철학자의 사색과 시인의 시는 젊은 아가씨의 육감적 사진 한 장을, 그리고 골 망을 흔드는 멋진 한 골을 결코 넘지 못한다.

그럼 어쩌냐고? 마지막 진리가 한 조각 남아 있다. 그것은 희망이라는 이름으로 불리고 있다. 희망이 '다음'을 열어준다. 산불로 온 숲이 재가 되어도 자연은 이윽고 거기에 파릇한 새 생명을 싹 틔워준다. 누군가 관심 있게 이런 글을 읽어준다면 그리고 그의 눈빛이 일순 반짝인다면 그 눈빛이 바로 그 희망의 새싹이 될 수도 있다.

오늘 하버드 한인연구자협회에서 '궁극의 철학'이라는 주제로 특강을 했는데 고맙게도 열두 명의 연구자들이 참석해 눈빛을 반짝이며 내 이야기를 들어주었다. "전하, 신에게는 아직 열두 척의 배가 남아 있사옵니다." 하던 이순신의 심정으로 나는 오늘도 글을 쓴다. 진리라는 잉크에 펜을 적시며.

하버드 셔틀 버스와 교표의 'veritas'

시간의 품격

시간은 무색무취의 맹물이 절대 아니다. 오늘 하루, 지금 이 순간의 나의 행위가
'시간의 빛깔과 향기'를 결정한다. 당신의 오늘은 장미일까 백합일까?

보스턴에 온 이후 고맙게도 몇 차롄가 부름을 받고 강연
을 했다. 하버드 한인연구자협회, 보스턴 총영사관, 케임
브리지 한인교회, 그리고 보스턴 한인회. 지난주는 이곳
교민에게 '시간의 품격'이라는 주제를 내걸고 두어 시간 이
야기를 했다. 제대로 된 한국어가 그리울 그분들에게 '품격
있는 인문학적 한국어'를 들려주고 싶어 나름 열심히 준비
를 했다. 그런 정성이 통했던지 뉴턴의 뉴잉글랜드 한인학
교에 빼곡히 모인 청중들은 눈빛을 반짝이며 들어주었고,
현지의 교민 신문 〈보스턴 코리아〉는 "감동을 자아냈다"는
고마운 말로 호평해주기도 했다. 그날 내린 엄청난 함박눈
과 더불어 내게는 너무나도 '좋은 시간'이 되었다.

'시간의 품격'이라는 주제는 사실 한국에서도 몇 차례 다
룬 적이 있는 나의 단골 메뉴이기도 했다. 알게 모르게 내

가 전공한 하이데거의 《존재와 시간》에서 영향을 받은 것인지도 모르겠지만, 나는 시간이라는 것을 내 철학적 관심의 한 축에다 두고 있다. 애당초 우리의 삶이라는 것이 시간과 함께 시작되어 시간과 함께 진행되다가 시간과 함께 끝나는 것이기 때문이다. 세계의 시간과 인간의 시간은 엄연히 다르다. 인간의 시간은 생각과 시계 안에만 존재하는 막연한 추상체가 아니라, 삶의 온갖 사건들, 지극히 구체적인 내용들로 채워지는 엄연한 실질적 존재인 것이다.

우리가 흔히 과거라고 부르는 시간은 무언가를 '했던 시간'이고, 현재라고 부르는 시간은 무언가를 '하는 시간'이며, 미래라고 부르는 시간은 무언가를 '할 시간'으로, 반드시 무언가 그 내용을 가지고 있다. 아무것도 하지 않는 시간조차도 실은 노자의 '무위지위(無爲之爲)'처럼, '아무것도 하지 않음'이라는 내용을 가지고 있는 셈이다. 무언가를 하는 그 때그때, 그 순간순간들이 모여서 결국 우리의 '인생'이라는 것이 만들어져나가는 것이다. 그런 시간들 말고 '인생'이라는 것이 따로 있을 수는 절대로 없다.

그래서 우리는 그때그때 매일매일 주어지는 그 시간들을 '무엇으로' 채울 것인지 진지하게 생각해보지 않으면 안 된다. 노는 것도 일하는 것도, 사랑하는 것도 미워하는 것도, 공부하는 것도 농땡이 치는 것도 다 그 시간의 내용들이고, 먹는 것도 입는 것도 자는 것도 다 시간의 내용들이다. 철학에서는 그 모든 것을 다 '행위'라고 부른다.

그런데 우리가 절대 잊지 말아야 할 것은 이 행위라는 것에 '질'이 있고 '격'이 있다는 사실이다. 간단히 말해 옳은 행위 그른 행위, 좋은 짓 나쁜 짓, 선행 악행, 그런 것이 엄연히 있다는 말이다. 이 행위들의 질과 격, 그것을 결정하는 것은 다름 아닌 우리 자신, 그 행위를 하는 우리 자신의 '격' 내지 '품격'인 것이다. 우리 자신의 그 격 내지 품격이 행위의 질을 결정하고, 그 행위의 질이 시간의 질을 결정하고, 그 시간의 질이 우리네 인생의 질을 결정하고, 그리고 그 인생의 질이 사회의 질, 국가의 질, 세상의 질을 결정한다. 바로 그래서 우리는 어떤 사람이 되어 어떤 행위를 할 것인지, 즉 '무엇으로' 그 시간들을 채울 것인지 진지하게 생각해봐야 하는 것이다. 좀 문학적으로 말하자면 '시간의 향기'라는 것을 고려해봐야 하는 것이다.

우리의 주변에서 전개되는 행위의 파노라마를 보면 그야말로 천태만상, 별의별 일들이 다 일어난다. 극악의 단계부터 지선의 단계까지 다채롭기가 이를 데 없다. 쉬운 일은 아니겠지만 이른바 '봉사'라는 행위로 자신의 삶을 채우는 분들도 적지 않게 있다. 눈여겨 볼 일이다.

한국에 있을 때, 창원에서 서울로 가는 KTX에서 우연히 인자한 얼굴의 노신사 한 분이 옆자리에 앉아 대화를 나눈 적이 있었다. 가볍게 건넨 대화가 서울까지 이어졌다. 그분은 평생

은행의 간부로 일하다가 뜻한 바 있어 그 일을 접고 아프리카로 날아가 그곳에서 교육 사업을 하고 있다고 했다. 사재를 털고 유관기관의 지원을 받아 학교를 짓고 아이들을 가르치면서 미래의 동량으로 키워내고 있다는 이야기였다. 그렇게 그의 삶의 시간을 보내고 있는 것이다. 말로는 많이 들었지만 실제로 그런 분을 만나기는 드문 일이다. 얼마 전 보스턴 총영사 공관 만찬에서 잠시 만났던 '바람의 딸' 한비야 씨의 얼굴도 함께 떠오른다. 바로 옆자리에 앉아 그분의 숨결과 체취를 느끼며 아프리카 말리에서의 봉사활동 이야기를 직접 들었다. 감동이 없을 수가 없었다. 말이 그렇지 그런 게 어디 쉬운 일인가. 그분은 그런 일로 자신에게 주어진 삶의 시간을 채워온 있것이었다. "남은 시간이 많지 않으니 일 년도 짧다"고 했다. "그래서 더 열심히 일한다"고 했다. 말하자면 그런 시간, 그런 것이 품격 있는 시간인 것이다. 그 자리를 함께했던 서남표 전 카이스트 총장이 한국에서 보낸 시간도 우리는 잘 알고 있다. 그분은 자신이 테뉴어로 평생 봉직했던 MIT 수준으로 카이스트를 끌어올리기 위해 무진 노력을 기울였다. 가치 있는 일이다. (이른바 하버드 대표로 그 자리에 참석한 나는 숨도 크게 못 쉬며 잠자코 그분들의 이야기를 경청했다.)

그런데 우리는 보통 어떤가? '삶의 원료'라고도 할 시간*

---

* "그대는 인생을 사랑하는가? 그렇다면 시간을 낭비하지 말라. 시간이야말로 인생을 형성하는 재료이기 때문이다."(벤저민 프랭클린)

을 무반성적으로 허비하는 경우가 너무나도 많다. 어떤 이는 그 소중한 시간을 부정과 비리로 채우기도 한다. 소모적인 증오와 싸움으로 채우기도 한다. 아까운 노릇이다. 뉴스에도 SNS에도 그런 악취가 그득하다. 인간의 시간, 삶의 시간은 양적인 존재라 무한하지 않다. 많아 봤자 백 년이다. 두루마리 화장지처럼 매일 하루씩 소비되면서 언젠가는 그 끝을 드러낸다. 그러니 한 번쯤은 지나가는 그 시간을 돌아보면서 그 시간의 냄새를 맡아볼 필요가 있지 않을까. 향기가 나는지 악취를 풍기는지.

잊지 말자. 무심코 흘러가는 오늘 하루의 시간에도 품격이라는 게 있다는 것을. 나의 오늘 하루는 붉은 장미일까 하얀 백합일까?

뉴턴 시의 뉴잉글랜드 한국학교

세계의 중심

당신의 발걸음이 매일매일 한평생 어디서 나와 어디로 돌아가는지 확인해보라.
바로 거기가 세상의 진정한 중심이다.

벌써 십 년 가까이 지난 것 같다. 2004년 〈세계의 중심에서 사랑을 외치다〉라는 영화가 큰 인기를 끌었다. 원작 소설이 나온 것은 2001년이었다. 잘 구성된 그 애절한 이야기도 이야기지만 이 영화를 계기로 호주의 '울룰루'라는 곳이 덤으로 화제가 되고 항간에 널리 알려지기도 했다. 현지 원주민들은 그곳을 '세계의 배꼽' 즉 '세계의 중심'으로 여긴다 했다. 흥미로웠다. 시간의 흐름 속에서 그 영화의 이야기들은 어느새 사람들의 입에서 멀어지게 됐지만 '세계의 중심…'이라는 이 말의 여운은 아직도 왠지 내 가슴 한켠에 강한 인상으로 머물러 있다.

오랜만에 뉴욕을 찾아와 거리를 돌아다니면서 '세계의 중심'이라는 이 말이 불쑥 내 기억을 헤집고 되살아났다. 아직껏 가보지는 못했지만 사람도 없다는 외딴 울룰루보다야 뉴욕 같은 곳이 '세계의 중심'이라는 이 말에 실질적으로 더 부합하지 않을까, 그런 느낌? 도시의 규모나 국제적인 중요성 그리고 오가는 사람들의 활기를 보면 쉽게 아니라고 할 수 없는 그 무엇이 뉴욕에는 분명히 있다.

하지만 수천 년간 스스로를 세계의 중심이라 자부했던, 그리고 국호를 아예 '중'국이라 부르는 저 중국인들은 그것을 순순히 인정할까? 한때 미국과 세계를 양분했던 저 러시아는 또 어떨까? 또 한때 '해가 지지 않는 나라'였던 영국은 또 어떠며, 문화의 수도를 자부하는 저 파리지앵들은 또 어떠며, 세계 최대의 제국을 경험한 적이 있는 이탈리아나 몽골은 또 어떨까?

나는 고요히 가라앉은 마음으로 물어본다. 세계의 진정한 중심은 과연 어디일까? 그곳이 어느 한 특정한 장소라면 무엇을 기준으로 그리고 무엇을 근거로 그것을 결정할 수 있을까? 아니 그런 곳을 애당초 특정할 수가 있는 것일까? 그런 곳이 과연 있기나 한 것일까? 간단히 해치울 수 있는 쉬운 이야기는 절대 아닐 것 같다.

철학 공부를 하다 보면 언어라는 것에 다양한 의미가 있음을 알게 된다. 그것을 충분히 주의하지 않으면 혼란이 야기된다. 프랜시스 베이컨은 그런 혼란을 '시장의 우상'이라 부르기도 했다. '진리'라고 하는 흔하디흔한 철학적 개념도 이를테면 예수의 경우, 플라톤의 경우, 하이데거의 경우,

제임스의 경우, 타르스키의 경우, 하버마스의 경우 등등, 모두 그 의미하는 내용이 전혀 다르다. 그래서 그들은 각자 장황한 자신의 '진리론'을 펼치는 것이다. 그것을 면밀히 들어봐야만 비로소 그 제대로 된 의미를 이해할 수 있다.

'세계의 중심'이라는 말도 마찬가지다. 우리는 이 말을 다양한 의미로 해석할 수 있다. 세계인들의 관심의 집중도나 영향력 같은 면에서는 뉴욕이 (특히 경제적인 면에서는 월 스트리트가) 단연 세계의 중심일지 모르겠지만, 학문 탐구의 면에서는 분야에 따라 하버드와 MIT가 있는 이곳 보스턴이 중심인 경우도 있고, 예술이나 패션을 기준으로 본다면 파리나 밀라노가 그 중심이 될 수도 있다. 영화를 기준으로 삼는다면 그 중심은 할리우드이겠고, 좀 특수하지만 내가 전공하는 '현상학' 같은 것을 기준으로 생각하자면 그 중심은 독일의 프라이부르크다. 또 태권도나 K-pop이 기준이라면 서울이 중심이겠고, 한편 펭귄의 입장에서 보자면 그 중심은 남극이겠고 코알라나 캥거루의 입장에서 보자면 그 중심은 호주이리라.

중심이라는 것은 이렇게 보면 무수히 많다. 그것을 오로지 하나로, 오로지 강자를 기준으로 생각한다면 중심 바깥의 일체 존재는 '주변'으로 밀려나고 만다. 20세기의 프랑스 철학은 그런 이분법과 타자의 배제라는 이른바 'ㅇㅇ중심주의'의 위험을 날카롭게 지적하며 극도로 경계했다.

그것을 무조건 편드는 것은 아니지만, 우리는 다양한 세계와 다양한 중심들을 인정할 필요가 있다. 그 중심들의 조화가 이 세계의 진정한 풍요를 보장해준다. 세계는 그런 풍요를 바탕으로 비로소 아름답다.

그런 의미에서 나는 저 십 년 전의 영화가 던진 의미를 다시 한 번 생각해본다. 그 영화는 '세계의 중심에서 사랑을 외치다'라고 말했었다. 그것은 '사랑'이 있는 곳이야말로 세계의 진정한 중심이라는 그런 의미가 아니었을까. 나는 그렇게 해석하고 싶다. 아닌 게 아니라 그 영화의 부제목은 '나의 세계의 중심은 너다'로 되어 있었다고 한다. 그런 중심도 분명히 있다. 이런 의미로, 세계의 모든 가정이 오늘 제대로 된, 즉 사랑이 있는 세계의 중심으로 거듭나기를 기대해본다. 30년 세월, 한 사랑을 진득이 키워가는 한 남자가 지금 세계의 중심에서, 아니 그 중심의 바로 곁에서 이 글을 쓴다. 오늘은 우연히도 이곳이 뉴욕이긴 하지만.

한 과묵한 자의 변론

저 하늘의 구름을 보라. 저것은 끝내 말이 없어도
그 침묵으로 얼마나 많은 것들을 말해주는가.

살다가 보니 교수가 되어 대학의 강단에서 거의 평생을 보내게 됐다. 그러다 보니 어쩌다가 이렇게 유명한 하버드까지도 오게 됐다. 귀국을 앞두고 오늘 로스쿨의 펠로인 L과 로스쿨 식당에서 점심을 함께했는데, 이런저런 대화를 나누다가 그녀의 사적인 사연들도 좀 듣게 됐다. 일 년 가까이 알고 지내면서도 그런 건 잘 몰랐다. 서울에서 제일 유명하다는 로펌에서 변호사 생활을 했었는데, 대학 강단에 서고 싶어서 그걸 그만두고 여기로 왔다는 것이다. 교수가 되고 싶어 잘나가는 로펌의 변호사까지 그만두었다니, 실제로 그렇게 살아온 내 인생이 새삼 고맙게 느껴졌다.

그런데 이곳 하버드의 강의실과 도서관에서도 느끼는 바지만, 대학교수라고 하는 이 직종의 삶은 '글'이 반이고 '말'이 반이라 해도 과언이 아니다. (저술과 강의, 넓은 의미에서는 그 둘이 다 '말'이다.) 그것을 다른 말로는 '연구'와 '교육'이라고도 한다. 나는 글 쓰는 것을 삶의 낙으로 생각하는 사람이다 보니 그것으로 먹고산다는 것은 그야말로 천복이 아닐 수 없다.

그런데 나의 경우는 이 '말'이 좀 문제다. 어려서부터 과묵하다는 소리도 때로 들어왔는데, 그럴 수밖에 없었던 것이 나는 이 말이라는 것과 인연이 엷어서 특별한 말재주가 없을 뿐만 아니라 말하기를 썩 즐기지도 않는다. 그래서 주변에 말재주가 많아 말로써 사람들을 즐겁게 하거나 감동시키는 이들을 보면, 참 대단하다고 부러워한 적도 없지 않아 있다. 스스로 '과묵계'에 속한다는 로스쿨의 그녀도 나의 이런 말에 적극 공감했다.

하지만 특별히 말 많은 사람들의 그 말이라는 것을 듣다 보면, 참 시시하고도 성가시다는 느낌을 받을 때도 많다. 아마 적지 않은 사람들이 동의하리라. 어떻게 보면 지금 우리가 사는 이 시대는 말의 홍수다. 말은 주변 어디에서도 흘러넘친다. 한때 그런 상상을 해본 적도 있다. 요즘 우리 삶의 일부가 되어버린 휴대폰과 SNS의 신호들을 시각화해서 본다면 그 양상이 대체 어떨까? 혹은 그 전파들을 얼음이나 실처럼, 혹은 ABC 비스킷처럼 고체화시켜본다면 또 어떨까? 엉뚱한가? 아무튼 그게 실제로 가능하다면 아마 그 순간에 이 세상은 말들로 가득 차 전 인류가 질식하는 멸종의 위기를 맞을 게 틀림없다.

그런데 그 엄청난 양의 말들 가운데 사람들의 가슴에 남을 말들은 도대체 얼마나 될까? 나는 수많은 말들을 들으며 그것들을 '남게 될 것'과 '사라질 것'으로 분류해보는 습성이 있다. 그렇게 보면 '남게 될 것'이 뜻밖에도 적다는 사실에 놀라게 된다. 대부분의 말들은 입 밖으로 나온 지 하루도 채 못 되어 사라진다. 오직 드문 사람의 드문 말만이 사람들의 가슴에 새겨져 남게 된다. 그렇게 남은 말들은 때로백 년 2백 년, 아니 천 년 2천 년을 전해진다. 공자와 부처, 소크라테스와 예수의 말들이 대표적이다.

그렇다면 그 기준은 도대체 무엇일까? 그것은 아마도 그내용이 지니는 말의 '무게'이리라. 그 무게라는 것은 그 말을 내뱉은 이의 '인품'에서 나온다. 그것은 마치 와인과도같아서 오랜 시간을 두고 익어가는 것이라, 그냥 어쩌다가우연히 나오는 것이 절대 아니다. '사랑', '깨달음', '어짊', '사려' … 그런 말들. 이런 말들의 무게를 달아본다면 얼마나 될까? 그것은 이 말들에 공감하고 그것을 가슴에 담아실행에 옮긴 사람들의 발자국을 모아서 달아본다면 알 수가있을지도 모르겠다.

그런 말들이 굳이 많아야 할 필요는 없다. 예수와 공자의경우가 그렇지 않은가. 그들은 많지 않은 말로써도 충분히인류의 사표가 됐다. 석가모니와 소크라테스의 경우는 좀 다르지만, 그 내용을 들여다보면 사실은 적은 말들로 압축이 된다.

나는 사실 요즘 유행하는 SNS라고 하는 것에 불만이 많다. 이 장치들은 대개 쓰잘데없는 말들로 사람들은 엮어놓는다. 너무나 많은 사람들이 너무나 많은 시간을 이곳에서 소비한다. 그 시간 또한 소중한 인생이건만. 그것은 아마 머지않은 장래에 인간들에게 그 반대급부를 요구하리라. '경박한 인류'는 지금 전 지구적인 규모로 착실하게 그들의 영토를 늘려가고 있다. 그들의 세상에서는 아마 예수나 부처가, 그리고 공자나 소크라테스가 다시 오더라도 그 설 자리가 너무나 비좁을 것이다.

대학교수들에게는 '말'이 숙명과 같다. 그것을 피하는 것은 불가능하다. 그러나 그 말은 뭔가 '달라야' 한다. 그 말은 그윽한 인품과 치열한 연구의 바탕 위에서 '자라나야' 한다. 그렇게 해서, 강의든 논문이든 책이든 간에, 제대로 된 언어가 교수들의 가슴속에서, 5년, 10년의 세월 속에서, 마치 가을 들녘의 곡식들이 익어가듯이 그 무게를 이기지 못해 고개를 숙이는 그런 풍경을 그려내야 한다. 긴 눈으로 그것을 지켜볼 일이다. 지긋이. 보석 같은 한마디 말을 인내하고 기다리면서.

부끄러움이 없는 부끄러움

부끄러움이 없으면 사람이 아니다. 만고의 진리다.
지금 사람 세상에 사람 아닌 사람이 너무 많다.

하버드에 머무는 동안 내가 받은 선물들 중 가장 값진 것
은 아무래도 여기서 알게 된 몇몇 특별한 사람들과의 만남
인 것 같다. 켈리 교수, 퍼트남 교수, 비비안 조교, 에밀리
조교를 비롯한 미국인들뿐만 아니라 박강호 총영사, 방승주
교수, 김태일 교수, 김선주 교수 등 한국인들도 많다. 하나
같이 한국의 보배라 일컬을 만한 인물들이다. KS도 그중의
하나다. 그는 세계적인 미국계 IT 기업의 간부로 오래 일하
다가 뜻한 바 있어 퇴사를 하고 뒤늦게 공부라는 것을 하겠
다고 하버드에 온 늦깎이 학생이다. 하버드 한인연구자협회
(HKFS)의 회장을 맡았던 인연으로 같은 임원이었던 그에
게 세미나 발표도 부탁한 적이 있었는데 그 실력이 가히 압
도적인 수준이었다. 그런데 실력도 실력이지만 이 친구는
참 인품이 훌륭해 나는 각별히 그를 좋아했다.

며칠 전 한 해도 저물어가는 어느 눈 내리는 저녁, 그 KS에게 초대를 받아 찰스 강변의 하버드 기숙사 피버디 테라스(Peabody Terrace)에 있는 그의 집을 방문했다. 황송한 대접을 받으며 이런저런 격의 없는 이야기를 나누다가 그가 아주 참담한 표정을 지으면서 "우리끼리니까 하는 말이지만, 한국인이라는 게 오늘 참 부끄러웠다"는 뜻밖의 말을 내뱉었다. 들어보니 이유가 있었다. 이런 사연이었다. 한 학기가 끝나고 기말 시험을 치던 날이었다. 한 학생이 소위 '커닝'을 하다가 적발이 되었는데 그가 바로 한국 학생이었다는 것이다. 하버드의 규정이나 전례로 봐서 그런 것은 바로 '퇴학'에 해당하는 사유가 된다고 했다. 그의 인생이 파탄날 판국이었다. 그런데 담당 교수의 거의 '자비'에 가까운 배려로 특별히 전 학점 몰수와 경고 정도로 그 일생일대의 위기를 넘기게 됐다고 한다. 그런데 KS가 그토록 참담한 표정을 지은 것은 그다음 때문이었다. 우연히 그 학생이 그날 SNS에 올린 글을 보았는데 반성과 자숙은커녕 하버드 운운하는 자기과시로 가득 찬 너무나도 뻔뻔스러운 내용이었다는 것이다. KS의 인품으로 보았을 때 그것은 충분히 분개할 만한 일이었다. 나도 그와 맞장구치며 한동안 같이 분개했다.

그 일과 거의 비슷한 시점(지난 12월 18일)에 또 하나의 사건이 발생했다. 그것은 온 하버드를 발칵 뒤집어놓은 엄청난 대사건이었다. 그 사건은 한국의 주요 언론에도 곧바로 보도되었다. 기말 시험 중인 하버드의 몇몇 건물에 폭발물이 설치되었다는 제보로 급거 비상벨이 울리며 시험이 전면 중단, 연기된 사건이었다. 경찰의 조사 결과 폭발물은 없었고 그것은 시험 준비를 제대로 하지 않은 한 학생의 조작극으로 드러났다. 얄궂게도 그 또한 한국계 미국인이었다. 온 하버드가 삼삼오오 그것을 화제 삼았다. 부끄럽고 부끄럽고 또 부끄러웠다. 급기야 한국에서도 미국에게 미안하다는 글들이 여기저기서 올라왔고 미국에서는 "범인은 미국인인데 한국인들이 왜 사과를?" 그런 반응도 없지 않았다.

미국 학생이라고 시험이 부담스럽지 않을 리는 없다. 하지만 이들은 기본적으로 노력과 능력으로써 그것을 감당해낸다. 그런 것은 최소한의 정의이며 인간 사회의 가장 기초적인 질서에 속하는 것이다. 그런 정의나 질서에 반하는 행위가 곧 부끄러움이건만 무한 욕망과 무한 경쟁, 그리고 "승리는 모든 것을 사면한다"는 가치관에 기초한 우리 사회에서는 어느 사이엔가 슬그머니 그 부끄러움이라는 것이 사라지고 말았다. 하버드의 저 사건들은 그야말로 빙산의 일각이다. '해야 하는 일'은 말할 것도 없고, '해도 되는 일'과 '해서는 안 되는 일'의 도덕적 구별 따위는 애당초 안중에 없다. 무슨 짓을 하든지 일단 차지하고 보자는 주의가 팽배해 있다. 차지하고 나면 그게 곧 정의가 된다. 정권도 그 양상은 엇비슷하다. 이래서야 우리가 아무리 돈을 많이 벌게 된들 결코 선진국의 대열에는 들어설 수 없다.

우리는 기초를 다시 세워야 한다. 그러기 위해 먼저 '인간'을 되돌아보지 않으면 안 된다. 철학이 요구되는 까닭이 거기에 있다. 맹자는 소위 사단칠정을 이야기하는 가운데 "수오지심 의지단야(羞惡之心 義之端也)", "무수오지심 비인야(無羞惡之心 非人也)"라고 설파했다. 부끄러워하는 마음이 의로움의 단초이고 부끄러운 일을 부끄러운 줄 모른다면 인간이라고 할 수가 없다. 소위 '공자 왈 맹자 왈'은 결코 진부한 옛날이야기가 아닌 것이다.

지금 여기서 바다 건너 한국을 바라보면 이른바 '비정상'인 것들이 너무나도 많이 눈에 띈다. 그런 것들이 오히려 정상을 짓누르고 활개를 친다. 우리에게는 그 모든 것들을 바로잡고 '정상화'시켜나가야 할 책임이 있다. 우리가 염원해 마지않는 선진국은 바로 거기에서부터 시작하지 않으면 안 된다.

공부를 하지 않았으면 그대로 백지를 내는 것이 그 모든 정상화의 첫걸음이다. 능력과 노력 없이 온갖 비겁함으로 무언가를 차지하겠다는 것이 부끄러운 일인 줄도 모르는 저 어처구니없는 일부의 행태가 너무나도 부끄럽다.

하버드의 어느 한중일

진정한 '우리'에는 국경이 없다. 검문소도 없다.
남녀노소도 불문이다. 오직 '좋아함'만이 그 '우리'의 자격증을 발급한다.

낮에는 겨울답지 않게 포근한 가운데 부슬비가 내렸는데, 저녁 무렵에는 비가 그치고 바람이 불면서 기온이 급강하했다. 역시 겨울은 겨울이다. 하버드 대학 더들리 하우스 앞에서 나는 '그들'을 기다렸다. 약간의 시차를 두고 하나씩 하나씩 그들이 도착했다. 정말 우연이지만 나를 포함해 한국인이 둘, 중국인이 둘, 일본인이 둘이다. 역시 우연이지만 남자가 셋, 여자가 셋이다. 젊은 '그들'이지만 나이 든 나를 꺼리거나 어색해하는 눈치는 전혀 없었다. 아니, 오히려 나를 '프레지던트', '빅 보스', '빅 브라더'라 부르며 함께 '노는' 것을 즐기는 분위기였다.

지난 9월이었다. 신학년도가 시작되면서 교수회관 격인 패컬티 하우스에서 소속 학과의 '웰컴 리셉션'이 있었는데, 그 자리에서 우리는 서로 인사를 나누게 됐다. 중국 창사에서 온, 적극적인 성격의 TL양이 제안해서 우리는 그 며칠 후에 다시 만났다. 우리는 우리를 '하버드 아시안 철학자회'라 칭하며 웃었지만 대화는 철학에 국한되지 않고 최근 한국에서 방영 중인 모 인기 드라마에서부터 30수 년 전의 일본 만화들, 북경의 스모그 문제 등등 그야말로 종횡무진, 온갖 화제를 넘나들었다. 비록 젊은 그들이지만, 그리스 철학을 전공하는 한국의 MG군, 인도 철학을 하는 일본의 ST군 MC양 부부, 인식론을 하는 중국의 TL양, 그리고 좀 분야가 다르지만 고고학을 하는 중국의 YQ양에게도 각각 배울 점들이 없지 않았다. '불치하문', 나도 그들에게 이것저것 많이 물어보았다. 대부분 대학원생이고 멤버 중 교수는 나 혼자라 그들은 내게 질문의 파상 공세를 퍼붓기도 했고, 나는 그 답변을 즐기기도 했다. 맹자가 말한 "득천하영재이교육지"까지는 아니겠지만, 똘똘한 젊은이들과 어울려 지적인 담론을 즐기는 것은 교수의 삶을 사는 자의 크나큰 행복이 아닐 수 없다.

나의 환송회라는 구실로 모이기는 했지만 오늘도 분위기는 지난 서너 차례의 그것과 다르지 않았다. 학교 앞 하버드 스퀘어의 T라는 한국 식당으로 이동해 저녁을 먹으며 대화는 이어졌다. (엘리엇 스트리트의 조그만 건물 지하에 있지만 이 가게는 가격도 합리적이고 무엇보다 엄청 맛있다.) 과학철학을 전공한다는 북경사범대학의 T교수와 영국 BBC

방송의 싱가포르 지사에 근무한다는 C양이 합류하면서 대화의 범위는 더욱 넓어졌다. 나는 오랜만에 내가 전공하는 하이데거 철학을 입에 올리기도 했다. 기본적으로는 영어로 말이 오고갔지만 더러 표현이 궁색해질 때는 공맹 노장의 원문들과 중국어, 일본어도 등장했고, 한국 드라마의 광팬인 중국의 TL양은 어설픈 한국어로 전지현을 흉내 내며 "이봐요, 도민준 씨", "진짜… 넌 어느 별에서 왔니?"라고 해서 까르르 웃기도 했다. 철학적인 이야기가 오갈 때는 때로 그리스어, 라틴어, 독일어, 프랑스어, 심지어 산스크리트어까지 동원되었다. 특히 막강한 실력을 과시하는 한국의 MG군이 나는 무척 자랑스럽기도 했다.

얼마 전에 나는 〈미국에서 꾸는 꿈〉이라는 제목으로 어느 신문에 글을 쓴 적이 있다. 그 글에서 나는 동서남북 좌우상하로 갈가리 찢어져 서로 증오하며 싸움질하는 한국의 현실을 한탄하면서 사랑하는 나의 조국이 어떻게든 하나로 뭉쳐 힘을 기른 뒤, 저 '웬수' 같은 중국, 일본과도 손을 맞잡고 하나의 아시아가 되어 이윽고는 유럽과 미국을 넘어 세계 최고가 되어 보는 것은 어떻겠는가 하는 취지의 제안을 한 적이 있다. "황당한 꿈인 줄이야 누가 모르랴만…"이라고 나는 단서를 달았지만, 이렇게, 그것이 황당한 꿈이 아닌 경우도 있는 것이다.

일본에서 온 ST군, MC양이라고 저 야스쿠니 문제와 위안부 문제를 모를 턱이 없다. 중국에서 온 TL양, YQ양이라고 저 방공식별구역과 동북공정을 모를 턱이 없다. 나도 MG군도 중국의 6·25개입과 일본의 조선 병탄을 모를 턱이 없다. 그 모든 무게들을 어깨에 걸치고서도, '우리'는 서로가 서로를 '좋아하고' 있는 것이다. 우리는 서로가 각자 하나의 1로서, 더도 덜도 아닌 아시아의 3분의 1로서, 그 1의 이상도 이하도 원하지 않는 우정을 나누고 있었던 것이다. 한중일의 관계는 누군가 그 1의 이상을 탐하기 시작할 때 균형과 평화가 깨어지고 우정은 순식간에 갈등과 대립, 심지어는 전쟁으로까지 이어질 수 있다.

미국에서 건너다보는 한중일은 지금 위태롭다. 중국도 일본도 '위험한' 한 걸음을 내디디려 하고 있다. 미국도 과연 이 상황에서 어떤 선택을 하게 될지 종잡을 수 없다. '무조건 한국 편'이 아닌 것만은 확실해 보인다. 그 어느 때보다도 '균형과 평화를 위한 힘'이 절실한 지금이 아닐 수 없다. 정치하는 분들이 이 너무나도 간단한 진실을 과연 제대로 인식이나 하고 있는지 걱정스럽다.

나는 앞으로도 오래, 더도 덜도 아닌 동아시아의 3분의 1로서, 저 사랑스러운 젊은 친구들과 함께 국경을 넘은 우정을 계속할 수 있게 되기를 희망한다. 지금 보스턴은 고요한 밤, 눈이 내리고 있다. 아름답고 그리고 평화롭다.

나는 누구인가?

나는 누구인가? 이것을 묻는 물음표 하나가 그 '나'의 천 가지 '신분'을 드러낸다.

2014년 1월 24일 금요일, 한국연구소가 있는 CGIS 빌딩 S450에서 귀국을 앞둔 일종의 고별 특강을 했다. 주제는 "나는 누구인가?"였다. 하버드 한인연구자협회 회원 열두 명이 참석해줬다. 각자의 분야에서 한국을 대표하는 인사들이다. 엄청 바쁜 양반들인데 시간을 내 발걸음해준 그 성의가 너무 고마웠다. 서로 알 만큼 아는 한 식구들이라 아주 편하게, 그러나 정성껏 이야기했고 호응도 아주 따뜻했다. 춘하추동을 거쳐 온 하버드의 일 년, 충분히 그 기념이 될 만한 마무리였다.

그런데 이런 것을 시작할 때는 대개 간단한 프로필을 소개하는 절차가 있다. 이런 것을 해봤거나 들어본 적이 있는 사람은 기억하리라. "ㅇㅇ 선생님은 ㅁㅁ를 졸업하시고 △△를 역임했으며 현재 ▽▽로 계시고…" 어쩌고 하는 식이다. 이곳이 외국이라는 좀 특별한 곳이라 그런지 나에 대한 그 소개를 듣는 동안 그 소개 자체가 좀 특별한 느낌으로 다가왔다. "하, 나란 사람이 그런 사람이구나. 저게 나의 삶이었구나. 저기에 이제 '하버드'라는 게 하나 추가됐구나…." 그런데 그 '나'란 것이 그렇게 몇 마디의 '이력'으로 간단히 정리될 수가 있는 것일까?

그럴 턱이 없다. 그것은 그야말로 빙산의 일각. 수면 아래에 잠긴 '나의 정체'는 참으로 넓고도 깊다. 나는 그 '나'라는 것에 대해 따로 강의를 한 적도 있다. 이 주제를 풀어내기에는 한 학기의 시간도 결코 충분하지 않다. 한 권의 책에도 그것을 다 담을 수가 없다.

2,600년에 걸친 '철학의 역사'도 그것을 결코 다 담아내지는 못하고 있다. 데카르트는 '나 자신과 세계라고 하는 커다란 책'을 직접 읽으려 했고 '생각하는 나'를 자각했고 그것을 "나는 생각한다. 고로 존재한다."라는 말로 정형화시키며 '근대'라는 한 새로운 시대의 문을 열었다. 하지만 그것도 나에 대한 비늘 한 조각일 뿐. '보는 나', '듣는 나', '먹는 나', '자는 나', '뛰는 나', '만드는 나', '노는 나' '일하는 나', '사랑하는 나', '안이비설신의 나', '생로병사의 나' '희로애락의 나' 같은 것도 '생각하는 나'보다 결코 덜 중요할 수는 없는 것이다.

'나'라는 것은 태어나는 그 순간부터, 아니 어머니의 자궁에 잉태되는 그 순간부터 무수히 많은 '규정'들을 부여받게 된다. (나는 그 규정들을 '신분'이라는 철학적 용어로 부르고 있다.) 이를테면 태아, 인간, 여자, 남자, 누군가의 아들, 딸, 한국인, 미국인 … 등으로서 살게 된다. 열거를 하자면 한도 끝도 없다. 살아가면서 그런 규정들은 점점 더 늘어나며 점점 더 구체화된다. 그 나의 규정들이 곧 삶의 조건이 되는 것이다. 이를테면 건강한 사람이나 병약한 사람, 부자와 빈자, 유명인 무명인, 높은 사람 낮은 사람, 가르치는 사람 배우는 사람 … 등등. 역시 한도 끝도 없다. 선천적−후천적인 그 모든 것들이 지극히 구체적−실질적인 '나'의 모습인 것이다.[*] 이 …(말줄임표) 속에 들어갈 수백 수천의 '나'를 한번 백지에 써보기를 나는 모든 사람들에게 권해보고 싶다. 거기에 나의 정체가 드러난다.

인터넷으로 한국의 신문을 들여다보다가 우연히 한 지인에 대한 기사를 읽게 되었다. 도쿄에서 함께 동문수학한 그녀는 서울 모 대학의 교수로 있었는데, 그녀가 수년 전 그것을 초개처럼 던지고 남해의 한 조그만 섬에 내려가 선방을 차리고 수행정진의 삶을 꾸려나간다는 내용이었다. 그녀는 그렇게 '교수로서의 나'를 '수행자로서의 나'로 바꾸어나간 모양이다. 묘한 존경과 부러움 같은 것이 스쳐가기도 했

---

[*] "오직 하나뿐인 나는 아니다"로 요약되는 김광규의 시 〈나〉도 이런 철학적 의미를 담고 있다.

다. 왜냐하면 그녀는 아마도 '구속된 나'에서 '자유로운 나'로, '고뇌하는 나'에서 '평정한 나'로, 그녀 자신의 '나'를 바꾸기도 했을 테니까. 나는 여전히 '그렇게 하지 못하는 나'로 남아 있고 앞으로도 '그렇게 할 수 없는 나'로서 살아갈 것이 분명하니까.

신문에는 또 갈가리 찢어져 분열과 대립으로 얼룩진 한국의 모습도 전해진다. 느닷없는 이야기의 비약? 아니다. 같은 이야기다. 그것도 결국은 '나'에 집착하는 이들이 벌이는 '나'와 '나'의 싸움에 다름 아니다. '이래야 한다는 나'와 '저래야 한다는 나'의 투쟁이다. 나는 지금 머나먼 미국 땅 보스턴에서 이런 한국의 현실을 '가슴 아파하는 나'로서 내 삶의 한때를 보내고 있다. 남북이, 동서가, 좌우가, 상하가, 서로 그 '나'의 독선을 주장하면서 '너'는 안중에도 없다. '나만 생각하는 나'가 아닌, '너도 생각하는 나', 이런 것이 이제 좀 우리의 철학적 지평에서 다루어질 수는 없는 것일까?

20세기의 프랑스 철학자들은 그런 '아타(我他) 이분법'의 문제점들을 지적하며 그 극복을 지겹도록 이야기해왔다. '타자(l'autre)'는 그들의 공통된 지향점이었다. 한국에서도 그들의 철학은 프랑스 못지않게 떠들썩했지만 아무래도 그늘의 언어는 인어공주의 꿈처럼 물거품으로 꺼져버린 것 같다. '십문화쟁론(十門和諍論)'을 외친 저 아득한 신라의 원효가 그리워진다. 새해에는 제발 그 '나'라는 것을 좀 내려놓고 한 번쯤 '그'를, '그녀'를, 저 마르틴 부버가 말했던 실존적인 '너(Du)'로 고려하면서 그것을 국가의 힘으로 키워나가는 한국의 모습을 좀 볼 수 있었으면 좋겠다. 머나먼 보스턴에 앉아서 한국 걱정을 하고 있는 이 나는 도대체 누구인가? 나는 아무래도 '한국을 사랑하는 사람'이라는 이 나의 규정, 나의 신분을 사는 내내 어찌할 수 없을 모양이다. 이제 곧 돌아가면 뭐라도 해봐야겠다. 내가 한국을 위해 줄 수 있는 것은 결국 '언어'밖에 없는데, 그것을 읽어주는 눈들과 들어주는 귀들이 과연 있을지 모르겠다.

대략 이런 이야기들로 그 특강을 마무리했다. 건물을 나서니 하버드의 교정에는 어느새 어둠이 내리고 창마다 환한 불빛이 새어나온다. 차가운 1월 말의 저녁 공기에 나는 외투의 깃을 세웠다. 그러나 마음속은 조금 전의 그 박수와 악수와 포옹의 장면들로 훈훈했다. 얼마 후면 이제 다시 올 기약 없이 이곳을 떠나 서울로 돌아가지만 아마도 오래오래 몹시 그리울 것이다. 일 년간의 보금자리였던 이 하버드가. 그리고 찰스 강도. 그리고 보스턴도. 그리고 저 모든 다정한 얼굴들도.

하버드 로스쿨 야경

메인 엔트런스

하버드 홀

하버드 칼리지

매사추세츠 홀(총장공관)

존스턴 게이트

메모리얼 처치

에머슨 홀

에머슨 홀 내부

에머슨 홀 강의실

하버드 야드의 무지개 의자

패컬티 하우스(교수회관)

아돌푸스 부시 홀

메모리얼 홀

공과대학원

사이언스 센터

던스터 하우스

윈스럽 하우스

하버드 옌칭연구소

하버드 힐렐

케임브리지 스트리트 게이트

비스니스 스쿨

메디컬 스쿨

하버드 야드의 스쿼럴

하버드 야드의 느릅나무 숲

하버드의 춘하추동

1판 1쇄 인쇄	2022년 7월 15일
1판 1쇄 발행	2022년 7월 20일

지은이	이 수 정
발행인	전 춘 호
발행처	철학과현실사

출판등록	1987년 12월 15일 제300-1987-36호
	서울시 종로구 대학로 12길 31
	전화번호 579-5908
	팩시밀리 572-2830

ISBN 978-89-7775-860-5 03810
값 15,000원